新民说　成为更好的人

РАЗГОВОР НА
РАССТОЯНИИ

隔空
(⋯⋯⋯⋯⋯⋯⋯⋯⋯⋯⋯⋯⋯⋯)
对谈

ГЕННАДИЙ
АЙГИ

[俄] 根纳季·艾基⋯⋯著

骆家⋯⋯⋯⋯⋯⋯译

广西师范大学出版社
·桂林·

GEKONG DUITAN
隔空对谈

本作品中文专有出版权由中华版权代理有限公司代理取得，由广西师范大学出版社集团有限公司独家出版。

著作权合同登记号桂图登字：20-2023-182 号

图书在版编目（CIP）数据

隔空对谈 /（俄罗斯）根纳季·艾基著；骆家译. -- 桂林：广西师范大学出版社，2024.1
ISBN 978-7-5598-6410-9

Ⅰ. ①隔… Ⅱ. ①根… ②骆… Ⅲ. ①俄罗斯文学－现代文学－作品综合集 Ⅳ. ①I512.15

中国国家版本馆 CIP 数据核字（2023）第 193440 号

广西师范大学出版社出版发行
（广西桂林市五里店路 9 号　邮政编码：541004
网址：http://www.bbtpress.com）
出版人：黄轩庄
全国新华书店经销
广西广大印务有限责任公司印刷
（桂林市临桂区秧塘工业园西城大道北侧广西师范大学出版社集团有限公司创意产业园内　邮政编码：541199）
开本：880 mm × 1 240 mm　1/32
印张：16.5　　　字数：372 千
2024 年 1 月第 1 版　　2024 年 1 月第 1 次印刷
定价：99.00 元

如发现印装质量问题，影响阅读，请与出版社发行部门联系调换。

寂　静[1]

1

在看不见的霞光里

从喷溅而出的忧伤中

我感受到一种可有可无，好像穷人感受最后那件衣衫

连旧家什

我也感到了，这种可有可无

即便我远离的故乡也需要它

像隐瞒的约定一样可靠：

沉默如日子

我的一生亦如此

---

[1] 在艾基的诗集《旷野—孪生子》中，此诗标题为《为了生长》。除非特别注明"原注"，本书脚注均为译者注。

2

可是沉默，神赐予；留给自己，唯有寂静。

3

要习惯这种寂静
好像事发时再也听不到心跳
好像生活自己
仿佛它的某处
那正是我之所在——仿佛诗意[1]之所在
我才知道
我的工作多么艰难而工作本身
好比城市的公共墓地里
守墓人之不眠

1954—1956 年

---

[1] 本书中加着重号的文字，在原文中均为首字母大写。

目 录

I

我们有过自己不成文的"宣言"……………3

II

吟诵之诗……………31
友谊诗篇……………33
无题……………36
关于诗《无题》的诵读……………37
五个套娃……………39
诗——戏剧……………41
古老大地……………42
又：过了一年……………43
步行——辞别……………47
莫扎特：《撤销原判 I》……………48
回家：雪松……………49
还有：给花楸果腾个地方……………51
失眠时的两则笔记……………52
长久：白桦树……………53
祭司和土豆……………55
带树林的风景……………56

饥饿——1947 ·············· 57
　　水粉画 ·················· 59

III
　　梦-与-诗歌 ··············· 63

IV
　　庙宇的出现 ················ 87
　　旷野-结局 ················· 88
　　旷野和安娜——II ············ 90
　　宁静：向日葵火焰 ············ 91
　　雪：我看见——为你们 ········· 94
　　元音的宁静 ················ 98
　　十二月发生的事 ············· 99
　　没有老鼠 ················ 101
　　林中空地的洋甘菊之岛 ······· 102
　　比思想更纯洁 ············· 104
　　诗-题目：一只白色的蝴蝶，飞过收割后的田野 ··· 105
　　存在 ··················· 106
　　草夹竹桃——"一切"之后 ····· 107
　　白桦树之巅——童年起和直到现在 ··· 108
　　你与我在一起的第一个海 ····· 110
　　庆祝会-卡尔瓦里亚 ········· 112
　　为了呼吸 ················ 113
　　风中的小纸片 ············· 114
　　走出沟壑 ················ 115
　　再一次：白桦-树冠上的风 ···· 116

晚餐：郊外的房子 ················· 117

V
诗页——飘向节日的风中 ············· 121
关于弗拉基米尔·马雅可夫斯基 ·········· 139
奇迹的寻常 ···················· 144

VI
十首诗 ······················ 181

VII
锦旗猎猎 ····················· 199
"在书-生活之旷野上" ·············· 201
诗歌札记 ····················· 206
颂歌：卡夫卡之光 ················· 208
我不但失去一位像他这样伟大的诗人，
　更失去一位朋友和导师 ············· 219
为弗谢沃洛德·涅克拉索夫的诗歌而作 ······· 224
致英语读者 ···················· 227
碎语——致当今的"成了" ············· 231
获颁马其顿国际"金冠"奖时的发言 ········ 235
颂歌：雅各布的微笑 ················ 237
关于托马斯·特朗斯特罗姆的诗歌 ········· 241
朋友之诗——如今——他不在了 ·········· 245

VIII
隔空对谈 ····················· 253

IX

雕塑之幻象 279
故乡——分度盘 280
石头上的葡萄树 282
诀别兄弟 284
致敬大师——几个片段 285
选自"柏林发光的题铭" 287
致慕尼黑,弗朗切斯科·彼特拉克大奖委员会 288
许久:周围 - 静悄悄 - 又 - 沙沙响 289
在维克斯顿的人物形象之间 292
幻象:画布 295
评友人之书 296
选自《确定之书》 297
关于"诗的客体" 298

X

格奥尔吉·奥博尔杜耶夫地下诗歌之命运 303
与沙拉莫夫度过的一晚 314
俄罗斯诗歌先锋派 322
未公开出版文选之四诗人 336
是的,就是克鲁乔内赫,
　或名人中最无名的那一位 353

XI

十一月花园——给马列维奇 363
卡济米尔·马列维奇 364
冬日狂饮 366

K. 在伏尔塔瓦的童年 ·········368
致弗拉基米尔·雅科夫列夫画的一幅肖像画 ·········370
关于博日达尔 ·········371
画中间的尼·哈 ·········372
面容 - 风 ·········374
度：稳定度 ·········375
"燕子"：捆扎方式 ·········377
朝霞：盛开的野蔷薇 ·········379
黑色一小时：拜谒 K. 之墓 ·········382
旷野：隆冬时节 ·········384
诗人 ·········385
今夏的玫瑰花 ·········386
录音（带着"经常被叫的外号"）
 ——与"处里"来人谈话之后 ·········388
舞台：人若 - 花开 ·········389
形象——节日逢时 ·········391
还有：最后的囚室 ·········392
读诺尔维德 ·········393
关于此 ·········399
昔日的和乌托邦的
 （与克鲁乔内赫有关……）：1913—1980 ·········400
对事件保持沉默 ·········403

XII

诗歌 - 如同 - 沉默 ·········407

XIII

和仙女在一起的夏天 ·········· 427

残笛何鸣 ·········· 432

与普兰特在一起的夏天 ·········· 435

XIV

诗人的使命 ·········· 445

先锋派之现实主义 ·········· 475

大地与天空——非意识形态 ·········· 492

为隔空对谈而作 ·········· 499

作者注释 ·········· 501

I

我们有过自己不成文的"宣言"

(与一位波兰朋友的对谈)

在您看来,诗歌是什么?

对于我个人(只对我)而言,我这样定义诗歌:它是唯一让我感觉自由的生活领域。其他形式,即便是"文学演讲"、书信、评论,以及"文学作品"的其他一些形式,均让我觉得拘束。

然而,这个亦非诗歌的定义。关于诗歌的各种定义问题,因诺肯季·安年斯基[1]曾经说过:"有些真实,看起来,最好不要定义。"

如此一来,关于诗歌,我所说的内容,只是就其一些特征所做的批注提示而已。

我从来不认为诗歌是"反映生活"的一种方式。于我而言,艺术只是生活自身表现的一种形式。

我还有一种与此观点分不开的"具体的"愿望:在诗歌中,我力求尽量少地表达自己的"观点"与定义。在我

---

[1] 因诺肯季·费奥多罗维奇·安年斯基(Иннокентий Фёдорович Анненский,1855—1909),俄罗斯诗人、评论家、剧作家、翻译家。

的观念里，诗歌，是生活中的一小部分，但又尽可能应该是"全部"：自然的生活和正在"旁若无人地"流逝的事物的生活，还有心灵伤痛、推论，以及几乎不可觉察且模糊的感觉……看到一棵树时，我不急于描绘出它古典式的"干干净净"的图像：我尽可能地希望"说出一切"，关于这棵树本身，包括它所覆盖的"区域"和我自己由它引发的全部情感。我会简洁地如此定义自己的努力："提供"生活的过程，而非"刻画"和"描述"。

作为补充，我斗胆对诗歌做一个"创作用途的"、纯粹"技术性的"定义。可以用如下内容表达：诗歌的目的在于实现其自身表现力资源的发展。

这些资源的最大限度发展似乎成为某种正在悄悄改变诗学稳定性的"天花板"。我们设想，此刻经由赫列勃尼科夫[1]、帕斯捷尔纳克、马雅可夫斯基和与他们关系密切的所有诗人（简言之，所谓"俄罗斯先锋派"）创建的一切，都是这个"天花板"的原材料。对这些诗人的世界观及其美学主张可以有不同的态度，但是——我坚信一点——应很好地了解前述的"原材料"，因为这并非这些诗人的"私人"成就，而是整个俄罗斯诗学生动、典型的财富。

（不言而喻，大批不属于"先锋派"诗人的创作的好作品也包括在内。首先在类似的谈话中不得不提的就是作为俄罗斯最伟大的诗人之一的曼德尔施塔姆。但我特别强调俄罗斯"先锋派"，是因为对于"先锋派"在俄罗

---

[1] 韦利米尔·赫列勃尼科夫（Велимир Хлебников，真名为维克托·弗拉基米罗维奇·赫列勃尼科夫［Виктор Владимирович Хлебников］，1885—1922），俄罗斯诗人、哲学家，俄罗斯未来主义创始人之一。

斯诗学中最具"代表性"的和已经成为经典的成就,人们仍然各持偏见。)

总之,从上述"纯粹技术性的"观点出发,只有当诗歌在更发达的诗学资源范畴之内出现,并且能持续强化它之时,诗歌才有意义。

为何数量庞大的现代诗几乎全都令人觉得不痛不痒?它们没有进入这个范畴内,既"缺乏创造",也没有经历语言材料的抵抗,只是变成"行为"类似物,变成一种虚构的行为。

在"业务次序上",还可以这样说,诗歌——用韵律构建,采用的是韵律的思维。众所周知,几乎所有演员的诗歌朗诵都非常差,而任何一位诗人——甚至"失败的"诗人——的朗诵都很好。区别在于,演员(朗诵)根据意思"来",而诗人——根据韵律。

一个不用诗律维度写作的诗人,拥有的只是"脱落下来的"内部韵律。

假如没有这一内部韵律,我什么都做不成。"韵律-腐尸"[1],此时,就这样花上几个星期和几个月,我也只能说说我的生活,说说我自己。

"我不听音乐。"在此种情况下,勃洛克说过这样一句话。我需要的不是音乐,而是"触动"我的韵律在场。这个韵律——没有声音,但在生物学上能被感知。如果韵律缺乏,一般来说,我将无所依靠,而创作也就毫无意义。

---

[1] 以连字符连接两个词,本是俄语中的常见用法,但本书中,对这种用法的应用极为灵活,表达的含义根据语境各有不同,带有作者的个人风格。对于原文中的此种连字符,译文统一以中文的半字线标示。

格律诗中的韵律问题早就被研究得相当彻底了，对于"自由"诗则绝对不能这样说。您对自由体诗的韵律怎么看？

诗歌中那种我称之为"韵律思维"的特殊性，已在"自由"诗中脱颖而出。自由体诗中，韵律的"潮起""潮落"没有被规则细化，非显性的停顿的"里程碑"也没有，"未被奉为经典"的韵律的统一成为主要焦点，——作品的完整性取决于此。而这种作品，无论可视，还是抽象，都不能在诗韵准则的想象"机床"之上留下痕迹。

对于穿透诗韵点线的韵律、诗韵–"彼得堡"大街，我宁愿称之为世袭的[1]韵律（在这里，诗人外观的能量表现在语调、"诗韵学的"节奏集约化之中）。"自由"诗的韵律绝非自由不羁，而是在很大程度上取决于我们精神不规则的航标，取决于融化在我们血液中的这些"苦涩"（在这里我们会想起圣–琼·佩斯[2]），可定义为外观的韵律。此时，韵律的点线由我们内部的手势、我们心理能量的内部流速以及其韵律的特征来确定。

我印象中的"自由"诗是贯穿着统一韵律的诗：整首诗，不论大的或小的韵律的循环周期，都应该传递每个韵律"细胞"的"起伏"。（在视觉上，我将其想象为陡峭旋转的螺旋……上帝保佑，它的弯曲不要变成螺旋式通心粉就好……）

这里，"循环周期"一词，我并非偶然提及。以前，还

---

1 本书正文中的楷体文字，在原书中均为斜体。

2 圣–琼·佩斯（Saint-John Perse，1887—1975），法国诗人、剧作家。1960年获诺贝尔文学奖。《苦涩》是圣–琼·佩斯的一部作品。

是在我写"自由"诗之前,我在一本法律书中读到,罗马的演讲艺术,对于演讲的时间周期、篇幅长短,以及在保持演讲完整性的同时进行的"潮起""潮落"的自如交替等方面,都非常讲究。可以说,类似这样的演讲周期在"自由"诗中发挥着分节、分段之作用。

我一点儿都不反对格律准则。无意冒犯那些很成功的格律诗人。我想说的是:于我而言,"大海的波涛起伏,不是长短格律式的,而是韵律(有节奏)式的",A.克鲁乔内赫[1]有一次在与我谈话时如此表述。照我平常所写那样去写,我更轻松。

能否简单谈一谈,您是如何写诗的?

我的一个朋友也提过这个问题,那时我回答:"也许这很可笑,但是我要对你说,我所有写成的诗歌几乎都写于似睡非睡之中。"

真的,如此持续很多年了。现在如何写诗,我回答不出。现在——没有那个特别的梦了,现实——像一个噩梦。

对创造的注解永远都不等同于创造。唯一可能的情况就是:从"写得下去"之中还能记起一些东西,还能发表一些意见。

一般我不会立即回击"针对"我的"客体"行为。很少回应当今的"现实"行为:不论是倒霉的还是开心的

---

[1] 指亚历山大·克鲁乔内赫(Александ Крученых,真名为阿列克谢·叶利谢耶维奇·克鲁乔内赫 [Алексей Елисеевич Крученых],1886—1968),俄罗斯未来主义诗人、文学评论家。

事。(在这方面，举例来说，我很不喜欢花花绿绿的组诗，其中几乎全是对日常生活的每日诗记，让我想起农贸市场的吵架斗嘴。)

我不跟我的"客体"交谈，我回忆它，我要为它下一个"结论"。而最常见的是有些客体（森林里的客体、客体－旷野，甚至——客体－人们，客体－我自己）。因此，创作的心理过程同样是"非对话式的"：我与"客体"不是彼此呼应的，也不是用诗歌与具体－正在发生的日常进行交谈，而是以生命中的某些时期向自己"报告工作"。简言之，我好像要对正在发生又必须与之说再见的、各种各样的生活阶段"做个总结"。

我已经说过我与"客体"没有彼此呼应。"客体"，更像是一种创作心理的力量点。它们之间出现的压力成为一种"力量原野"。在这片原野上，为了"力量原野"在语言现实之中呈现出来的词语可以被找到，创作艺术在发生。

许多年以来，我不止一次感受到上述这种压力。显然，在类似情况下存在着一整套关于人的"行为准则"。这方面的话题有很多可以说。要"学会表现自己"，获取"行为技能"。也许，这看上去又变得可笑，可我要说：在此种情形下必须，甚至要学会"管理身体"；出现特别压力的时刻，头部各种各样的转动、脸部向开放或封闭空间的转动、身体各种各样的姿态等等，都很重要。于我而言，这些是非常严肃的"小细节"。很多年前，依靠这些"小细节"，我长期寻找一种"小"客体：小河。我写过关于森林的诗，写过森林的源头、森林"由此开始"的边缘等。透过这个"边缘"，小山岗、井、少女一定会被照得透亮……还差点什么。它一定在。我失去了某个模糊不清的斑点，它溜走了，"没有了"。最后，通过上面提及的"小细节"，我终于"捕获了"它——我看见了我的卡累利阿[1]童年的那条小河（我的一部分童年是在卡累利阿度过的）。

可以说，"客体"的"罗曼史"自有其历史与命运。有时，它们说着"浪漫的"话，结局悲惨。我喜欢自己诗歌中的三四样东西。其中，《旷野——在森林篱笆前》是我最喜欢的"客体"的盛典——旷野，旷野美景之盛典，辽阔、广袤。旷野是我故乡的形象。很长时间里我跟它相处，并且相信它属于我，与我无法分开。一首诗突然蹦出来——《梦：通往旷野的路》："你——一个几乎不存在的人／为何寻找另一个——／连骨灰都没有的魂？"作者"劝诫式的谈话"在这里指向的是寻找通往森林之路的一个梦。

从那时起，就有一种旷野已经远去的感觉来临。结果真是这样，很长一段时间里，对旷野的关注不曾带来任何结果。晚些时候写成的诗《解忧：旷野》已成为对停止了自身影响的"客体"的祈求和对"持续关注"的祈祷。

当然，诗歌创作，除却对客体的关注，还有许多其他现象与可能性（思想与情感的忏悔与固化）。我自觉地克制对创作主、客体间相互关系的表述。就此问题最后我再谈一点意见。

上面我所谈及的"力量原野"的语言现象，只有在创作者非刻意关注"力量点"之时，才能成功体现。当"客体"潜移默化地作用于"创作点"并逐渐呈现自我的时

---

[1] 卡累利阿，现为卡累利阿共和国，俄罗斯的自治共和国之一，位于俄罗斯的西北部，以湖泊、森林保护区闻名。

候,当自己的需求于语言中在场的时候,"创作的"、富有成果的相互关系才得以建立。

在谈到您的创作时,有时人们会用到"抽象"一词。以您所见,甚至是在您的记忆当中,会否出现您所指的特定客体,请谈一谈。

我想说的是,我追求的不是抽象,而是本质,是传递事物中、自然空间里我所记得的、最重要的东西。

"天性"从不缺席,而要让天性一直陪伴一生,并且在我面对另外的空间、另外的"个体"之时,这个天性也能默默地自我对话,这对我非常重要。而当我们的"事情"同步进行的时候,其直接的"协作者"印象得以建立。

在此种情况下,自然似乎在观察着艺术家的行为,有时会以其原始的、"天性的"细节突然闯入他的创作(如诗歌、绘画)之中,以便照亮手中绘画作品的所有元素,并展示其整体性应该是什么样子。

这里我谈一下最终的,也是最重要的细节。没有这个细节,任何仿佛奇迹一样的风景、任何同样仿佛奇迹一样的天气,都不可能为我们呈现。我说的就是这样一种细节。奇迹离我们如此近,又如此宏伟(想象一颗窗前的小行星跟我们的手掌拥有一样的表面,能不为之震颤),以至于我们的不幸在于无力且无法忍受它们。

身处大自然之中,我们似乎致力于将这些奇迹拒之门外。我们几乎经常性地这样做。

只有"细节性地"深入自然,才能打开我们一览整个画面的视野。请看这一幅——秋天森林。夕阳西下。

它——母亲般 - 无微不至，它——母亲般 - 光彩照人（"母亲般"一词是后来才想到的）。阳光已经穿透树林抵达地面。"真美！"跟我站在一起的、我六岁的儿子脱口而出。这一切于我而言，必定永恒留存。

然而，我猛然发现，母亲般 - 红光闪耀的夕阳碰到了野草，照映出每一根草茎的间隔、它们的个性，怀着一己态度关照每一根野草。"像对待儿子们……野草的儿子们"，类似这样的念头涌现在脑海里。于是所有经历的这一切突然拥有了一个统一、蕴藏思想的核心：怀着母亲般无微不至关怀的发光体形象。为这个"醒悟提示"，好像在此情况下，还可以用更接地气的语言就此再说点什么一样，我感激我的"主人公"（上帝！太阳也能成为"文学主人公"！），感激我的"客体"（我已原谅这个弱小又模糊的词！）。

回答问题的同时，我还想就我诗歌中的一些地点，即地点 - 诗歌再说几句。这些地点，别看它们非常抽象，却有着其——非常准确的——地理意义上的"孪生子"。有一个我的"旷野"，我称之为"神 - 篝火"（根据"神人"形象而来）。没人会对此感兴趣，但我可以说，这个地点是一个距离什希尔丹鞑靼村七公里、距离楚瓦什的什噶里村五公里的地方。我说到这里，禁不住对这个地球上真实存在的地方心存感激……

您提到过与"客体"之间那种成功的、富有成果的相互关系。但是当然也会有失败的相互关系，对吗？

是的，当然。在此种情况下，会有一种感觉，即事物或者风景在我们眼前被关闭，因为我们想强行侵入它们。我希望一些句子会说明这一点，我开始像写一首诗一样写下它们，但它们只是装扮成我想的那首诗而已，——实际上，这只是一种我们这里正谈到的失败的检定。关注下面提到的"地方"，只得到了这样的句子："火焰，一个封闭、用火之服饰包裹自己、保护自己的意象，——地方——沟壑后——与通往森林之路并行，——噢，你干吗要躲着我！仿佛，语言创作洞开，你就会从旷野之上彻底融化、消失"……

您曾经说过诗歌创作的其他方式。您也用它们吗？

前面已经提及的这种方式，我认为是自己比较有特点的和主要的创作方式。当然，我必须还能用其他方式表达自己。现在我正好在编辑一本由"小"诗汇编而成的诗集，这些作品可以视为对日常现实直接的、"对话式的"反映。这是与朋友们交往、旅行后得来的诗歌，以及题赠诗和精神状态的点滴记录……书名叫《冬日狂饮》，这是我们生活中纯洁与肮脏的"纵酒"，用鲍·帕斯捷尔纳克的话来说："我们的黄昏——永别。"

另外还想了解您写作的一些个性化、纯粹"技术的"方式。

有时，勾勒将要写的诗歌的第一根线条时，会出现一种感觉。开始写下的东西，在"某个地方"即已存在它最终的样子。我们着手想解决的问题，其解决方案在"某个地方"已然明了。

我说的这个不是关于众所周知的"跟着上帝听写"("我是神的秘书。"我的朋友、亚美尼亚大诗人帕鲁伊尔·谢瓦科[1]说过),我努力从这个感觉转向某种更"具体的感受"。

我想,最先写下的几句诗,已以其特点、自身的韵律确定了未来事物(即诗歌)的篇幅。我们受限于现在和将来的篇幅,我们的任务只是表现它们,胜任这项工作而已。

还有——最开始的音节组合决定了将来整首诗歌的音调。

第一个音常常成为我的问题:辅音还是元音。假如是元音,那么——到底是哪个……不但听觉,还有视觉,都很重要。有时,我好长时间不能结束一首几乎完成的作品;紧张地猜测,什么音的"大门"对于听觉和视觉是敞开的。我有一首诗(《童年的一个早晨》),用不止一个"啊"(a)作为开头。我感觉,在这里整首诗受此作用听起来就好像是啊-"管乐";这首诗令人想起百合花,——我想,还是因为这个"啊"的作用……(对于我,"啊"总是会让人联想到白色的花。)

然而,在考虑一首诗的整体性方面,我倾注的心力最多。曾经,尼采关于所谓艺术作品"虚构的完美"之论断给我留下深刻印象(参见他《人性的,太人性的》一书),而通过这一论断,尼采正好让"完美"艺术作品"永恒的"完整性之印象威信扫地。

我不会与尼采争论,而是努力要达成每一首单独的诗

---

[1] 帕鲁伊尔·谢瓦科(Паруйр Рафаэлович Севак, 1924—1971),亚美尼亚诗人、文学研究家。

尚可容忍之完整性。

我讲过，"自由"诗中对完整性的关切非常重要。另外——也特别困难。我们习惯以为，诗节之间的停顿（不论"自由体"诗或者"格律"诗）都具有差不多同样的长度。为了让诗歌更紧凑，让循环－诗节"铆"得更密实，我尝试减少停顿的长度，——为此在诗节末尾，我有时会用冒号（偶尔则是破折号）。我将其称为"铆钉"：它们旨在造成一种向下一节更快过渡的印象。说实话，我也很烦这些"铆钉"，早就想摆脱它们……

您怎么看——创作过程中您用哪种语言思考？这里有楚瓦什语的参与吗？

我已跟您讲过，我是如何为我的一首诗找到"主人公"－小河的。我还提到，我经常在似睡非睡中写诗。然而，这是一个特殊的"梦"，这多半是全部精神力量的巨大张力，记忆、思想、想象、听觉和视觉的张力。我认为，这种张力与"思维"的概念完全不同，在这里——它的概念似乎比"思维"更大，我可以这样回答您的问题：假如在这样的时刻我们完全不靠语言"思考"，又将发生什么？更加肯定的是，这并非无语言状态，——显然，我们这个时候利用的是"无言语的语言"。在我的少年时代，由于斯大林的语言作品，人们喜欢重复聋哑人想象的那些形象与观念。在我们接近某些诗歌形象时，在"捕捉"它们的尝试中，也许就存在这种"聋哑人思维"，而词语在这时，为了加固已被"捕捉"的形象，就会求助于我们。只为写成一首诗，若"以百分比来计"，类似这样的瞬间恐怕不多，但这是——对"勘探"类型作品来说是决定性瞬间（此点，容稍后再赘言）。

当观念和形象通过语言出现在统一的合金中，且直接出现在"语言里"之时，那个时刻真美妙。也许，那时更完美的事物诞生了。这种情形在我身上发生得不多：这么说，一年一到两次。比如，《梦：通往旷野的路》这首诗以语言呈现的瞬间，未经一处涂改。在这些瞬间，可以非常明显地感觉到你在思考的东西。这足以说明：假如我在创作的时候"思考"一首诗，那么，当然——用的是写作那首诗时使用的语言。但非常可能的还有这样的情形，即某些模糊的"楚瓦什"表意需要呈现在语言里。但诗歌里的语言——非表意和形象之衣，非思想之壳，它相当于一次行动，一个行为。而我在这个时候，显然就要努力让语言-行为在一首诗这个不大的"国度"里有机共存，让每一个表意清晰达到"被照得透亮的""共同的"本质。

您提到了"勘探"类型的创作过程。您是否也能谈一谈还有哪些创作过程？

创作过程，很可能，具有两种形态（它们完全可以共存于一个统一的行为中）。第一种，在讲到"无言语的语言"时，我已描述过"勘探"的创作过程。第二种类型，我可以称之为"总结性"的创作过程：此时，我们马上可以根据观察及继而概括后的判断进行操作，同时让读者不是去认识生活，而是远离"原材料的"生活，即我们用结论和公式说话。我强烈反对第二种类型，认为它与我格格不入。然而，近来我开始"说结论"，甚至——说违心的话。在《你——以鲜花之容》这首诗里，我欲详尽勾勒心灵状态及其花-象征的幻境，引出这些象征。可以这么说，直接在"读者"眼前，直观地将这些来自感觉、模糊形象的象征，来自内心焦虑、自身环境的象征变为"结晶体"。有一段时间我完成了类似的任务。而这一次，一切都变得徒劳，一切即在意识中"提前"成形，——我只好写完这件东西，用内部-现成的，但已冷却了的公式、结论来写。

为何您转向了俄语？

我转向俄语的起因有几个。我只讲其中两个。艺术对于我是悲剧的领域。在我立志成为一名诗人的时候，悲剧的领域于我而言，处在俄语的范畴之内，——简言之，使用俄语，我能够将自己的看法说到"极限"，说到"最后"，说到"根本"。

少年时代，在创作形成的关键时期，我们需要的是我称之为读者-战友的一群特别读者。他们是在创作探索中、在艺术上追求新生事物的志同道合者——与我们有着同样追求的探寻者，在其他——相邻的——艺术领域则是：艺术家、音乐家……我的第一本楚瓦什语诗集出版之后，在楚瓦什我失去了这样的朋友，——在我继续探索的路上，彻底变成孤家寡人。感谢上帝，20世纪50年代末起，在源于莫斯科的"左翼"圈子里，我又找到了一些朋友，他们成了我的首批读者-战友。我们有自己短暂"给社会趣味一记耳光"的时代，自己不成文的"宣言"。不是我们的错，我们的"未来主义"少年时代也未被束缚在我们的审判所……我的朋友们就是首批我的读者-战友：作曲家安德烈·沃尔孔斯基[1]、艺术家弗拉基米尔·雅科夫列夫[2]、艺术家伊戈尔·弗洛赫[3]、艺术家伊戈尔·沃洛什洛夫[4]。我那时的很多诗歌属于与他们的唱和之作;另有小部分——但,我想,量不太大——是我们的少年憧憬之诗……

您刚刚提到了俄罗斯未来主义的早期出版物。一般来讲,谈到您的时候,人们总会提到俄罗斯未来主义。您与这个文学流派的关系是怎样的?

是的,我的创作常常跟俄罗斯未来主义联系在一起。但我很早以前就认为自己是反未来主义者,——未来主义者把对待人的态度与达成自身目标、"所选"首要目标的工具等同,我认为这是不能容忍的。

但是,我的创作在很多方面要归功于俄罗斯"先锋派艺术家"的遗产,尤其要归功于我对其没有类似指责的那些人——赫列勃尼科夫、马列维奇[5]……正如我已说过,俄罗斯"先锋派艺术家"的成就,我认为是整个俄罗斯诗

---

[1] 安德烈·沃尔孔斯基(Андрей Волконский,1933—2008),俄罗斯作曲家,拨弦古钢琴和管风琴演奏家。

[2] 弗拉基米尔·雅科夫列夫(Владимир Игоревич Яковлев,1934—1998),俄罗斯画家、"非正式"艺术代表。著名风景画家、俄罗斯印象派创始人之一米哈伊尔·雅科夫列夫(1880—1941)之孙。

[3] 伊戈尔·弗洛赫(Игорь Вулох,1938—2012),俄罗斯画家,20 世纪60 年代新派人物(政治上),俄罗斯古典抽象派代表之一。

[4] 伊戈尔·沃洛什洛夫(Игорь Ворошилов,1939—1989),俄罗斯画家、"非正式"艺术代表。

[5] 卡济米尔·谢韦里诺维奇·马列维奇(Казимир Северинович Малевич,1879—1935),俄罗斯几何抽象派画家。参与起草俄罗斯未来主义艺术家宣言,是至上主义艺术奠基人,代表作有《黑十字》《黑方块》等。

学、整个俄罗斯语言文学的财富。这是古典遗产。而我深信，如果不接受"赫列勃尼科夫的""马列维奇的"学派，在今天研究语言与造型艺术就无从谈起。

俄罗斯"先锋派"的追求——在诗学方面——与整个俄罗斯古典诗歌最重要的发展不谋而合……但请不要以为，年轻人中间就有很多这个流派的拥趸。近一个时期，我遇到的"新古典主义者"和"新阿克梅主义者"越来越多。他们（甚至——他们还有一些很有名望的后台）很早以前几乎公开地暗示，他们觉得自己才是俄罗斯古典诗歌唯一"合法的"继承人。我不理解，为何"正确的"N. N.[1] 就要比"不正确的"赫列勃尼科夫（顺便提一下，其作品直到今天也没有真正出版）更配得上普希金路线？

与此同时，某种自相矛盾的东西出现在年轻的"新古典主义者"和"新阿克梅主义者"身上：他们只一味重复曼德尔施塔姆有关"世界文学的忧郁"的诗句，绝不亲近现代欧洲艺术，——他们的抒情诗变得过于下里巴人，充斥着大量对辞藻的玩弄。

您怎么看——为何发生这样的情况？

我认为，这样的情况源于没有足够面对现实的勇气。我想更准确地重申：面对本质上的现实。艺术，一般来讲，即现实主义，且即本质现实主义。存在意即不会随着

---

[1] 此处存疑。似暗指屠格涅夫中篇小说《阿霞》中的主人公年轻人"N"，"N"已成为屠格涅夫关于社会理想的一个文化隐喻。一般来讲，N. N.（加上父姓 N.）似更具讽刺意味。

暂时的死亡而消失的本质之持续。一个人去世，但我对他的哀痛并不仅仅是我"个人的事情"。这个人在我的疼痛中继续活着。

在访谈中我们不止一次谈到"左翼运动"、"左翼"艺术家。您认为自己是"左派"吗？

我认为自己既非"左派"，亦非"右派"。除了人的全部，精神的、心灵的、思维的、意识的和潜意识的"层面"，简言之，整个人均参与的一种创作过程，我无法想象还有另外一种。我研究诗歌中的各种各样的实验，所以我有一种感觉，在这些实验当中，人的表面"层"都"忙于"：理性、"创造性"。但也不应该轻视这些从"表面层"里提取的发现，它们可以视为包罗万象、"完整"作品中的组成要素。

您如何看待当代艺术在整个欧洲范围内的表现形式？

近期，我经常去看法国最新的电影。炫技、阔绰豪华、苦闷空虚、性虐待狂和暴力，这些恐怕都不是电影制片人自己想遭遇到的……艺术——即舞台，于是给人造成这样一种印象，艺术这位现代先生早就在努力，只是无论如何也满足不了自己的终极愿望：杀死舞台上的那个人（不是大写字母的一个人，而是一个活生生、具体的、从街上走来的人），——不是模仿-戏剧性的杀人，而是真实的、鲜活而"正在发生的"[1]行为–谋杀。几乎照搬布勒东[2]（还记得他那句"向人群开枪"吧）……

在这种情况下能做些什么？唯有：尽量不参与其中，起心动念都不。总体上（预先申明，我讲的是我自己和我的几位朋友），我想，我们的艺术并非参与建立某种新文化，而只是一种抵抗，精神抵抗。显然，激发艺术创作的理由不会超过一打。针对自己和我的朋友们，我可以说：这些理由在我们这里少得不能再少。幸好它们是最本质的，人缺乏了它们就不成其为人。"我写作"——于我，相当于表示"我在"，"我还在"。

据著名文艺评论家、马列维奇的好朋友尼·伊·哈尔吉耶夫[3]证实，卡济米尔·谢韦里诺维奇[4]在其晚年曾说过，按照他的看法，未来的艺术应该是静态的。非常希望相信这点……这句话对我有一点安慰的意味。我理解马列维奇对于他那个时代曾经肆无忌惮的形式主义之猖獗所持的否定态度。但是关于"静态的"一词我还听到过另一种解读："守住一个人及其笔下的创作。"

您非常喜欢马列维奇？

是，他之于我，也许，是艺术上最喜欢的人。不仅是

---

[1] "正在发生的"，原文为英语"happening"的俄语音译。

[2] 安德烈·布勒东（André Breton，1896—1966），法国作家、诗人，超现实主义奠基人。

[3] 尼古拉·伊万诺维奇·哈尔吉耶夫（Николай Иванович Харджиев，1903—1996），俄罗斯作家、新文学艺术历史学家、文献学家、收藏家。

[4] 即马列维奇。在俄语中，仅用名字和父称来称呼时，有表示尊敬之意。

最喜欢的风景画家,而且也是最喜欢的艺术家。他在艺术上是一位父亲一样的人。威严,浑身上下洋溢着宗主教[1]的责任感。只有这样一些艺术家才能抵御现代"疯子"——这些儿子辈年轻人——的自甘放纵。遗憾的是,在现代艺术中,我们并不了解这些人……在欧洲,尤内斯库[2]就很熟悉这个。

您把谁视为您生命和创作中的"精神靠山"?

从我开始阅读克尔凯郭尔[3]起,已经过去几年了。我不想现在评论他。说简单一点:通过这种不断了解,我建立起了自己很珍视的一种特别的精神情愫和生活能力。还有那种我努力想要相信、想要感激的东西,——再展开一些:是对忍耐的态度,像对待信仰一样,甚至与信仰等同,除了关于自己的、关于自己生命奇迹的信仰。

在当代生活中,您认为诗歌能够发挥什么作用?

在我看来,诗歌能做的只有一件事:在寒冷的大地上、天空下保存着人类的温暖。为此,诗人必须在其自身

---

1 宗主教(拉丁文:Patriarcha),东正教按习惯称之为牧首,是早期基督教在一些主要城市如罗马、君士坦丁堡、耶路撒冷对主教的称号,但宗主教权力更大。

2 欧仁·尤内斯库(Eugène Ionesco, 1909—1994),罗马尼亚裔法国戏剧家,荒诞派戏剧创立人之一,20世纪戏剧先锋经典作家。

3 索伦·克尔凯郭尔(Søren Kierkegaard, 1813—1855),丹麦宗教哲学心理学家、诗人,现代存在主义哲学创始人,后现代主义先驱,也是现代人本心理学的先驱。

拥有这份温暖之时，不顾一切地保住它。它是细小的、微不足道的一份温暖，但没有它，也没有了人。

"诗歌神圣之火"，人们经常这样说。在我们的时代，谈到诗歌之时，让我们至少谈一谈这份"温暖"……

关于这个话题，我想起了与鲍·帕斯捷尔纳克的一次谈话。"俄罗斯——对于艺术家而言，是一个幸运之地，——在这里，人与自然的联系还没有被破坏。"他在1959年年初对我说。

人需要诗歌吗？我倒想用一个提问来回答这个问题：你有没有五到七个读者呢？有，——意味着：那就够了，不必讨论上述问题。五到七个在你的诗歌里保持着人之温暖的读者，这就是广义上的读者群。诗歌的真正读者并非以数量众多而论，哪怕是年轻的读者众多也不行。在走进某个教室似乎准备听诗歌讲座的众多年轻人之中，后来在其艰难而沉重的生活当中还捧着一本诗集在手者很多吗？

对诗歌的真正热爱——与年龄无关，它伴随一生。

读者——这是一个孤独不亚于诗人的人。他打开一本诗集，仿佛正向你走来，要跟你诉说无人倾听过的他的苦难……

于是，在没那么大的必要参与到大规模-被规划好的生活事务中去之时，也许到最后，今天的诗歌会变得轻松不少，它将不会那么引人注目，但本质上仍从事着朴素的工作：与读者谈论他那些少有人感兴趣的苦难和悲伤……

很可能，因此得到提升的，只有他的自尊之感。

朴实且真诚、有趣之人的尊严，并非人皆有之。

环顾您周围的诗歌，您是否在其中发现了您说到的这种"温暖"？

唉，温暖很少。而假如有的话，通往读者的温暖之路也将非常艰辛。在那种被一眼瞥见且能触发认知的诗歌里，一种我称之为胡闹任性的特点开始显现。在现实中，我们常常遇到的本就不是人与人之间的对话，而只是一种谈话 - "嘲讽挖苦"，一种谈话 - 攻击。很遗憾，类似的现象在诗歌里也开始出现，奇怪的是，不是在那些年轻人之间，而是在四十岁甚至四十岁以上的人之间。这种"胡闹任性之诗歌"，其主要特征就是犬儒主义、各种放荡不羁：精神的，也包括生理上的。诗歌在客体性方面的本质属性还对应于：好像铁铲以及一些伴随人一生的、成为人重要的旅伴的物品一样，能被记住的"永恒之物"越来越少；反倒是在这些诗歌里能被记住的"文明"的容易逝去之物越来越多。并且——自身特殊性之暗语数不胜数！——以至于成了对于自身特殊"文明"的舒适度、周遭奢华的一种常态化的暗语，这种奢华只有极小的圈子才熟悉了解。

另外，许多年以来，我深信不疑的是，那种认为似乎并不存在反人类艺术的观点是不正确的。精神的放荡不羁和放纵完全可以用艺术的语言来表现，而且表现得——巧妙，甚至卓越。还有一些思想家和艺术家，他们本质上是暴虐者，而非牺牲品。我没有任何依据和权利认定他们为非 - 艺术家。但是不仅他们的艺术与我格格不入，而且与他们接触之时，我总是想起对于我而言非常神圣的、洛尔迦[1]的那句话:"我只与那些人——那些一无所有的人站在一边。"

近年来,经常会遇到关于诗歌"终结"的推论。您对此有何看法?

此种推论,我觉得没有任何意义。诗歌之所以存在,是因为诗人存在。而诗歌来不来,不需要得到批准。艺术中总会有"没用的"梵高们。他们一样不可以预测,就像不可能取消他们一样。而创造艺术的——正是他们。

最后,想请您简单谈谈楚瓦什诗歌以及它的历史与特点。

关于楚瓦什诗歌的特点,我仅做一点简要说明。

在联合国教科文组织协助下,我正在编辑拟在法国出版的18—20世纪楚瓦什诗选集,已经是第三年了。这项工作非常复杂,每一篇的编选都要求极强的专注力。逐句逐行地翻译常常导致绝望:原稿的本质和魅力,仿佛诗人亨利·德·雷尼耶[2]著名诗歌中的指尖细沙一样流走……

在楚瓦什诗歌中,少有达吉斯坦[3]民族诗歌中的那种异

---

[1] 费德里科·加西亚·洛尔迦(Federico García Lorca,一译洛尔卡,1898—1936),西班牙诗人、剧作家。主要作品有诗集《吉卜赛谣曲》《深歌集》《诗人在纽约》,戏剧《血的婚礼》等。

[2] 亨利·德·雷尼耶(Henri de Régnier,1864—1936),法国后期象征主义诗人、作家,法国科学院院士。

[3] 达吉斯坦,现为达吉斯坦自治共和国,俄罗斯的自治共和国之一。

国情调与绚丽色彩。其朴素而稀有的独创性，在我看来，从楚瓦什多神教文化与基督教文化（楚瓦什的基督教化开始于16世纪）细腻、有机的合成之中，可以得到说明。

楚瓦什几百年的多神教宗教完全可以在世界文化史上占有一席之地。它得以完整地保留至20世纪初，同时将其宝贵的精神财富带给了我们，——得益于匈牙利、芬兰和楚瓦什学者的努力，我们才拥有了大量的宗教文本手稿，才能够观察到我们祖先精神世界的广阔与复杂。

受到基督教的精神与"人性教化"的影响，楚瓦什文化生动地保存了自己的世界泛神化感觉。这也同时影响到了楚瓦什诗歌：它从不认为人与自然可以分割。我们的诗人充满最为崇高的精神，正如农民亲近大自然，亲近自然现象，亲近客观世界一样。

楚瓦什对精英文化不以为然（即便是宗教崇拜的神职人员，也仅由日常生活中的普通农民来担任）。19世纪上半叶才开始出现的知识分子，从未遇到过有关"脱离人民"的痛苦问题，而实际上一直在为人民服务，即使是在最艰苦的条件之下。

一石多鸟，——楚瓦什文学的这种状态，以其最好的形式，使文学的所有领域受益，其中也包括诗歌。

楚瓦什诗歌以其农业-经济自然观、对客观世界事无巨细的深重关切、情感的传递等最优秀的特点令世人称奇，这种情感并非诗人特殊个体的一己激情，而是令其与其他任何一个人——与全体人民如兄弟般融合在一起的手足之情。

依我看，在最具崇高精神的楚瓦什诗人瓦斯列伊·米塔[1]的创作中，楚瓦什诗歌的特征表现得最为充分。关于他，最好套用果戈理对普希金的评价："这是发展到最终的一个楚瓦什人。"

诗人的命运非常悲惨。1937年，他二十九岁时被判犯有所谓的"民族主义"罪行，在监狱和劳改营度过了十七年岁月。1957年去世，年仅四十九岁。

我是在他被从劳改营释放（1955年）时才跟他认识的。我们相处得非常好。我可以说，我在一生当中还没有遇到过比他精神更丰富、更高尚的人。他给所有人，甚至包括20世纪30年代参与对他的迫害，而在50年代末又百般阻挠他工作的那些人，留下的印象也是这样。

1956年，"我们的瓦斯列伊"，我们总这样称呼他，为我读了一些他未曾发表的"劳改营"诗歌。那之后已经过去许多年了，而我愈加确信，20世纪30—40年代的悲剧在米塔的十几首诗歌作品中带着这样一种力量被传达出来，这种力量将这些诗歌与曼德尔施塔姆、帕斯捷尔纳克和阿赫玛托娃同时代创作的最好作品，置于同一水平。

也许，近些年来，还没有一个诗人像瓦斯列伊·米塔一样，令我经常想起。我越来越感到，在他身上，在他的生活与创作中，有一种对我们每迈出一步都会遇到的那种破坏性力量进行抵抗的、强大的真理：无论是在人际关系方面（特别是年少者对待长辈方面），还是在艺术上，在人"走近"自然时。这种真理我认为同时也是至简的（仿佛"光照"），内涵却丰富无比。

---

[1] 瓦斯列伊·米塔（Васьлей Митта，1908—1957），楚瓦什杰出诗人、小说家、翻译家、散文家和文学批评家，艾基的好友。

对此我只想说一下米塔创作中的一种表达方式，——想再一次提到他的"劳改营"诗歌。

就此主题，在诗人的其他——讲其他语言的——诗歌里，我听到一个杰出的个体的控诉、一位精英文化之人的激愤。米塔诗中悲剧性的"度数"并不逊色于这些作品的悲剧成分。然而，其中见证其谦虚谨慎的一个特点是：谈到他那个时代最大的苦难时，诗人在任何地方都不会指认他自己，——他的诗句说的可能是任何一位"囚犯"、任何一位农民，——任何一位"普通的"人。（也许只有在舍甫琴柯[1]的诗歌里，我才遇到过类似针对任何一位受苦陌生人的、崇高悲剧语言的"指向性"。）

米塔对待自然、土地、故乡的态度，在与它们悲剧性的隔绝之中变成了一种"主人翁的""法定的"——依祖训之法的态度。在那个年代的俄罗斯悲剧诗歌里，我知道的一个丧失所有权利的人对故乡仍持如此观念的唯一实例，就是曼德尔施塔姆那首天才诗歌《黑土》。

另一点也有意思。在米塔的"劳改营"诗歌里并未说明解释，是谁使他失去了自由。他远远地避开对什么做出预测（不仅如此，他也远离训诫，远离用诗歌形式对暴虐者进行的某种"规劝"）。他看待天灾人祸，就好比农民对待他那样："他们——自家人；我们——自家人"，应该做自己能做的具体事情：拯救家庭、亲戚，以免他们忍饥挨饿……

在翻译成另一种语言时，米塔的诗歌还能够保留其精

---

[1] 似指塔拉斯·舍甫琴柯（Тарас Григорович Шевченко，1814—1861），乌克兰诗人、艺术家。舍甫琴柯通过诗歌号召乌克兰脱离沙皇俄国的统治，由此成为乌克兰民族英雄。

神深度与不惹人注目的独创性吗？米塔高超的语言技艺令人想起魏尔伦的那些杰作。而俄语译作，就目前来讲，远未达到。

"不同的时代，诗人亦表现各异，"因诺肯季·安年斯基说过，"有时是侠客骑士，有时又是花花公子。"人们说起楚瓦什诗歌的时候，我最先看见的就是老劳改犯瓦斯列伊·米塔的光辉形象。

您想对波兰读者说点什么吗？

我不想固执己见，但想要说的是：艺术得以发展，在我看来，靠的是原始的激情和非常朴素的欲望。通过我的诗歌，我想要表达的并不太多：传递不一样的俄罗斯——即我的故乡——有点不一样的空间带给人的感受。尽全力建立这片土地的形象……我不会讲述它的原野、森林如何，而它们对居住其中的人们的情感进行了怎样的渲染，我已努力在诗歌里表达。

1974 年 6 月

II

吟诵之诗

第一声部

只有一朵云,只有树
只有田野和房屋
(它们在这里,像你)
他们在这里,像我

第二声部

离开树,意味永远辞别树林
河那边有什么东西从后面飞升而起
(比野草还苍白的鸟儿不见了)
它们已愈来愈少——

接续:

合唱

（无歌词吟唱,慢慢加强。）

1964 年 9 月 22 日

友谊诗篇

（诗歌－互动）

（根据要求在下面两页之间插入散步时捡到的一片树叶。）

1964 年 9 月

星星有外层表面

我也有

请摸摸

（我）

（你）

无 题

■

比任何一棵孤独之树的心更鲜活

■

还有:

(安静的地方——歌唱之最高力量的支撑物。这种支撑,在消除那里的可听性之时,无法承受自身之重。客体,非-思想,——假如明白"不"。)

1964 年

关于诗《无题》的诵读[1]

平静、声音不大地读出标题。

一段持续的停顿过后,接着:

Poco adagio

piano

ped

不超过第一次时长的停顿。

诗句:"比任何一棵孤独之树的心更鲜活。"清晰地朗读,不拿腔拿调。

---

1 特别致谢深圳"春茧合唱团"指挥陈浩先生依原书制作本文的乐谱部分。

长时间的停顿之后:

又一次长时间的停顿。

诗句:"还有。"要用明显提高的声音读出来。

超过前面两倍时长的停顿之后,读出散文部分:缓慢,以最小的表现力。

1965 年

五个套娃

(为儿子安德烈出生而作)

> 您去沙漠看什么?
> 看拐杖吗,被风吹得直晃的?
> 卢卡,7月7日

1

我是

2

感激
风——次级子宫

3

思想
你用它将我们包裹
好像丝绸

4

在时间之中,我们——仿佛大自然
　　覆盖物的
　　一部分

5

　　将自身
　　置入其中

>　　　　　　　　　1966 年 11 月 22 日

诗——戏剧

（舞台作品）

空的舞台，微光。

近声（有点像："啊啊啊"），似乎什么也没有表达。
长久的停顿。

啪的一声——好像拍在墙上——舞台后。

无歌词合唱片段（同时——"完整的"），像是唱祈祷圣歌。

重重的一击——好像打在墙上——舞台后。
长久的停顿。

远处——尽可能"无比"恐惧的叫喊声。

舞台上的光放大到最大亮度。

1967 年

古老大地

神呵

在虚无圣颜的缔造中

眼睁睁被刺破的

和不再沉默的

那一位

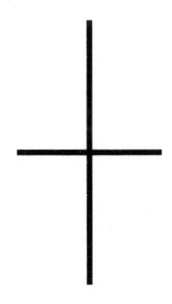

┼

大地的样子

1969 年

又:过了一年
(一位朋友去世后)

给知情人

夜里,一点钟。

此时他睡着了。
知情人也在沉睡。

即将:唤醒,早餐,午餐。

应该有些事情的。地铁和公交车。(小汽车,——有些东西稍加整理一下。)
步行。步伐。

藏 进 心底的 显 见 性 [1]——越来越显性地——出现。

都是小事情——在生物体内(生命般-重要的)。
不仅口袋里——那些东西,而且还有"普通的"东西。

---

1 本书正文文字之间有空格的部分,对应原文中字母之间有空格的单词。

走过。(已可以数着步子。)

(两个:看得很清楚。谁?——原来是街上的风!)

喘气的。

琐碎事,液体(生活 - 自治)。

脚步——在矮勒皮鞋里。(晚一点还将会出现——衣服。)

拉链,皮带,——跟大家一样(生活中事后也都用得上。)

那个显见性——所有的都更快了——在心底(整个,——他们解释说,——……世界……——

    他们用大脑读这样自信 - 响亮的东西)。

电梯。瞬间的非晶体混合体。(可以理解成时分 - 秒钟。)

脚步。

(长久地——加速 - 嘈杂地。)

某年。26 日。半夜一点。

都在睡觉。都是些小事情——有机体内(自己 - 生长 - 和 - 发展)。一些小东西。一只打火机。"星期二"。(或"领唱"。)"烟雾"。(明白无误地看到——窗户。)

昏沉-全-年的。小事情——好像兜里的小东西。好
　像仓库里——灰尘，东扯西拉，肉欲的碎屑。

空气中有个什么东西——正走近清晨。

(一声喊叫。)

"生活已然逝去……""哈-斯"[1]。

明亮地——不会的。

　白天——仿佛-失去理智的-至尊。(而 那 ——正 应
如 此。)

(轻松——好像披件浴袍。)

好像，出浴后，总归还有些皴——身上——得搓一
　搓：要么自己的身上，要么不相干的东西。
最最轻松的(可以开唱)用于庇护的世界。

(清晰度。非全都——来自皴。)

(克汀病患者素描。)瞬间——空洞。还不是这种东西
从我们身上流出来(我们——国度-雾)，就看到这样。

---

[1] "哈-斯"，原文为"Ha-S"。参见本书"作者注释"部分。

而且——不知为何变成这样:梦 见!……光?("哈-斯"!)——哪怕有的只是:空气!(视线——正好——对着专门的-房子。)

年。

("忌 日"——也 为 你 们。)

1977 年 4 月 26 日

步行——辞别

草莓褪色了

森林的晚祷声亦已寂寥停歇

只剩下如此发呆、聪明的太阳

这般落单

1977 年

莫扎特:《撤销原判 I》[1]

赠索·古拜杜林娜[2]

莫扎特 绝妙的 莫扎特 芦苇 圆规
宗教的 刀刃 风 纸 梗塞 圣母
风 茉莉花 手术 风 绝妙的 莫扎特
撤销原判 枝条 茉莉花 手术 天使 宗教的
玫瑰 芦苇 心 撤销原判 莫扎特

1977 年

---

[1] 《撤销原判 I》,又译《你赢得了诉讼 I》,莫扎特歌剧《费加罗的婚礼》中的一幕。

[2] 索菲娅·古拜杜林娜(София Асгатовна Губайдулина,1931—),具有鞑靼血统的俄罗斯著名作曲家,1991 年移居德国。她为剧院、影院和儿童影片创作了超过一百首交响乐。

回家：雪松

够了——这些。(是——再次：打开了所在——仿佛打开了世界)。

仿佛父亲的一百遍——在看不见的地方：梦－感知。
(于是——说出名字之前——时隐时现，人－生下来的：变为"我"－家——爱的)。

不说"我活过"——而说感激：乞丐的宝物：在此气息里（如视觉）。

同样——还有听觉。

声音－可能性之明亮的稳定性——即同属父亲的一百遍！——影子——纯洁：在不易觉察、融合的沉默不语中。

像肉身－和－智力－父亲一样——也曾痛苦。

我所在的那里，一起参与还有最好的；是的，渐渐逝去——仿佛看见：被称为灵魂！——最初的奉献‐闪耀之尘封。

显露出来——它闪烁的相似物。

1977 年

还有:给花楸果腾个地方

森林——全处在血污之中——空虚荒凉之寺。

(好像没有一只飞鸟:没有生命。没有-语言和没有-声音)。

还有——在出口:整体——相似物:

帕拉斯科娃-星期五[1]--花楸果。

1977 年

---

[1] 帕拉斯科娃-星期五,帕拉斯科娃,希腊语即"星期五"之意,她出生于星期五,在一个虔诚的家庭中长大,从小发誓独身,并决定将她的生命奉献给上帝和对异教徒的启蒙。她是斯拉夫民族东正教中的一个代表女性、纺纱、缝纫、婚姻、生育的圣人形象,也跟圣母马利亚,以及耶稣星期五复活有一定关联。

失眠时的两则笔记

1

再次：品相不好的谷物转过身才成熟——含水过多。茎秆和根吗？——像腿散开，"自行"-仿佛-并排一起：在如此空无里！……——只有明白人——知道。

2

而且将脑袋抻得越来越长。还有什么"正在思考的"——星辰之间。脚下——玻璃，被划伤——疼痛："都涂上圣油"。要是被玻璃砸中——噢，星星的天空！——被走投无路的——自由碾碎。

1978 年

长久：白桦树

（为10月8日节日[1]而作）

1

在长久的静谧中纯净地移动——"落叶"概念之奇迹。

2

在此静谧中：更清晰的——始终还是：心——好像世界上无声响的"谢尔吉"[2]：亲近且无时不在——仿佛无所不在、四面八方之传承：

更清晰、不变：

---

1 在俄罗斯，10月8日这一天节日较多，这里指教堂节。
2 谢尔吉（Сергие），也称谢尔盖（Сергей），指谢尔盖·拉多涅日斯基，俄罗斯最受爱戴的圣人之一，独居修道士、显圣者，是许多教堂（包括莫斯科郊区的谢尔盖圣三一大教堂）的创始人。他还被称为俄罗斯人民的精神收藏家。

3

还是那个静谧里：早已有过：

更清晰：始终还是：心

1978 年

祭司和土豆

（选自《关于祭司的回忆》）

袋子里——百货商店里——成堆的土豆。

而袋子上面——百货商店里——是一位祭司。

他可是石头做的——街上，街心小花园里，广场上，还有（国内，各地）。不过呢，我们言归正传：

看——在袋子的上面（他们略感到一些慰藉），——在一袋土豆上面。

祭司，最后连土豆也没有了（百货商场里没有，总之哪里都没有）。

因为——存在着这样一种荣耀：在祭司的精神里，它不会被质疑（更准确地说——耕耘：已逾千年）。

1978 年

带树林的风景

深夜。院子里。我碰了碰树枝上那些鸟儿——它们没飞走。奇怪的景象。似有一点人声——在沉默的领悟力之中。

白色的影子之间——这种鲜活和完整的观察：仿佛已看到我的完整一生——来自幽暗的树林里：是一颗完整的心。

1979 年

饥饿——1947

（致敬日格蒙德·莫里兹《七个铜板》[1]）

1

我站在一张光秃秃的桌子前，桌上只有一个它。

一所空的小房子，——好像很普通、空空–如也、空心钟表的空壳子，——仿佛一敲就会发出呜呜的声音。

还有——母亲（奇怪，——我知道，——可不记得）。

我希望还能更加空，——希望敲击——所有裸露着的墙壁——长时间靠——锤子或刀背，——但求——至少一个。

它躺在那里——伸长，大声，"当然"——在无穷无尽的寂静和破烂之中：凋落般–好似破衣烂衫–旗帜一样落下！——"当心"，——桌子角。

还有腿儿——带孔的丝：长筒袜。好像升起来——到这些空无一物的板上——自己，来自菜园——来自炽热的海市蜃楼！——仿佛——那时候已了无生机。

---

[1] 日格蒙德·莫里兹（Zsigmond Móricz，1879—1942），匈牙利作家。《七个铜板》是其早期著名的短篇小说，以别开生面的形式描写穷人的"哭"和"笑"，因内容与形式创新而轰动文坛。

很长一个时期都在吃东西,我认为,——现在,1979年,——我会了。

2

当饥饿者总是饥饿,一年,两年,三年,依此类推下去,他就不会知道,他想吃,他会这样——总是——只需要照着自己的"状态"活着就行——跟永远一样!——但是,一年,两年,三年,接着就会出现一件事情让他明白,他想要——吃。

于是,在那个夏天,从那个——两年,从那个——三年,我就遇到——这样的,唯一的一种情形,——鲜明的(曾经——就是这样)。

我往前走了走,她的两腿不再挡住脸。

脸,肿得-很大,曾经的工人-红,马-红,也变得一样的肿得-很大,但——放着光……——新鲜,诱人……——曾包浆。而,最终,它就像一个土豆——没有伤,没有眼睛,——刚刚脱了皮,新鲜放光冒热气呢!稍稍冷却下来。(我永远都不会忘记,仿佛昨天见过,——是的,这是最准确的词语。)

我已非常想吃东西。

被吸引,慢慢地撒上盐。这是土豆的,胃-美好的(噢,还将会有"诗歌",我要写)。这就是——撒上盐,还有——吃,这就是,就是这个。吃。

1979 年

水粉画

致米·罗金斯基[1]

报纸散落的旷野;风翻动它们(没有终结和边界)。我整天徘徊,仔细观察:名称——还是一样(一样遗忘:忘记了再仔细打量一下——时光飞逝:记不起来了);还是跟同一幅肖像画一起(又一次地——遗忘)。我在哪里?我该回到哪里去?黄昏;路难行;报纸窸窸窣窣地响;大地——整个来自这片旷野;一片黑暗;孤独。

1979 年

---

[1] 米·罗金斯基(Михаил Рогинский,1931—2004),俄罗斯画家、艺术家,生于莫斯科,后移居巴黎。

III

梦 - 与 - 诗歌

（零散札记）

1

十二月，——无论什么时候我们放眼望去，——白天还是夜晚，——窗外总是——像十二月一般的漆黑一片。

生活——即承受这种黑暗。

这样的黑暗拓宽了空间，仿佛已将这些空间纳入其内心，而黑暗本身——无边无际。并且大于城市和夜晚，——某种共同的、没完没了的阴雨天气 - 国度包裹着你。

你不得不需要忍受几个小时的孤独劳作。你是黑夜的其中一名守护者，——卡夫卡说。

但是你还记得藏好，甚至——救赎因阴雨天气 - 国度而生出忧伤的可能性。

直到最后，你将被子拉过来盖住脑袋，被子另一头你用来扎紧双脚。你放心开始等待，好让美梦从四面八方将你环绕。你将其揽入自己的怀抱。你不会去想，这样做像什么样子……什么样的结果？为何？到哪里去？

2

在《文学报》——用硕大的大写字母——写成大标题：《墨菲斯[1]的秘密猜想？》。

可能，很快我们还将读到标题：《现实的谜底？》。

为何人——无一例外——出世入世，而梦——不仅跟他，即人一样，而且还有"别的"什么？

为何我们——一旦与梦扯上"事儿"，仿佛自身就成了别人？

显然，我们不会让梦被忘掉、"损失"其中我们的"我"，——也就是我们在那个时间如此期待的那一部分。

仿佛在未知死亡真正本义之时，我们和梦玩着"死去"游戏，——这跟孩子们不知道屠杀，却玩着战争游戏一样。

3

但请记得，在内部的梦与外部的梦，——即阴雨连绵-梦两者融合在一起之前；——不管记得与不记得自己，在成为名词和好似"非-生产品"之前；——恳请记住"那些还在路上的人"。

即便哆哆嗦嗦，也还请记得奈瓦尔[2]：在严寒之中，在

1　古希腊神话中的三大梦神之一。

2　热拉尔·德·奈瓦尔（Gérard de Nerval, 1808—1855），19世纪法国诗人。主要作品有《火的女儿》和《奥蕾莉娅》，以扣人心弦的浪漫主义旋律，表现了对于如梦似幻的理念世界的眷恋和憧憬。

荒凉的街道……——记得那位叩响寄宿客栈大门的奈瓦尔。没记住、也不记得——母亲的奈瓦尔……

4

梦-避难所。梦-逃避-从-现实中。

5

说到诗人与出版界、与读者的关系,我们这里将要指出的只是在一定的空间里最后面的那个时间段。

于是,借助主题的指定,我们问自己:在什么地方和在哪些文学作品中,梦出现最多?

梦很多——在"非-应邀的"诗歌里。

6

现实,几近"一切",它跟梦一样,人们不会为这个现实配置一个单独的上帝。

与此同时,这里所说会不会只是涉及对同一片一望无边的海洋——可想象得到的-和-无法想象的-名词的不同阐释?

7

常有一个时期——不算很长——即诗人的真实和出版界的真实正好相互吻合。这是诗歌公开行动之时。这与诗人在讲坛上、主席台上讲解时,听众所经历到的一样。而此刻我们将听到的是——马雅可夫斯基。

公开的真实——行动的真实。听众要的是行动,诗人即倡议行动起来。这里还有地方——留给梦吗?未来主义者没有梦(有的只是梦幻,且多为不祥之兆)。

8

梦-爱-给-自己。

"纯洁无邪的"梦,看来只可能存在于荒无人烟的岛上。然而,我们知道:鲁滨逊·克鲁索在自己的荒岛上立即就为自己找到了其在其他生命体面前的职责所在。我们也将不会忘记他对救世主的祈祷。

9

诗歌无所谓缺席和莅临。诗歌——在场,存在。即便夺去"社会的"真实,也无法剥夺其生活的、作为人的完整、深刻和自主。怎么说呢,——即使是在——梦——特别活跃的那些领域,诗歌也可以显著地得到深化。"有胆"存在于梦里,在梦里丰富自己,与梦交往,——此时,如果您想,并不急于表现出诗歌来自骨子里的自信心——它也就并不需要为它"指明",以便它得到"批准"和监督(像它的读者相应地那样)。

此种条件下诗歌会丧失什么或者会因此得到什么吗?我们还是暂且将问题的提出搁置一旁。重要的是:*诗歌得以幸存。若把诗歌赶到门口,它还会从窗户爬进来。*

10

可这种醒来之时的*些许懊悔*到底来自何方?

也许,我们不知不觉地在为生活"物料"生出忧愁?这一整个夜晚——业已上千百遍——在梦的黑色、默然篝火之上——燃尽的——莫名其妙来自我们内心的"物料"?

11

于是,诗歌的真实渐渐淡出听众视野,——它转而走进独特个体的独特生活之中。

读者在改变,——读者现在正忙着的是一件不无个性的"公共事业",——现在它经历的是一种面对存在的未确定之奇人异事的生活。绝不能将它的"事业"看作自私的,——它对存在之感同身受可能变成示范的、带测验性质的,——好像人类生活之样板。这样的读者需要只为他、只跟他说话的诗人。此时,诗人就成为了唯一一位值得信赖的交谈者。

诗人与读者之间的联络"线路图"也已改变。现在，它——不再是在主席台上——面向大厅，高谈阔论，而是在纸上（经常地——还是非-印刷品）——面向具体的人，通过视觉。不引导、不召集读者，而是与他——交谈，且地位平等。

12

梦的共同处境，梦的"非-视觉的"环境有时比梦境更重要、更令人印象深刻。（这就跟下面这种情况类似，即假如电影放映厅的环境要比电影本身对我们产生更多影响的话。）

我永远都不会忘记二十年前自己所做的那个并不复杂的梦：太阳落山；菜园子里，就在地面之上，向日葵的叶子反射着光芒。我极少在梦境的"眼皮底下"就感到如此激动、如此幸福。

"弗洛伊德式的阐述"对于我而言根本不需要。很简单——我不要（"请别烦我"）。

"象征"？——您绝对能找到它们。

但您无法将下列最重要的因素加入到这个梦的光谱轮中去（您可以注意到它们但无法体验它们，因为它们——属于别人）：我睡在故乡树荫下，在故乡村庄里（进而延伸到好像幸福之海，——一望无垠的旷野！），那很可能是母亲——就在身旁（就在那个菜园子里……可能，她的衣袖因为碰到护林人-树木的枝条变得湿漉漉），有如"所有人以及万物同在"¹般的隆重！——至于缺席的，——好像白天的阳光所不及者，——像森林中的盗贼一样，早已躲藏起来……

梦-世界。梦-可能-宇宙……不仅仅有自己的星系，而且还有自己的一颗小行星，在你村庄的、视觉-心灵有可能看得见的那个边缘。

13

我希望，不让人有一种感觉，似乎我将被提升的梦之"频率"看成这里所说诗歌的主要特征。诗歌还有许多其他目标以及其他的"物料"，——借此，它才不会成为"预先-应邀"（它也不必去"预先-应邀"——为梦！）。

但，倘若我们正说着——关于梦的话题，那么我们就会这样表述：诗歌与读者的这种联系如此亲密，以至于他们也能一起分享梦。

14

梦-诗歌。梦-谈话-与-它-自己。梦-信赖-跟前的-人。

---

1 引自作者的诗句。——原注

15

诗歌的英雄主义,它的进取心、公民责任呢?

就是说,我们亦不会忘记,就在此时的某个地方,在同一个空间里,曼德尔施塔姆——只有不到十个读者需要他——主动地牺牲自己。他——没时间做梦。他明白的,——用另一位诗人的话来讲,——就只有"无尽的失眠"。

16

梦－夏天。

列昂尼德·安德烈耶夫[1]对复活的拉撒路[2]的描写:他明白一点儿死亡,也记得一点点,——用人类语言无法确定的那一点点。

也许,他什么都没明白?(好像我们总以为对于死亡的"认识"不成问题。)

深度昏厥之后恢复知觉的一位朋友说过:"什么也未发生,'那里'也未发生,我曾去过,然后呢……——还能说点什么?……——而现在我——重新——还在。"

跟这种昏厥类似的梦还在。

梦,常常带着"诗歌不准确性"的梦,可以与死亡比较。

---

1 列昂尼德·安德烈耶夫(Леонид Николаевич Андреев,1871—1919),俄罗斯作家,俄罗斯表现主义始祖。

2 《圣经》中的人物。

17

当公开的真实不太可能存在之时,学术讲坛‐诗人会被辞藻华丽的舞台诗人所替换。这样的公众诗人之关系就好像"真理"游戏达成的两面协定("真理嘛我们知道,——我们将它留在了家里,——我们聚集在这里不为这个,——干吗要说不开心的事儿,我们最好还是找点儿乐子")。

这里有何益处呢——梦与它的焦虑,梦与它复杂的、悲剧的个性(因为人的梦,也许,——就是它延伸的——和自信的,和敏锐的、有信仰的、严格自律的——个性?)。

18

无论如何,梦与死亡之比(经常性的,甚至——普遍被接受的)——已属定式且相当接近。在这种情形之下,会不会我们对有关"死亡‐其中‐本身"似乎略知一二了呢(好像我们已知道,它里面到底有——什么)?我们熟知它的轨迹,我们对它的恐惧亦众人皆知。对比梦与死亡,我们很可能说的只是这种恐惧感。

叔本华的观点令我感到惊奇,因为他如此确定无疑地阐释了梦,将梦称为"向死亡借贷的"一段时间。

19

马雅可夫斯基在其最初精力充沛的创作道路上给予了哪些诗人"讨厌至极"的评语呢?这就是安年斯基、丘特切夫[1]、费特[2]。正是这些诗人在其诗歌作品中——在所有的俄罗斯文学作品中——写下了最多的——梦。

马雅可夫斯基没有梦(有的——只是臆造的、"构建性的"梦幻),拥有很多梦的人是——帕斯捷尔纳克。

20

但,同时,对梦的感激(想说的是:母亲‑梦,——它的性很奇怪——阳性的——俄语里、法语里都是阳性,——看得出来,终究,它——神[3]‑梦),感激梦,因为它——不仅是密室,睡袋,——母亲怀抱的仿造品,——感激梦还因为,它拍打堤岸的浪花好像在烹煮某种食物,并且所谓"诗性的东西",——听起来"好像在烘烤华夫饼干"——被血铭记的——黑暗结成的滋滋响‑凝结块,——支配它们——在空地‑间隙之间——就像调度非纸质空间的——树荫‑航标灯!——它们正好可以用来确定"诗

---

[1] 费奥多尔·丘特切夫(Фёдор Иванович Тютчев,1803—1873),俄罗斯抒情诗人、思想家、外交官。

[2] 阿法纳西·费特(Афанасий Афанасьевич Фет,1820—1892),俄罗斯散文家、抒情诗人、翻译家、传记作家。

[3] 在俄语中,神(Бог)为阳性名词,而前文提及的"母亲‑梦"中,"母亲"一词为阴性。

歌空间"；还要感激——那些明亮‐凝结物，它们闪着光的——也许——面孔——依然陌生（噢，每一夜——在梦里——闪光的形象，——带着阴影‐象形文字！）……

朦胧的"大海之作"，梦的！——我们相信"大海之作"，就像恋人笃信意中人生机勃发的影响力。

但是——"实际上"——为了寻求"文学"帮助，我们又多大程度会借助于梦（不考虑自己的主观意志，——那就意味着全身心付出）。单凭自觉的思想，我们毕生都无法抵达那些回忆、那些记忆的深处，而梦却可以仅凭灵光乍现使其呈现。"录音唱片资料库"和梦之强国的"照片、底片资料库"，因应梦的仁慈，时时刻刻——听我们的吩咐，要知道它们拥有——情感最复杂、时代最久远——最鲜活——通过最细腻的观察得来的"胶片"和"录音"。

这里，我要再复述一遍我有一次跟一位朋友所做的坦白："也许这有点可笑，但我还是要说，我写的最成功的作品几乎都是在似睡非睡中完成的。"

当然，这是一个——非常特别的梦……

假如"安排有方"，以便诗人不用吃饭就可以活着，诗人将会愉快接受。这样诗人觉得更好。但是，上帝啊，千万不要夺走他的——梦……

21

"我信赖那些总是早起的人。"一位年轻的妇女坦言。

有些诗人不跟梦的物料打交道。而有一些，有梦，可他们——跟梦作对,梦斗士。勒内·夏尔[1]。曼德尔施塔姆,毫无疑问,——(他们都是)"早起的人"。

22

梦 - 低语。梦 - 轰隆。

人——节奏。

梦,综合而论,应"允许"这个节奏自行其是(不因其他节奏的影响而缩小、打断)。

梦 - 诗歌 - 即 - 其 - 本身。

23

还可以这么说:人——即人之梦,与梦之性格——人的性格相同。

陀思妥耶夫斯基的梦:"夜里我总是睡着了又醒,不下十次,每次睡一个小时都不到,往往冒虚汗。"

这就像放电影,电影胶片几乎按部就班地飞快放映。还有,跟陀思妥耶夫斯基的小说里一样(特别是——在结尾部分),一些章节系列——连续地——滔滔不绝——都是用事件的高潮迭起结尾。

---

[1] 勒内·夏尔(René Char, 1907—1988),法国当代著名诗人,超现实主义诗歌的代表人物之一。

24

人怎样接受自己对待生命与死亡的决定,同样也在怎样对待梦这件事情上表现出自己的意志。

为休养而生的梦,它可以变成一种忘我的方式。

梦-爱-其-自我。

体验自我。享受梦想、梦游。足矣——寻求安慰与快乐——本身。人体验自己的情感、自己的肉身,就差体验"自己的原子构成"了。

这与醉酒欲仙何其相似。(跟梦境和所谓"酒后呓语"如出一辙。)

25

研究课题:"南方、北方国家文学作品中的梦"。(南国、北国)哪里梦多?

北方的黑,——它本身笼罩着人,如梦的朦胧衣料。

26

梦存在于"幸福-不幸"二律背反的两极。

我们将这些概念收窄至"喜悦-灾祸"二律背反时,——梦即消失。

梦喜欢到广阔的概念中栖息。我们若指望在"战争""厮杀"中寻觅到它——概无可能。

27

"我属于——上帝。"韦利米尔·赫列勃尼科夫在一首类似遗言的诗《俄罗斯人用石头砸了我十年……》中写道。

而他的梦——荣光之梦。有罪的圣徒之梦（梦之未被操纵的荣光）。

> 月亮之神，蓝色之子
> 这梦之干柴与力量
> 若到了村庄和花园
> 别碰白天，下蛊一般
> 一大杯葡萄酒灌我，
> 一个大地居者，仿佛波浪
> 一条腿跟随另一条
> 浮沉。

这——很像是"里拉琴的琴声"，以至于让人觉得：读完这些诗句，就是普希金都会情不自禁，悄悄发出惊叹之声。

赫列勃尼科夫-未来派一员，与其他俄罗斯未来主义者不同，——来自"沉睡者"，——来自幻想者。但他同时也像一名易被引诱的圣徒般警觉。同样是上面的这首诗，继续往下看：

> 我的脚步，
> 亡者之步——一些波浪。
> 我洗濯死亡的白发

> 我的,在你无声瀑布
> 深深的涡流中,我猛然惊呼,
> 我拆穿魔法:面积,
> 外切成直线,连接
> 太阳和地球,需时317天,
> 与直角三角形面积相等,
> 其中一条边——地球
> 半径,另一条边——光年
> 走过的路程。于是我的
> 思想里,你走进来,神一般
> 数字317,在一堆
> 不信它的云之间。

个人意志摈弃了梦。于是,时间的数字运算开始了(它们占了整首诗歌的一半篇幅,而我们只引了其中一小部分)。

28

梦-光……梦-茅塞顿开。

这片突然的光芒之海从何而来?也许,无缘无故的意外喜悦的回归具有"周期性"?

29

小彼嘉·罗斯托夫[1]临死之前做了一个梦——不仅仅只是梦境，——它如此强大、如此有理有据地凭着少年的音乐天赋而编织完成。这里靠的是——这个梦境的第二层——梦‑创造者、梦‑艺术家、人‑艺术家来完成的。人物的丰满得以扩展延伸（一切均"加入"其中——甚至梦‑艺术家、梦‑人也"开口说话"）。至于是什么——似乎"加入了"呢？——现实‑人，就在刚才，在这之前，忙着——打仗的人（非忙着填满——战争！），——也许，一个"清瘦之人"。

30

即使我们按时起床，睡不到半小时以免家里人操心，——还是一样，——"醒来之后，不知为何，良心上，——好像我们做错了什么事情对不起某个人似的"，——我的一个朋友不久前这样跟我说。

我们是否曾经自由、"轻率"地让自己沉溺于梦中？允许自己——"任意妄为"过吗？

显然，这是趁着良心真真切切"打盹"之时做的那种梦。

---

[1] 列夫·托尔斯泰《战争与和平》中罗斯托夫家族的人物形象之一，主人公娜塔莎的弟弟；他善良、真诚，最后战死沙场。

31

我的诗歌－玫瑰花中没有梦。诗歌－梦，它们两极对立。现实、喜爱的现实（我还写过"包含喜爱在内的危险之现实"），——这即是玫瑰花怒放之时。

32

您看一下在这之前一度令您不悦，也许甚至让您产生敌对情绪的一个人，——看看他"在睡着时候的样子"。

您不知为何，对他忽生怜悯之心。怜惜——他支棱着的袖子、他的双手……不知为何——怜惜他的衣着。（现实生活当中他的制服类似"上流社会的""官僚机构的"，——甚至——"居家休闲的"，——那套行头。）

他整个人——充满对某种东西、某个人的信赖。当然，对那个人的信赖比对您这位观察者的多得无法计量。

但，归根到底，——这里也不乏——对您的信赖。

33

失眠。否定－梦。让人厌恶的、与我们作对的，梦之对立面。梦的孪生兄弟靠"否定"确立。因为这不是说我们"没睡觉"。而是比赝－梦更多。仿佛"否定"的原子分裂连着几个小时不断将我们穿透。非死亡，却是毁灭之表演、"伎俩"之展示，而正是这种表演与展示变成了我们循序渐进的、"自然的"终结之筹备。

34

于是,我们假设,一个人警觉地睡着了——一个被跟踪,梦中将要遭受攻击、抓捕、毒打的人。他的脸——像屏幕一样,——即便是很细微的阴影触碰到屏幕,他也立刻就会醒来。苍白无力、被照得煞白的一张脸。而透过这道屏风就好像正在观看的是——灵魂。

35

梦——我们恐惧的抚育人。梦强化恐惧,同时还削弱着我们对恐惧的抵抗。

36

哪里没有呢——上面提及的屏幕-脸,还有那个透明的屏风?

为非作歹者的睡相丑陋(假如您无法回避不得不看见它)。还是那样的衣袖,还是那部分此前勾起您怜悯之心的服饰与身体,现在看上去没有变成臣服于上帝旨意的贡品,而是成了仍然以一种习以为常的态度打量着您的实物、"日常品"、"活着的现成之物";所有这一切汇集在一起，衣服的一角、身体的突出部分等，真的就只是一种小憩。

37

噢，梦－洗礼！如何才能获得你的造访？冲洗干净，并带走这些人——噩梦的原料吧！

38

在有关失眠的诗歌作品中，遇到最多的一个词即"良心"。否定－梦（不单单指的是"梦之缺席"）直抵人之要害。

俄罗斯诗人中最具"良心"、最常见，且做良心事最多的诗人，非因诺肯季·安年斯基莫属，——世界诗歌史上最大的一位失眠受难者。

他的《老爱沙尼亚人》，一首关于失眠的、几近花哨的长诗的副标题为："可怕的良心之诗"。

安年斯基的梦－诗同样折磨人，它们——不是让梦境更深，而是跳出梦的氛围之后转而落入敏锐的、将自我意识斩立决的忧郁和清凉晨曦。

39

就这样，从黑暗中突然惊醒，还没来得及回过神来，——哪怕一点点，只为了用它们重新开始爱自我，——你会忽然觉得，某一个"你"——却是奇怪的、非-同类的，由某种空虚的非-生存能力所致的部分-非法的一个客体；

你忽然明白，你并非已到如此地步——完完全全和彻彻底底——的那个"我"，那个自我意识；——突然之间，好像某种空，被你自身发现——在"地形测量学意义上的"——无法确定的墙洞里——发现"灰尘区域"；发现如此僵化的"物化"区域。人们用物化——来建设（就跟建筑工地一样！），既可以物化成像镰刀、锤子，也可物化成街上的风；

（那么，你为什么会出现在走廊里，——而至于，倘若——这就是一切，如果你从此以后永远都无法再返回任何地方；——你将——意外地——立即被废除，——一切——归"无"；很快思想之火也将熄灭；只剩下一条走廊；——沉睡者还在身边吗？——谁给他们描述对话、莅临、存在，——并且就这样还将会留在——之后的——宴席之上——还能张大——惊奇的——大嘴？……），——

这般模样，在梦的间歇，——猛然就出现在走廊里的你，——仿佛在某个荒凉的、到处都充满弥天大雾的小巷里。

40

可毕竟，——"我们还是要乘上黑夜之船"[1]。

那里——人群。那里，在梦之深处，——生者与亡者之共同体。

不管我们是否将亡者之魂想象成"社会"或"民族"之魂，——我们都将一如既往地轻信生者之心，尽管只是在梦中，——鉴于此，我们就要祝愿自己拥有一个灿烂的、仿佛我们业已被宽恕了的，——美梦。

因为除了诗歌，谁还允许自己揽这份苦差？……

莫斯科，奥恰科沃
1975年1月20日—24日

---

[1] 卡夫卡之语。——原注

IV

庙宇的出现

噢

蔚蓝的

和

旷野——银线串成——旷野

(还有很多

金子

很多)

旁边——紧张!

和

光的坚毅

向上

1981 年

旷野 – 结局
（无人的国度）

自然界——荒芜的（听，马上就有个"什么东西"窃窃私语——遥远地"飘散"：趁着未被留下）——我们-我-或者-好像（"别的"已没有了）：被 拒 绝 的——我们。

自我否定-和-多一些（离开去到——天空-失去-理智——而光已干涸！——生锈-和-钢铁的庆祝会：在根部-好像-在十字架上！——还曾经——仿佛在天上：在国度-晒干的——因为阳光跟因为风吹一样！——我们不记得"一瞬"）。

以及——幻影的海市蜃楼——谎言-高度！——"这里-和-那里"这依然还存在：这是某处在闪烁（无种-核心——无客体——上升）和摇晃——零乱地！——成为像-哨子-被照得通亮的 战 败 者 。

那"天空"-来自-物？——带着空净之底：好像言语类似的——缺席。

有的——只有血（仿佛假-兄弟的走动）。

从年龄——回应的 - 心灵的 - 好 - 像 - 为了 - "永恒的"（我们就这样说）走出来 - 坠落——跌入：世界的无年龄！——也不会返老还童：变成——同样的——父亲。

以及：没有（机械地 - 黏糊糊地爬起来）——人民。垂死之人还将增加（不是为了理解）："那个父亲"。（很快，连最小的词语也不会剩下——仿佛幻象的 - 根：为一大堆。）

旷野——没有和你一样的对应的词——旷野（好像一本书）——有人的：没人的（被照亮的 - 眼睛的——称呼 - 好像 - 一位朋友的——以及第二个太阳！——自己不会展开！……——已经——犹如露水——我们不会记得）。

可——发言者呢？

（嗯。这个同样——来自那里：什么也没发生，——这只能说明一点：烟消云散。）

1981 年

旷野和安娜——II

那啊啊啊啊啊啊啊里:
　·　·　·　·　·　·　·

圣恩恩容:
　　·　·

/ 一声喊叫 /

1981 年

宁静：向日葵火焰

（纪念瓦列里·拉玛赫[1]）

四周——有一些——好似建筑物：一栋房子（没看见——我就在那里：依靠某种"诸多的"自己）。

再有——这般的落日更好（瞧，父亲的
物品——依旧是那些：早就
放到我面前——在和平的移动‐徘徊中）。

我走进光里（而桌上的书里——词语在燃烧——可光对我说："你永远要奉献"——而关于这一天——我们仿佛在兄弟般共同的血里读完了："喜悦澎湃在闪闪发光里"）。

只有一个朋友曾经很怪异‐比安魂曲还过分（过了些年——建立了：有一次甚至看见了——一个国度在他的脸上：完整地！——我汲取的那个金子理所当然吗？——我梦

---

[1] 瓦列里·拉玛赫（Велерий Павлович Ламах，1925—1978），乌克兰造型艺术家、哲学家，20世纪60年代的和先锋派的杰出代表。参见本书"作者注释"部分。

见一张脸!——圆周的纯洁——是不是值得——我知道)。

(曾说过童年——突然记起:大量磁碟!——还有书中书——还有很多磁盘!——新的。)

而同时:"一个"——不对!——礼物——像八月:你还在思考 - 仿佛 - 走来走去吗?——在往日金色里:仿佛在屋子的里间——周围越来越宁静。

我忘了吗?——父辈们金光闪耀——突然:兄弟的双手!——而四周的 - 旷野的——旨在 - 为了朋友——毫无残缺:嘹亮。

(我感到痛苦不堪——说了"灵魂 - 可塑性"之类的话!——他最好是默默地理解了——整个人。)

明亮度:仿佛一排排房屋——给予人民!——一样还是我的兄弟:只是部分人的灵魂(而少数——即一切!——如果人——履行完毕)。

(我知道这样一所人民的房子:好像一首歌唱的那样——教堂的——遇到了。)

悲伤是否——在滑落(记忆依然寂静无声:基础的构建已经结束)。

越来越多

轻盈——不是为了谁——为了黄昏：

对金子的渴求

对人们的寻常之物

（而"发生了"——意味着：过去。）

回忆？——也许：这——还要更宽（仿佛在国家的死亡里——非来自国家：闪着光）。

还有我的朋友！——兄弟：带着微笑——仿佛来自亲人（我知道——纯洁如说话的面孔：来自那张脸！——鲜活：磁盘亮闪闪的光！——向日葵的照耀——像家）。

1981 年

雪：我看见——为你们

（新年）

赠维克托和安杰伊

1

罕见的和缓慢的——雪：噢，非‐我们之宁静！还有——"内容"：

同样，**本质的**！……

（确认：是时候了——不用括弧。怀着童年的天真——进到语言：直行。）

这就是我——不多。而——我看见——为你们。雪，如"心"，——关于这一点我还记得一点，——仿佛早已感觉不到疼痛的一种东西！——而作为"信息"我得重复："你们——被扣留"——但是我从某个客体之中补充一下：你们——人性之光（我知道）的奇迹！我看见——为你们（只剩下一个：沟壑；沉默；我看见；沟壑）。

雪——仿佛-落在-波翁兹基[1]-游行队伍，雪。

2

小贫民窟[2]我是知道的——蔓延成巨大的：活过，活着。

听得见的——钢铁（关上——门——在脑子里）。

你在哪里，针先生——带尖儿：为我！——而刺——哪怕相当于疼痛之感！——噢，刺透——死亡！（我知道得更多，而我用沉默——掩盖）。

雪——噢，唯一的（非"定向的"）幼稚：在我们头上。

3

每一份友谊——都有活生生的切口……——寻找——变成了什么——孪生连体：那些人（众所周知）：无-后背？……——很简单：来了——跟做客一样！——用铁"烙印"；往空的"自由"中安置一些"天才"——跟胃里

---

[1] 波翁兹基（波兰语：Powązki），华沙的一个古老城区。
[2] 原词"гетто"还可专指"犹太区""黑人区"。

的东西一样！——"兄弟"说过——有人用初步调查回应了——仿佛用犹太教的客体并与旁边的索套一起！——回音的伪-存在：

响铃-如-变形术士之死亡：

"军队"——"人民"！——

将此抛到旷野-俄罗斯的头顶——当作旗帜-尸骸：瞧，居然想到了，"活过"和"曾经"——在如此拱门：死亡-天空之下。

4

而雪，——不屈从-奇迹，——"生命"和记忆之共同的，——雪。

5

以及——还有大地：根据暴风雪我判断；我不记得"灵魂"；但是我知道："其他的"还在继续！——某个地方——沟壑暴风雪！——还有女儿们-妻子们的眼泪：在子夜——在沉默的国度：清洗打扫——干净。

"雪"，——你说。还有——"旷野"。现在它们之间——

打击-似-火：这是——死亡之钢，——噢，倾听吧，音乐！——钢铁——所取物之体现：重新——还是奴隶。

依旧，呼啸刺耳-女性般的暴风雪，眼泪——好像停下来的一天！——生活继续着。

钢铁——正在闭合：在世界-洞开中。

雪。

噢，沉默的摇摆：疼痛——这不难，我们不知道，何为疼痛。

（嘈杂轰鸣声-积累。）

1981 年 12 月 30 日

元音的宁静

a

1982年2月21日

十二月发生的事

致 I. A.

背着背包从出口走出来,径直朝无轨电车走过去,坐下,出发(看来,没有麻烦任何人送行——搭地铁,去火车站)。

喇叭的声音:"到站了。"经过整条街的房子。在两张桌上(一张不够)——镀锌的("看到它们什么样了吧,结果")棺材。

大的,可能,尺码(生产线的系列产品):好像,长了一米,相比——此种情况下——需要的尺码。

为了所有的人都合适(显然,考虑到——超常发育的这代人)。

我知道点儿隔舱的事;值夜班;往右——无边无际(硬化成钢),可还是那种荒无人烟——往左(同样——钢铁反射的光——仿佛远方的海市蜃楼);空间,越来越大,——大脑?或血?在中间 - 手 - 和 - 武器;不久——

武器 – 自己 – 好像 – 合金！还有——推开，或者——那个虚空？

学会——废除 那 里 的 自己。但还嫌不够，要是——不为难：货物（几次），拖拽 ——进屋内，运走，然后——埋葬。

那还嫌不够，要为了清除自身 ——"精神"或者"别的什么"——清掉：丢到"天上"或者类似什么地方？——称之为：肉体。这样做，就是为了甚至连肉体都——不要留下。

1982 年

没有老鼠

有

1982 年 11 月 18 日

林中空地的洋甘菊之岛

献给杰出的打击乐手

迈克·别卡尔斯基基

恍然大悟

它在移动（……………………………）——

！——

aaaáAAAÁaaaá

（声音 声音 声音）：

：

-（！）-（！）-（！）-

恍然大悟向上（声音–和–闪烁–和–声音）：

：

………………………（噢，闪耀–像打霰弹一

样急促断续的声音):

　　:

　　❗

1982 年

比思想更纯洁

噢[1]
透明!找个机会
请进来并展开

一首诗

1982 年

---

[1] 原文为小写字母"o"。

诗 – 题目：
一只白色的蝴蝶，飞过
收割后的田野

1982 年

存 在

（诗歌 – 即兴舞台演出）

演员，30 次，用各种各样的音调、各种各样的状态（走、坐、站、沉思、兴奋、失望等等）重复同样的话："没有老鼠。"

第二位演员走进来，开始重复同样的全套动作。

第三位、第四位、第五位……（全套同样的动作。）

全体，——每一位单独的演员，身体可以相互接触，——继续全套同样的动作："没有老鼠。"直到大礼堂里出点什么意外事情让演出停止为止。

1982 年

草夹竹桃——"一切"之后

纪念保罗·策兰

啊,白色 - 啊?……——

(无——我)——

啊,别离 - 依兹娜[1]……

1982 年

---

[1] 别离 - 依兹娜(Бели-изна),为艾基将"白色"(Белизна)一词拆开而来。意思未变,但诗歌的音乐性、表现力得到了增强。

白桦树之巅——童年起和直到现在

仿佛
一切依旧：

噢
沉寂下来——在
低语声
目光
和风声之后——

（可我忘记了这个曾经一辈子都忘记了声音摇篮曲过去的为了一辈子记住摇篮曲仿佛沉默无语 - 原始的摇篮曲最初用心将我打开的摇篮曲我得以扩展同时承诺自由无边）——

噢
沉寂下来——（早已空无一人）：

空气——在白桦树冠的：

顶峰

1983年6月

你与我在一起的第一个海

给女儿

1

月亮征服大海精华用宁静寻觅笼罩之力用和平锻造法将其抚平

2

梦

如婴儿学步

半明半暗中

嘈杂声里——穿过梦——仿佛是婴儿的身体

长久的

小碎步

3

太阳统治大海掌握公开父性拥有贞洁之光环抱之光赓
续绽放辉煌

敖德萨，切尔诺莫尔卡村
1983 年 7 月

庆祝会 – 卡尔瓦里亚[1]

致奥德留斯·布特加维楚斯

    家园或世界，——有点白骨 – 集中的东西在燃烧，光在轻轻敲击——终塌陷：火焰。门曾经洞开——只是无法接近的征兆，建立一个包围圈——比火还要坚固。热闹非凡的集中地就这样被撕裂！——曾有逃出的企图——完全变形的靠近：几近恸哭。而它——盘旋，伤口发亮，——偶尔也有人发现——自己的同类人。在熊熊燃烧的大门后那里，在哪些遥远之地，这是——喃喃自语：同 – 被感动的 – 和 – 隐秘的？——大门关上了——比光愈发缺席 – 坚硬！——心灵消失在 – 裂罅 – 在 – 篝火 – 白骨里！——失去知觉依稀记得他唯一的身影：诞生的不是一个圆点，——十字架断裂！——畸形的篝火——来自大脑 – 和 – 双手 – 和 – 武器 – 农民的！——首个 – 乳房爆炸：在永恒的祈祷中——自我 – 惊异：在自身赤贫之血出现之前！——是的，所以：她没了——也没流血。

立陶宛
1984 年

---

[1] 卡尔瓦里亚（立陶宛语：Kalvarija），立陶宛城市。

为了呼吸

事件：有段时间——鸦雀无声。

1984 年

风中的小纸片

"……我要是可以一直不停地写同一封信该有多好:'我已不能——怎么会让这样的事情发生:生活怎么样也不是这样的——也不知道原因——我似乎早已经疯掉'——我无人诉说此事——读这封信吧——给那个你遇到的人听——有可能现在也在思考某个类似的东西——这会不会没什么所谓——这是我或者你——读吧,好像你写给我:'我快走到了——不知为何就这样发生了——生活并不比某种毫无意义强多少——要么其本身的(毫无意义)——要么我的(毫无意义)——我拽了一下——不知为何,本应该如此——很久以前我好像就疯了'……"

> 立陶宛,多瓦伊诺尼可
> 1984 年 7 月 25 日—29 日

走出沟壑

致伊什特万·绍博[1]

左边——乞丐般的——自己的手——好像婴儿的福音书：噢——光彩夺目——不为谁：

少量——迂回地 - 活着！——

还有流浪者——像冷漠的福音书拿起——拥抱——像孩子般抚摸——爱抚：

最亲切的风最亲切的：

幸福孤独的荣光！——

噢，慈悲……

1985 年

---

[1] 伊什特万·绍博（István Szabó, 1938— ），匈牙利电影导演、编剧和歌剧导演，匈牙利最著名的电影制作人之一。

再一次:白桦 – 树冠上的风

越来越明亮:

:

自由:

:

(很久)

1987 年

晚餐：郊外的房子

致米·黑勒[1]

1

甚至砂糖也发出沙沙声："但你记得吗那你记得人们是如何跑来拿走的——像朝霞般跑来"——至少麻烦现在都不同了——可是杜马亦今非昔比

2

某个"我"说某个"面包"小声嘀咕："这是梦 - 和 - 家"——远处的歌声中闪烁轰隆作响：我俯身 - 确信——仿佛一根热得发烫的柱子在某个地方，在古老的节日 - 旷野上别的柱子之间长成：为了从走动人群的嘈杂声中放下自己……——

---

[1] 米哈伊尔·黑勒（Михаил Яковлевич Геллер，1922—1997），作家、历史学家、政论家，生于白俄罗斯，后居法国。

紧接着来一条线显露出——一条血线!——

此刻我看见了——从另一种封闭的嘈杂声中：人们-忍耐——在燃烧的大脑中，从被遗忘的深处——可能在肉体-仿佛-土壤的记忆中：为着秘密地遗忘——我看见了孩子们（"我-梦-和-家"还掺杂了黎明：仿佛歌唱——光芒！——太阳穴的伤口——仿佛嘴唇）

3

"你们之后怎么样了呢"——这个安静的小东西继续沙沙响——"你们之后怎么穿过林中密林"

1987 年

V

诗页——飘向节日的风中

（纪念韦利米尔·赫列勃尼科夫百年诞辰）

人都是从婴儿的咿呀学语开始参与到语言中去的。在诗歌中也有类似情况吗？

有，——韦利米尔·赫列勃尼科夫就是。

在一首几乎是普希金式（和同样意义上的"古典式"）的伟大诗歌《大海》中，我们突然听到："大船哇-哇，大海破玩意，大海造波-波。"

想起这个"波-波"，我再次翻阅了提及的这首诗。在那里，"童年时光"那么多，以至于让这首小长诗貌似是根据"模仿孩子的方法"而写成的（我再引用如下诗句："波浪哗-哗翻滚！""大海，大海，呶-呶-呶！""大海哭啼啼，大海哇哇叫"）。

许多儿童感叹词（热乎乎，——好像刚从儿童还未能完全征服的嘴唇上坠落下来），散落在赫列勃尼科夫的短诗与长诗作品当中。

在最严肃的情形下，从语法意义上讲，赫列勃尼科夫突然用一种令人吃惊的儿童式的"错误"来表达："第93步兵团里，我死了，像孩子们正在死去一样"（因为另一种情形，罗曼·雅各布森[1]当年也用这个举过例）。他诗歌中的人物描写有时类似于儿童图画般直白："一座桥用钉子将往旁边跑过的一个士兵划伤了。"这很奇怪，绝对奇怪：既匪夷所思，又仿佛很孩子气——一挥而就。

就"年龄语言"（或者"语言年龄"）这个话题，谈赫列勃尼科夫可以一直谈到"无休无止"——通过他的诗。譬如，——长诗《鹤》，以其普通寻常-雷鸣般形象的无比丰富而令人惊奇的一首诗（在其头顶，城市和天空某种宏大的统一体依靠它们发出轰隆巨响）。这些形象直率-笨拙，——其中具有陀思妥耶夫斯基同名小说中少年过于合乎逻辑又吹鼻子瞪眼珠-推理得棱角分明的某种"力学"；简言之，"少年式的笨拙"——赫列勃尼科夫的诗歌手法之一。

为了确定此种或彼种创作，有必要运用一种关于作者语言行为的概念。对绝大多数作家来说，语言手段的多样性均体现在于其而言属于同一种特色语言的内部。至于赫列勃尼科夫，还可以谈到其语言行为的丰富多样性。战士-主宰人的严峻召唤很容易转入他的"难以抵达之地"的诗歌中那种贤明弹唱诗人的小步舞曲之声和古老音节之中（"鹿啊，鹿，为何它要在鹿角上拖着一个沉重的爱之动词？"），被一个幼稚-手无寸铁的惊叹而打断（"鹿没有了，没有了拯救""没有了，没了"，——须知，这就好像普希金笔下《戈东诺夫》[2]中的尤罗吉维模仿儿童的喊声：

---

[1] 罗曼·雅各布森（Роман Осипович Якобсон，1896—1982），俄罗斯诗人、语言学家和文学理论家，结构语言学的先驱。

[2] 指普希金创作的戏剧《鲍里斯·戈东诺夫》，剧中人物鲍里斯·费奥多洛维奇·戈东诺夫是俄罗斯沙皇（1598—1605在位）。

"我这里还有钱呢")。

*

篝火仿佛赫列勃尼科夫的惊叹

*

赫列勃尼科夫时代,俄罗斯诗歌不再是精英诗歌(我指的不是"对于任何人"都能用得上诗歌,而是诗歌新兴大师们对待诗歌的纲领性立场)。此外,——在个别-选取的创作-系统内部,诗歌语言的官阶等级被废除;语言"可解放性"的感觉取代不了新"民主品质"中无可挑剔的听觉(但与20世纪30年代末确立的文学的曲意逢迎中的无论哪一种听觉的完全丧失都有所不同)。

赫列勃尼科夫在《星语》《众神言说》《谵语》等等诗歌中的区分标注与上述观点并不矛盾(诗人的草稿被保留下来,其中列举了他使用的语言层次——多达二十种"语言"被列明;说真话,在这个分类当中,也有相当多的元素性的-诗歌幻术成分)。

赋予语言宇宙意义的赫列勃尼科夫真的需要,既然这是可能的,将语言从其"自然社交性"中"解放"出来;此种"可解放性"效果在不改变语言的逻各斯[1]基础时曾经达成,但导致语言放射出一种非比寻常、令人产生幻觉的光。"一切"(好像"总体目标哲学"中的尼古拉·费奥多

---

[1] 逻各斯,古希腊哲学术语,指普遍规律性、宇宙理性、绝对精神,基督教三位一体的教义和道。

罗夫[1]一样）都适合于赫列勃尼科夫，只要符合目标的总体方向。

这个"一切"，将由语言学者用时间去跟踪。尽管如此，通过掌握这些"一页页节日的书页"，我勾勒出了一些俄罗斯－先锋派来自诗学"基本元素周期性规律"的"发现"，——来自这个独特的"门捷列夫－赫列勃尼科夫式的元素周期表"的早熟清单。

在此或更早之前，赫列勃尼科夫又做了什么？"视觉诗歌"起始于1914年阿波利奈尔的"卡里格拉玛"[2]和同一年瓦西里·卡缅斯基的"钢筋混凝土长诗"[3]，但1913年赫列勃尼科夫宣言手稿"这样一封信"保留了下来，信中已经既有"字母主义"[4]，也有"视觉诗歌"的预见，而在1915年，赫列勃尼科夫创立了没能保存下来的"数字之诗"；"客体之诗"发轫于1913年的克鲁乔内赫的"深奥的诗集"，这本诗集的首本还缝制了诗作者裤子上的一粒扣子（好吧，我们也将会提到这一枚"杜尚的"扣子）；

---

[1] 尼古拉·费奥多罗维奇·费奥多罗夫（Николай Федорович Федоров，1829—1903），俄罗斯宗教哲学家，宇宙主义传统的鼻祖。

[2] 纪尧姆·阿波利奈尔（Guillaume Apollinaire，1880—1918），法国著名诗人、小说家、剧作家和文艺评论家，超现实主义文艺运动的先驱之一，其诗歌和戏剧在表达形式上多有创新。"卡里格拉玛"，法语"Calligramme"（图像诗）的俄语音译。1914—1916年，阿波利奈尔有意将诗句分散排列成奇异的图像，这些图像被称为"图像诗"。

[3] 瓦西里·卡缅斯基（Василий Каменский，1884—1961），俄罗斯未来主义诗人、戏剧家、艺术家；俄罗斯最早的飞行员之一。诗人一度迷恋绘画，试图将文学与造型艺术结合起来，"钢筋混凝土长诗"（Железобетонные поэмы）就是他的一种尝试，轰动一时。

[4] 字母主义，或称字母派，发源于20世纪40年代的一项法国艺术至上主义运动，对艺术、绘画、电影、建筑等领域均有广泛影响。发起人是出生于罗马尼亚的一位年轻人，名叫伊西多尔·伊苏（Isidore Isou）。

1915年，瓦·卡缅斯基展出了两幅"诗绘画"；"情绪化的""公文体的"玄妙首次出现在了叶莲娜·古罗[1]的一首诗歌里，时间大约是1911年，而纯粹‑玄妙诗，即"自治的玄妙"则发端于1913年：首批真正的玄妙诗歌已经出现，他们彼此独立，A.克鲁乔内赫和自我‑未来主义者瓦西里斯克·格涅多夫[2]……最后这一位，他的名字现在只有少数文学研究学者熟悉，他个性独特。他是俄罗斯"反‑艺术"的第一位代表诗人，其《终结的长诗》其实是一张白纸，这首长诗被公开朗诵：诗人自编自演。1965年，在弗·弗·马雅可夫斯基国立博物馆的韦·赫列勃尼科夫八十周年诞辰晚会上，我与格涅多夫有过一面之缘。在自己的表演过程当中，说到马雅可夫斯基的时候，格涅多夫好几次叫马雅可夫斯基"瓦洛佳"[3]，逗得大厅观众一片笑声，那时候，这位矮壮、健硕、将所有农民特征"集于一脸"的非典型俄罗斯人猛然大声怒吼："你们别用这种笑声打断我！我和马雅可夫斯基同台演出的时候，总是这样不停打断他本人的！"（我要指出，插句话，赫列勃尼科夫在其一首诗歌中引述了格涅多夫这一段。）

正如我们所看到的，在列举这部分诗歌"发明"与

---

[1] 叶莲娜·古罗（Елена Гуро, 1877—1913），俄罗斯未来主义诗人、画家、剧作家和小说家。其职业生涯跨越俄罗斯象征主义和未来主义。古罗因在绘画中发展新的色彩理论而闻名。

[2] 瓦西里斯克·格涅多夫（Василиск Гнедов，真名为瓦西里·伊万诺维奇·格涅多夫［Василий Иванович Гнедов］, 1890—1978），俄罗斯未来主义最激进的实验诗人之一。格涅多夫主要以他的《终结的长诗》而闻名，这首诗只有一页空白页上的标题，诗人在舞台上用一种无声的手势表演这首诗。

[3] "瓦洛佳"是马雅可夫斯基的昵称。

"发端"的清单时，出现了一些不同的名称。而推动寻找它们的源头就是韦利米尔·赫列勃尼科夫——他的催化师性格、无处不闪烁的"赫列勃尼科夫精神"，还有他一生的传奇。

远不止这些。所有源头中最重要的源头，即赫列勃尼科夫的造词。

有时，诗人想要的不是让不可消除的话语 – 逻各斯说出来，而是让它们发出声音！——某种"自带的"美好之中的美好发出声音！——好像音乐响起一样。赫列勃尼科夫式的"造词"是朝着那个"美的绝对"的首次突破；这种突破自始至终都要求诗人付出几乎是超人的努力，此种"绝对"终无法实现，但是诗歌正是在这种力量——越来越明显的——不可实现的作用之下才越烧越热。

这里还应该指出，赫列勃尼科夫的第一篇作品，开启了词根造词的那篇散文《罪人的诱惑》，发表于1908年10月，比马里内蒂[1]发表第一篇文学宣言还要早四个月。

*

用世界灵魂的蓝色

毁掉婴儿 – 纯洁

用"心路"无辜的声音

这也是儿童之声和明智的

农民的看法！——道路

---

[1] 马里内蒂（Filippo Tommaso Marinetti, 1876—1944），意大利诗人、编辑、艺术理论家，未来主义运动的创始人。1909年撰写和出版《未来主义者宣言》。

在唯一的旷野－俄罗斯

汇成一体，又一律分开：

变成很久以前某处韦利米尔的面容！

我露了一点儿脸！好像

时代变迁——因为几乎完全是穆索尔斯基[1]的痛！

于是切掉——如同治疗——对沉默荒野的思念

在低头者的路上——在这个时刻

用——"心路"——隐匿的蓝色

*

时代的探索、希望和成就，它的幻象和精神崩溃，在我看来，不是以哲学和神学意义上的真理，而是以对诗歌自然元素[2]现象的信守表现在韦利米尔·赫列勃尼科夫的性格和创作中：守护这个自然元素的巨大工作使得语言变成了"宇宙"——从词语"原子"的分裂到词语－星星意义上的"排序"，——就像诗人自己讲过的一样。

假如赫列勃尼科夫的创作轮廓只是在俄罗斯"诗歌先锋"圈内显露的话，我们，基本上，就只需处理"与杜尚有相关性的"那部分就行了，意即——在瞬间自我消失的单一性中，——无更进一步的发展，或者——伴随着伪发展。

"先锋派"对于未知"诗意大地"鞑靼式的奇袭甚至在1913年一年就得以完成——"提前了"一百年。"里程碑"

---

[1] 穆索尔斯基（Модест Мусоргский，1839—1881），俄罗斯作曲家，"五人团"成员之一。浪漫主义时期俄罗斯音乐创新者。

[2] 自然元素，古希腊、古罗马哲学中的自然元素包括火、水、空气、土等，又称自然力、天然力。

接着"里程碑";诗歌"发现"一个又接着另一个,——愈发勇猛,愈发急切地被抛向某个远方——某个"未来的"远方。"里程碑"成为诗学巨幅地图上的标志物,而空间本身仍然"未经处理",未被束缚,——它不过是空无一物,在许多方面它空空如也——直至今日。

现在,我们跟这些"土地"有了关系,而我们的劳动——很明显,非知恩图报。这是——扩充,——坚持不懈地、耐心地、"非耸人听闻地",——已被"先锋派"完成勇猛的急行军,且没有关于其"地面"状态的老式-精神劳动的那些地盘。填补——精神内容(不能只会过一种"里程碑"生活,——应该过那种——大地本身的生活。不知道今天是否还能结出果实)。

倘若没有卡济米尔·马列维奇,倘若我们没能继承赫列勃尼科夫及其宏大的内容——既有他在历史方面的"客观-目标性",也有将"语言学的语言"的许多领域和犄角旮旯"转轨"到新的诗歌媒介的前无古人-多声部性(这里还有"整个斯拉夫古典风格"的复活,还有对词语"细胞"炼金术般的反复冶炼),——在它们多层次同时存在的情况下,它的应用又具有很大的摆幅(首先,我指的是他的史诗大量汇编成集),那么事情就只能这样了(而对于俨然要对现代性负责的我们而言,在许多方面,事情本该如此)。

当然,这里还应该提到马雅可夫斯基。但这需要一次——"专门的访谈"(其诗学与立体未来主义"先锋派"的复杂伴生关系需要一种创新方法,——因为马雅可夫斯基的悲剧性诗歌,在现代诗歌观念中,似乎越来越趋向于俄罗斯道德-忏悔的、古典抒情诗的主航道)。

*

被赫列勃尼科夫"昏昏欲睡的子弹"击中
我战战兢兢——好像角落里
勉强看得见——梦的泥石流相互推搡
造成的!——白色的光
闪耀——中断于众多
来自遗忘深处的灵魂类似物
目光敏锐——无脸

*

但是今天,相比其他任何人,在谈到赫列勃尼科夫的时候,必须要谈的不仅仅只有诗歌而已。

这个访谈是我们今天的必需。坦率讲,我并不在乎,这个访谈的方方面面与赫列勃尼科夫作为如此气势恢宏的一种现象之间,多么"不成比例"。

"韦利米尔是一位杰出的诗人,但对他来说这还不够,他同时还想成为一名预言家。"A. 克鲁乔内赫有一次跟我这样说。

当然,事情就是这样。然而,未卜先知有一个特点:大地之上,未卜先知往往——就我们所知——不过是消极负面的,——警示性的。"积极的先知"好是好,——在我们还未猜到之时,在积极的先知与人类的自我崇拜的联系变得密不可分(如果仔细想想,人类的自我崇拜并不比某些个别人的自我崇拜更令人愉悦)之前。

人类社会生活的乌托邦生活,似乎仅仅是近五百年才出现的事情。显然,不能就此断然确定,乌托邦主义就是人类永恒的病患,与生俱来。

赫列勃尼科夫时代的许多理念，首当其冲的——"未来学的、社会-天意的"，早已成为过去。甚至尽管赫列勃尼科夫的那些"天意"已经实现了，可在我看来，却只表明所有乌托邦结束的开始（虽然我们将不会急于做出如此极端的声明，在上帝那里，我们只不过是异常固执的人类而已）。

"我们想要星星的刺戳"，现在它只被认为是"诗的独创性"。星星仍然是"丘特切夫的"：作为对我们的回答，星星既不想"刺戳"，也不想"被挖掘出来"，——它们，也许，"想要的"只有一个——别烦它们了。

这种新型的疾病——全球的——乌托邦，安德烈·普拉东诺夫[1]曾经也多次患上（赫列勃尼科夫没必要沿着这种"疾病"之道一直走到黑）。

当在普拉东诺夫身上，由于"人类生存的条件"作用，他的性格之脊断裂，如骨头一般断裂的时候，他是一个"像所有人一样"的人，——像所有那些"被侮辱和被损害的人"一样。在哲学意义上，他成了一位特别"普通人一般的"存在主义同情者，亦即非常"普通"受苦受难人中的一位（一个人的肾脏疼，这应该理解为，这是一个比"宇宙"问题更重要的问题；更常见的情形是，一个人的"心"在疼，很"现实"，——像肝疼一样）。

（以下空白一页篇幅）[2]

---

[1] 安德烈·普拉东诺夫（Андрей Платонов，一译普拉托诺夫，1899—1951），真实姓氏不是"普拉东诺夫"，而是"克利缅托夫"（Климентов）。俄罗斯存在主义小说家、诗人、剧作家。代表作品包括长篇小说《切文古尔》、中篇小说《基坑》。

[2] 原文如此。

"宇宙"空想和"宇宙"痛苦对普拉东诺夫这一方面来讲并非徒劳无益,——俄语音节中有一种至今都未曾出现过的什么东西进入到了作家的"词语方面",——他的词语散发着一种难以确定的"普遍性",而这种普遍性之中——有一种——新的"被扩展了的""存在的"疼痛。

*

星星

在那里

纯洁(并将永恒

假如

时间被取消)纯洁

数不胜数和孤独——这是

韦利米尔的眼睛

最后的

最初的

*

"与此同时"(这种表述——出自赫列勃尼科夫散文辉煌的片段)——与此同时,地球上只出现了人类的一个发明。美国历史学家、德国人罗曼尼斯特之子,驳斥了"人之动物性残酷"之说,指出:"人之人类的残酷"。

有一张画有赫列勃尼科夫画作——"未来房屋"的小纸片,令人非常惊奇。事实上,它几乎是"详尽的"预言。这样的房屋在某些地方已经建成。还出现了一个新名词——"智能房屋"。

花 - 房。这个房子里的"智能"——听力。忙着偷听,我如何——为了"生活"——借来三套娃聊以度日。这些"未来房屋"的舒适和伟大,以某种最直接、"最合理的方式",与我们称之为"精神"的贫乏联系在了一起。

请原谅,在有关宏大现象的谈话和诸多事物之中,我提到了一件微不足道的日常琐事。但这件琐事是今天衡量一个人的组成部分,而这把衡量的尺子——人的耐心和耐力——处于人类模糊梦想与绝望现实的巨石之间。

法国科学家亚历克西·卡雷尔[1]的一本经典著作《人,这是个未知》中的全部内容可归结如下:人类,终其一生,对周围世界的研究要比对自我的认知多得多。

我们正处于一个崭新的"新时代",一个与赫列勃尼科夫时代对立的(在经验与智力方面)时代。

"不是纸上谈兵,而是亲身经历",——我宁愿如此描述这种对立。亲身经历,——明白一个人的真正的分量,这种分量并不小,这种分量只不过——不同……——要如何确定?……也许,记住了自身的死亡率与软弱,人需要学习认知世界,世界属于他是在这样一种意义上,即这个世界-宇宙同样——有痛苦和"会死去",人必须尊重这个世界,作为一种共同-唯一痛苦的表达,——在这个共同的命运中,甚至在任何死亡背后,都保存着人类的一份责任,即存在"非人类学的",——责任——不会按照自己的方式企图将它烧弯。

再讲一点——有关"烧弯——不烧弯"。现在做到了吗,尊重"星星",尊重"世界"——好像尊重自己的"疼

---

[1] 亚历克西·卡雷尔(Alexis Carrel, 1873—1944),法国外科医生和生物学家,因开创血管缝合技术而于1912年获得诺贝尔生理学或医学奖。

痛",尊重一根被折断(如我)的"树枝"?

请看——还有一个未来乌托邦样板。某种"后-生态信仰"(在同一根"树枝"面前的某种幻觉的"神圣恐惧和战栗":你只要一碰到——"无可挽回"就会变得更加"不可挽回",以至于"终结")。

尽管不信这一点,不过,我还是想重复一下自己的思想,一个人到底该如何立于世,如何栖居——其中,就此还可以用如下方式表述:"我痛,如世界痛",在两种痛之间存在一种联系——却没有大小之分,因为疼痛不适用什么"更大"或者"更小"来衡量。这种怜悯-不可撤销的联系就是人的本质所在,简言之,他是个什么样的人,"给人印象"如何,——似乎,甚至任何一种"结束",——恐怕,甚至是他所期望的"结束"都无法给他保证。

*

"我搭好了框架"你自己说

关于诗歌

闪着油光-质地坚硬的隐喻原木做的框架

带着辽阔-清新的铃铛声

仿佛空气——农忙时节!

干干净净的"加工好的"木材

高于百分之九十

木头里必需的"诗歌主义"碎屑

全无——好像富丽堂皇

也不存在于农业里

*

赫列勃尼科夫的长诗《三姊妹》我反复阅读了不下十几次。那其中，这"三姊妹"被如此描述，就好像现实不停地被"未卜先知的"线切断，揭示一点点自然后面、人的智力"实体"后面、一切"可见和可被感知"后面的秘密。

"我可是——上帝之子。"诗人就这么顺口说了一句"略带哀怨的"话。他到底是哪一位"上帝"的"儿子"？——这个问题的答案你永远也别想在赫列勃尼科夫的任何一个地方找得到。

纵然拥有明显的神秘天赋，赫列勃尼科夫仍醉心于一种正是在他所处时代开始确立的宗教信仰。著名的抽象信仰，世世代代繁衍生息，到了他所处的时代形成了某种"科学家的宗教"体系，——这已是不同于普通的"自然神论"的，更新的一种宗教了。超越理性（此时，毫无疑问，"非个人的"）之力的存在，这已不单单是用"被照亮的理性"，而是用"科学智慧"证实的，——可以说，这是多么崭新的自由和崭新的清晰度！——纯理性主义宗教——在非常不合理的世界里。

这里，我不想赘述细节（我们的时代，给我的总体感觉是一个为并不复杂的结构确认的时代）。我只能说，在汇集于"罗巴切夫斯基[1]旗帜下"沿着"齐奥尔科夫斯基[2]空间"盛大游行的整个人类社会中，我重新看到的不是一个喜气洋洋的人，而是一个"唯有受苦的"人（赫列勃尼科夫及其与科学热忱有关的那种宗教，在我看来也是一种

---

[1] 罗巴切夫斯基（Николай Иванович Лобачевский，1792—1856），俄罗斯数学家、地理学家。以其研究的双曲几何（罗巴切夫斯基几何）闻名。

[2] 康斯坦丁·爱德华多维奇·齐奥尔科夫斯基（Константин Эдуардович Циолковский，1857—1935），俄罗斯火箭科学家，航天理论开创者之一。

"诗意的辉煌")。

这个"简单的人"不仅"有权"相信他认为是"最高"力量的个人表现,而且在尊重存在世界,——尊重创造之中,——他一个人对这种"高度－个性化"负全部责任。

这不是抽象,不是落后时代的故纸堆,不是"开倒车"。对词语－金科玉律的笃信,——我们将其称为"伯利恒式的",——今天仍在继续用递减方式,用我们世界本身,连同其"熵(热力函数)"－再生的、感染自我毁灭病毒的领域加以证实。

在我触及的问题之中,究其本质并无争议。只是有一点不明白:一些人不相信另一些人相信的事情(或者——同样:对一件事情不信之人相信别的事情)。

没有诱惑到赫列勃尼科夫的"小力量",他被诱惑了——自己(可还有过如此诱惑的世纪吗?——人类自身已分裂在了"词语中思想的尽善尽美"之中,除了这个"尽善尽美"就再无另一种人类现实)。我想,假如有人继续被他身上那些比他活得更长、比他的辉煌诗篇活得更久的"善良企图"所诱惑,现在已经不是诗人之过。

赫列勃尼科夫的天才中有一种品质,——可能也是他身上最主要的东西。

他诗歌的声音有时几乎是"婴儿般"纯洁的。我还提过有关他的"少年般的"笨拙。是的,他常常是笨拙的,好像堂吉诃德。但对自己有认知的堂吉诃德,具有某种深刻、神秘的智慧。突然,一个敏锐的观点闪过:"哦,你这样认为吗,但请还是等一等我,是不是还会不一样。"在对同时代人进行一连串如梯级瀑布似的严酷驳斥之后("俄罗斯人用石头砸了我十年"),重新——几乎是童声说道:"我仍是——上帝的孩子。"

常常——"还说不定"。

不管我在这里怎么说,他全部的形象就是纯洁,真正的无邪-纯洁,我强调这一点——完全地确定无疑。

我希望,这种"堂吉诃德"的话题不会冒犯到赫列勃尼科夫的其他颂扬者。精神胜利之路不可预知,——有时候,它们出现的地方根本不是我们期盼它们的地方;赫列勃尼科夫可以实现的诗歌成就是这样,只要横冲直撞地冲进最"鲁莽的"词语厮杀之中即可。

"还两说着",——但是赫列勃尼科夫是"十说着"。甚至他的"堂吉诃德式的行为举止",最终,将淹没在其史诗般创作的包罗万象的轰鸣声里,在这个轰鸣声里还有某种至今还没有一位电影制作人能实现的电影艺术,听得见其中某种比前-勋伯格还要《摩西与亚伦》[1]的东西,带着这样一种"启动",即——在提及的统一中——好像只是无限-宽广的伟大发声之开始,给予其伟大之名的——正是未来开启中的赫列勃尼科夫诗歌。

*

闪着光的蓝眼睛的灵魂
它来自幽灵"时间之法"的天空
圣容愈加清晰:越来越近和越来越澄明的
是像幼儿般惹人怜爱的穗子

*

---

[1] 《摩西与亚伦》,奥地利作曲家阿诺尔德·勋伯格(Arnold Schöenberg, 1874—1951)未完成的一部十二音歌剧作品,取材自《旧约·出埃及记》。

这些诗篇被卷进节日的旋风；一切都在旋转——从陆地到天空，可能，连宇宙也飞旋起来。世界混乱不堪：智性之细微醒悟（"韦利米尔——不是一位故弄玄虚的书呆子，他是一位聪明人"，——卡济米尔·马列维奇曾经说过）、骨头碎裂之光、理性传教士与莽撞遥远之呼喊、词语令人目眩的词根之光、皮蒂娅[1]式之隐喻"姐妹－闪电"、"驯服的"旗帜－天空，——所有这一切都闪变为诗歌无边无际海洋的彩虹和新颜。

*

被赫列勃尼科夫"睡意蒙眬的子弹"击中的人
我和盘托出——颤抖着
郊区和被毁于一旦的市中心
看见的梦和看不见的
梦－向四周爬去－我的
手术——叫醒
二十九日九点
莫斯科－郊外的清晨

*

莫斯科

1985 年 9 月 23 日—29 日

---

[1] 皮蒂娅，古希腊阿波罗神殿中的女祭司。

关于弗拉基米尔·马雅可夫斯基
（对《文学报》征询表的回复）

您对马雅可夫斯基的看法有无改变？如果有，则是何时以及如何改变的？

从青春期开始我就习惯——在我人生的重要时刻——用马雅可夫斯基来检验自己。

通过他，在 20 世纪 50 年代中叶，我转向了帕斯捷尔纳克，而经过《护照》[1]之后——则是波德莱尔和尼采。

但是，我还"没到马雅可夫斯基"的时期，曾是一个忧郁的时期——十年或更长，从 1968 年开始。那时候，我们共同的绝望对于我成了"个人的存在主义"，而我能坚持下来得感谢索伦·克尔凯郭尔、卡夫卡和马科斯·雅各布[2]。

我没有忘掉马雅可夫斯基，常常悲伤地思念他。但这一种悲伤也已过去，我于是回到了他身边——毅然决然，仿佛转向总是引领我进入一种对自己本身负责的状态的测

---

[1] 《护照》是帕斯捷尔纳克的一本自传体随笔。该书是在诗人里尔克的影响下创作完成的，作者在自传中大量阐述了自己对艺术创作的看法。

[2] 马科斯·雅各布（Max Jacob, 1876—1944），法国诗人、作家、画家和批评家。

试现象；而这种测试现象需要的是"隐秘的"、与任何人都无关的艺术家勇气。

在马雅可夫斯基创作的作品中，是哪些东西令您印象深刻？

马雅可夫斯基具有一种语言可塑性、语言建筑学的特殊感觉。这甚至可以说是他的天才般的可塑性思维。此时这种感觉，感觉之炽热，感觉之对抗表现得如此强烈，令人想起莎士比亚和陀思妥耶夫斯基。

对于他这样一位思想家-雕塑家，适用于精英-知识分子气质的、有时候适用于侧面观察"正确的"艺术家-思想家的标准，却绝不适用。而这样的错误总是接连不断地出现。

马雅可夫斯基那里，其最赤诚的、悲剧的完整性和宏大，几乎全部都曾吸引过我，并继续吸引着我。他的个人-推心置腹长诗（包括早期的，包括诗歌《放声歌唱》[1]）的宏大曰祷，类似于穆索尔斯基的东正教日祷。还有长诗《好！》，我同样认为是独一无二的，——积极的理想主义如此鲜活的作品（看起来几乎是魔幻的），在俄罗斯诗歌中永远也不会再有。在"伟大的乌托邦"展览的序文中我们看到，这是一个多么罕见的现象——马雅可夫斯基的广告画，"罗斯塔之窗"[2]俨然已成为世界造型艺术的经典之

---

1 《放声歌唱》，马雅可夫斯基创作于1929—1930年的一首长诗。

2 罗斯塔之窗是1919—1921年在俄罗斯通讯社（ROSTA）系统工作的、包括马雅可夫斯基在内的苏联诗人和艺术家创作的一系列讽刺橱窗海报。

作。顺便说一下，展览的名称——不仅仅是不成功，这个名称提前暗示了展览的单一性认知。问题在于，人类永恒的（现实-真实的）理想绝不能与乌托邦、乌托邦主义混为一谈。上述展览上的许多——都已成为业已实现的美学现实，并且这已经永远地——留在了千千万万人已被改变了的意识之中。正如我的一个老朋友说过的一句话：马列维奇到过太空的时间比宇航员更早。

我只是对马雅可夫斯基的那些宣传长诗没什么感觉。顺便要说的是，这些长诗是他与阿谢耶夫[1]或者基尔萨诺夫[2]联合创作的。但即便是这些诗歌，其在纯语言-诗性方面也是非常有趣的。

您会在哪些方面赞同他？为何？

这就跟问的是，比如贝多芬或米开朗琪罗，是一样的。

我不能任何事情都支持贝多芬，也不想克扣他一丝一毫。

对于我而言，马雅可夫斯基在任何方面都如此强大。他无可比拟地超过他所在的时代。

目前针对马雅可夫斯基的"分解"研究是从现在指向过去的。同时，不仅审美方面，而且还有对诗人伦理道德的理解，均要求从现在退出来转向对未来的透视。

---

[1] 尼古拉·阿谢耶夫（Николай Николаевич Асеев, 1889—1963），俄罗斯诗人、未来主义活动家。斯大林奖金（1941）获得者。

[2] 谢苗·基尔萨诺夫（Семён Исаакович Кирсанов, 1906—1972），俄罗斯诗人，有人称其为"俄罗斯押韵散文的创始人"。

您能否介绍一下 1930 年之后的马雅可夫斯基？如果他活到今天，他会做什么？

马雅可夫斯基和"被闷死的革命"（他自己说过，是"他的革命"）已经逝去。他——就是未竟革命巨大的死亡象征。

现在，恐怕正在完成的是这场革命的最后一个阶段（晚到的与对某种东西和某个人的某种模仿，因此——就像某种"业余演出"）。

尽管有着这样或那样的变化，但在我看来，在我们的时代，所有的这些变化都算不上"惊天-动地"。顺便指出，现代普遍-灰色的艺术——"传统"现象中的小型-说教式的和小型-讽刺性模拟的——在"左翼"中的艺术，就正好佐证了这一点；谁也不想"跟自己过不去"，只有伟大的诗人才谙于此道——以伟大语言的名义。对于我来讲，波德莱尔和诺尔维德[1]对自己就是这样做的。

如同启蒙时代不需要以其自身和宗教-人文自信之全部威力为主的复兴风格之泰斗一样，对于我们的时代，几乎也一样不需要马雅可夫斯基了。

他会有将来吗？

我相信马雅可夫斯基会回来，并将成为一个巨大的、

---

[1] 齐普里安·诺尔维德（Cyprian Kamil Norwid, 1821—1883），波兰诗人、剧作家、画家、雕塑家。出身于没落贵族家庭，曾在意大利学习美术，后到美、英等国以绘画为生；自 1855 年起住在巴黎，一生穷困潦倒。代表作为长诗《普罗密特迪安》。

严肃的伦理－美学问题，作为一个语言－塑造性问题呈现在世界文化面前。马雅可夫斯基宗教的、反对神祇的精髓非常有力，所以他将一次又一次地要求对宗教－存在主义契机中的语言进行重新检验，以此造就其语言更高的、具有创造性质量之现象。

1993 年 6 月 28 日

奇迹的寻常

（遇见鲍里斯·帕斯捷尔纳克，1956—1958年）

1

我既要写一位在其七十年一生当中都具有阿波罗精神般美好的诗人；也要写一位二十二岁、充满热情的少年……而这位少年就是我，"而要在我们之间划清界限，我做不到"：无论靠过去的自身，还是靠那位少年崇拜诗人的无限美好。

在这里，我的年龄让我发窘，对此我无能为力，只能让幼稚看上去依然幼稚，同时某种后期的冷漠与先前我的热情相互矛盾。

那时候，我是莫斯科文学院的一名大学生。学院的大学生宿舍位于别列捷尔金诺，我跟我的朋友里姆·艾哈迈多夫[1]，一位俄罗斯-巴什基尔[2]混血族裔作家同屋。

里姆·艾哈迈多夫还记得（乌法《列宁主义者》报，

---

[1] 里姆·艾哈迈多夫（Рим Билалович Ахмедов，1933—2017），俄罗斯作家、翻译家、记者、剧作家、草药学家。

[2] 巴什基尔，俄罗斯的少数民族之一。

1990年2月10日）："艾基在对待帕斯捷尔纳克的诗歌方面所发生的蜕变，跟我身上发生的一样。从一开始——1953—1954年期间——在我试图将在我看来已经是最基本的老生常谈灌输给他的时候，他抗拒强烈。强烈地反对攻击我，讽刺我。一段时间过后，他又开始思考，很不情愿地承认：是的，这里还有点东西。然后，经历了认知上存在无形断裂的某个阶段之后，突然有了一个发现，惊呼：'是啊，这简直是完美！'以帕斯捷尔纳克的诗歌为生，已成为他的日常所需，就好像信徒必须要做祷告礼仪一样。"

于是，1956年5月的一个深夜，我回到宿舍——首次与我的神会面回来。与鲍·列[1]在其别墅的带顶凉亭度过的几个小时，感觉像是莎士比亚《暴风雨》和《仲夏夜之梦》的某种巨大的、令人头晕目眩的合金。

我回到跟里姆·艾哈迈多夫同住的宿舍时，已经是大半夜。早已等我等得不耐烦，我的朋友嚷了起来：

"你怎么啦，哭了一路回来的吗？你浑身都湿透了！"

"不知道，眼泪把我弄得湿透了，"我回答，"湿透了——要看有多少他的吻……他亲吻了我多少回……"

就这样，我走进了不但是帕斯捷尔纳克-诗人的，而且还是一位老朋友、一位导师和一位无与伦比的交谈者的宏大世界。

---

[1] 帕斯捷尔纳克的名字与父称（鲍里斯·列昂尼多维奇）首字母的缩写为"鲍·列"，是对帕斯捷尔纳克的一种尊称。

2

他整个人仍沉浸在不久前刚写完的一部长篇小说里。某种无限扩大的自由元素似乎正笼罩着他。在这种自由当中,升腾着,从一个层次切换到另一个层次的,飘扬着——包罗万象、不可阻挡的——不会枯竭的灵感。

总的来讲,谈到长篇小说时,自由的话题在我们的谈话中占据了主导地位。鲍·列经常切换角度谈论这个话题。并且表达观点非常坚决、坦率:

"现在,前所未有的精神自由正在兴起,它不但席卷了俄罗斯,并且在整个欧洲也将产生质变。"

对此,我相对克制。更晚些时期,在鲍·列逝世之后,我认为,他屈从了幻想,同时将个人一己的自由生机与力量给予了想象出来的未来。我将我们时代的文学看作后奥斯维辛的,与年表不同,我在其中看到了曼德尔施塔姆和"奥别利乌[1]成员";帕斯捷尔纳克,在我看来,跟这种文学不太协调,——这绝不是因为某种"因循守旧思想",我认为,是由于他的"和解－和谐的"性格。

直到去年 10 月至 11 月,我身在意大利、苏格兰期间,与周围所有的人一样,对发生在东欧闻所未闻的剧变感到非常惊讶之时,我才想起和按另外一种方式评价鲍·列有关"前所未有的自由兴起"的话,——我确信,这是此种自由,这样一种自由被鲍里斯·帕斯捷尔纳克在 20 世纪 50 年代中叶所看到。

---

1 奥别利乌,即"现实主义艺术联合会"(Объединение Реального Искусства)的缩略语。

对于理解小说的"小-现实主义主题"——他周围的一小部分人——他当着我的面并无埋怨,——可能,这只有在他坚持的重复之中,类似"欧洲对这部小说理解得很对,广泛理解了"等,才可以被感觉得到。

他有一次问我:"您什么书都读,都有兴趣,您知道加缪吗?"

我回答听说过他,但从未读过他的任何作品。

"我也没读过,"鲍·列继续说,"但在他那里我感觉他是一个跟我十分亲近的人,心灵兄弟。我感觉,他理解(我的)小说实质,比任何人都要多。我收到他很多精彩的来信。他称我的小说是'20世纪人的欲望',——听到这样的评价之后,任何其他的定义我都不需要了。"

鲍·列很高兴地讲述了一位修道士(好像是一位多米尼加人)的来信。这位修道士结束了保持多年沉默的誓言,找到他:

"您想象得到吧:修道士-沉默者,还有——我。他把我称为'心灵兄弟'(就仿佛我对待加缪一样)。原来,我的小说甚至还能帮助到他。他的信表现了怎样的现代性啊——节奏、思想!——这样的现代性在我们这里从未出现。"

还谈到了关于散文的诗学话题。有一次,鲍·列开始说起陀思妥耶夫斯基:

"什么是散文中的描写艺术?譬如,巴尔扎克用十五至二十页来描述街道、城市、房屋,然后才转向自己的主人公,可是街道和城市我们都忘掉了,也看不见。而陀思妥耶夫斯基用的又是怎样的描写艺术!他从来不专门描述城市、广场、街道,他的主人公却跟随这一切而移动,而感受,而一起行动,我们也能看清楚,所有这一切是在哪一种可感知的环境中发生的。"

"散文是什么?"还有一次他开口问道,"散文,知道吗,必须是在勃鲁盖尔笔下那个地方同时能看到的那些东西。"

在关于小说的谈话中,总的来说,还有在我们所有的交谈之中,经常会出现平常性、日常性中的奇迹存在主题,——"在所有事物之中"(后面,我将就此详述)。我好像是随口对鲍里斯·列昂尼多维奇说,正是因为小说的情节和其他的"非严丝合缝"才使得其中的"魔幻气氛"得以建立,他带着默认听我说完这句话。

我们第二次见面时,他稍微有点儿尴尬(缓慢、停顿)地问了我一个问题:"请问……您,作为人民中的……嗯,一员……抱歉我这样说!……请问,我的小说有没有让您觉得不像我们的?"

我完全惊呆了,——我这位不可思议的交谈者痛苦的全部深度仿佛瞬间向我敞开。

"您说什么啊,鲍里斯·列昂尼多维奇!我们的,甚至比我们的更像我们的呢!"在我的热切回应中,我,也许,完全哽咽住了。鲍·列点着头拥抱了我。

我不知道的是,不少人对于小说细节喜欢打破砂锅问到底的做法令鲍·列不胜其烦。有一回,我也犯了同样的毛病。

"鲍里斯·列昂尼多维奇,您是喜欢安基波夫[1]的吧。"

---

[1] 帕斯捷尔纳克小说《日瓦戈医生》中的一个人物,名字全称是斯特列利尼科夫(安基波夫)·帕维尔·帕夫洛维奇(Стрельников [Антипов] Павел Павлович)。

鲍·列看了我一眼，有点困惑不解。

"更准确地说，是他让您喜欢，"我纠正自己。"您似乎欣赏他。跟欣赏马雅可夫斯基一样。而且总的来讲，他身上好像具有某种来自马雅可夫斯基的道德上美好和直率的东西。再加上是这个姓氏：安基－波夫[1]……"

"这一点我从来都没想过，"鲍·列回答，"至于说到'美好与直率'……是的，——无论马雅可夫斯基的，还是梅耶荷德的，站在我们看法的对立面，这样的美好，我都欣赏。我喜欢他们，赞赏他们……"

很多快乐不仅与小说有关，还与同小说作者进行的关于小说的谈话有关。艰难的时刻（我的理解）——一次阴郁的大崩塌——来得很突然。1958年早春，跟往常一样，鲍·列在凉亭等我。他没有起身迎我。坐在那里，双手抱着满是漂亮银发的头部。听见我的问候，两手放下，他的脸色——铁青。

"鲍里斯·列昂尼多维奇，又出什么事了吗？"我喊出了声。

"又一次黑云压顶！有人说我不接受俄罗斯革命，诋毁它。"

在这叹息中，所有的东西一下子击中了我，散发出如此深刻－集中、几乎是对普希金"儿童式－自然的"套用之气味。

惘然若失的我，"机械式的"回答显得很天真（从本

---

[1] 此处原文特意将"安基波夫"拆分成"安基－波夫"（Анти-пов），其中"安基"在俄语中有"反对、对抗、反……"等之意，故文中将安基波夫与马雅可夫斯基做异同比较。

质上讲，到现在我也这样认为）：

"革命，——这就跟自然现象一样。须知，太阳升起的时候，不可能会出现接受它或不接受它的问题。"

"正是！"鲍·列在痛苦的感叹中都快呼吸困难了。平复下来之后，他缓慢和清晰地说：

"事情不在于我接不接受俄罗斯革命，我像马雅可夫斯基那样接受了革命。我只是曾经认为和仍然认为，革命还没有结束。"

在我们这个时代，我已经惊奇地接受了苏联现任领导关于第二次革命的观点，——须知，本质上，鲍里斯·帕斯捷尔纳克所说的也是同样的意思，——正好三十年前（而更早——他的《日瓦戈医生》最具历史的精髓）。

3

1953年秋，我从楚瓦什来到莫斯科。在我们"楚瓦什穷乡僻壤"，要找到一本书都很难。我反复读完了之后，——还是一个少年时——就开始跑到隔壁几个村子去找像我一样的"书籍大胃王"。唉，在他们那里我已找不到任何新的书了。

我到首都的时候，对于20世纪的俄罗斯诗人，只知道马雅可夫斯基。我崇拜他，很长一段时间"跟着他"写作，以至于自己的"抒情诗"和写作风格扭曲变形了许多年。

鲍·列对我身上"马雅可夫斯基的存在"感受最深。也许，都找不到一次会面的时候，我们俩不会谈到这位

《穿裤子的云》[1]的作者。

"这就是马雅可夫斯基,而这就是我。"在他的谈话风暴中经常冷不防就蹦出这么一句。还有大段大段"马雅可夫斯基式的"独白:

"还是应该看见他,看进——肉里面去!这是天才以人类形象进行的物理呈现!"紧跟着是一连串爆炸般的定义,可我要还原场景却做不到。

还有一次,我请鲍·列说到了他"不理解"和"不接受"马雅可夫斯基的那个阶段。

"假如马雅可夫斯基未曾经历过'特聘时期',"我说,"假如他直接沿着早年的悲剧诗歌路线走下去的话,则成为下一个'诗歌-步伐'的就是——射出的那一枪了。"

"《放开喉咙》[2],我亦认为是延迟射击。"鲍·列回答。

我认为并将继续认为,那个时代曾经存在着两个合力的诗歌极——马雅可夫斯基和帕斯捷尔纳克。我认为,时时发挥作用的马雅可夫斯基之极,鲍·列一辈子都有体验和关注到。而与马雅可夫斯基的争论,帕斯捷尔纳克对其世界观的反向确认,在我看来,在《日瓦戈医生》构思的最终成果之中也同样存在。

鲍·列与我的谈话——从一开始便——具有普遍创造性和普遍存在主义的性质,并演变成为某种形式的"灵感诗篇",以至于其他诗人的名字都只是顺便提及,有时——几乎是偶然才提到。

---

1 《穿裤子的云》,马雅可夫斯基的一首四部曲长诗。
2 《放开喉咙》("Во весь голос"),是马雅可夫斯基创作的一首长诗(未完成),他于1930年4月14日开枪自杀。

"赫列勃尼科夫是一位天才诗人,但他不是为普通大众而写。"有一次鲍·列突然顺口说道。

我本可以轻松反驳。但我没有这样做,我很清楚,所谓的"不是为普通大众而写"的含义是什么(并非凡事皆"纸上谈兵",而是善于说出好像大众-兄弟们需要面包一样最为本质的东西)。总体来讲,只有非常显赫的人物才允许自己说出那些"明显越轨的事物"。我喜欢老托尔斯泰的"越轨之举",我深信,老托尔斯泰是鲍·列内心"隐秘的榜样",——我想,伴随着岁月流逝,众所周知的"空前简单之异端邪说"与托尔斯泰之"异端邪说"越来越接近了。

在我与鲍·列的交谈中,里尔克跟空气和阳光一样,无时不在。不仅如此,早在我们认识之前,我对1913年出版的俄语两卷本《马尔特·劳里茨·布里格手记》[1]已有所了解(令人吃惊的是,——当时即便是莫斯科出版界也很少有人知道这本书……哪怕在最好的私人图书馆都很难遇到)。

正如我讲到的,提及的其他诗人不太多。鲍·列点头赞同我关于阿谢耶夫和吉洪诺夫诗歌"构架"的评论("是,是的,当然,您说的这一点很对——'构架',可如果我就此什么也不说,他们肯定会生气!"——这里说的是其自传《人与事》)。

有一次,在明显不了解诗人晚年生活的情况下,鲍·列顺便提到了早期扎博洛茨基的"一味追求效果"

---

[1] 《马尔特·劳里茨·布里格手记》,国内译为《马尔特手记》,为里尔克创作的一部自传体小说,被誉为现代存在主义最重要的先驱作品之一。

("曾经非常天才型"):"他本可以成为一位大诗人。"

对于《日瓦戈医生》出版后数量巨大的书信往来,鲍·列跟对待创作一样认真,尽管这"占用了大量时间"。

"前些天,拉宾德拉纳特·泰戈尔博物馆[1]找我。当然,您也知道,革命前的俄罗斯对于泰戈尔具有多大吸引力。在这方面我感觉到了某种精神昏沉,泰戈尔从未吸引过我。无论如何我找到了可以谈论他的某些东西,于是回复了博物馆。"

1957年,我正在将亚·特瓦尔多夫斯基[2]的《瓦西里·焦尔金》翻译成楚瓦什语。鲍·列问我的翻译进展如何。我正为被迫做这种挣钱译作而苦恼,所以回答时有点不情不愿。

"您别这样,"鲍·列指出,"总体来讲,这已经是关于已发生的战争的最好作品。况且,其中还有——非常棒的俄语。"

接着他又补充道:

"您想一想,我翻译莎士比亚和歌德难道是因为我喜欢他们吗?本来我就喜欢他们。为了活下去,熬过去,我必须做翻译。"

1956年秋,我把纳齐姆·希克梅特[3]"引见"给帕斯捷

---

[1] 位于莫斯科的一家博物馆,1962年(此时帕斯捷尔纳克已经逝世)设立。此处疑为作者记录有误或表述不够准确(例如,来找帕斯捷尔纳克的可能是该博物馆筹备处的人员)。

[2] 亚·特瓦尔多夫斯基(Александр Твардовский,1910—1971),俄罗斯诗人、作家,《新世界》文学杂志主编(1950—1954;1958—1970)。《瓦西里·焦尔金》是诗人创作的一首长诗。

[3] 纳齐姆·希克梅特(Nâzım Hikmet Ran,1902—1963),土耳其诗人、小说家、编剧、剧作家和社会活动家,曾在莫斯科工作、生活。

尔纳克,希克梅特称后者为俄罗斯"当代最伟大的诗人"。

"我当然想见到他,更何况,他就住在附近。但,显而易见的是,经常性的朝圣觐见让他不厌其烦了吧。"希克梅特说。

"纳齐姆,不是这样,"我反驳道,"请您相信,他非常孤独。只管——去看他,'其他一律不用管'。"

纳齐姆仍在推辞:"我不知道,不知道。他会说:瞧,来了一位'和平斗士'。"

过了几天。有一天早晨,文学院的走廊里,伊琳娜·叶梅利亚诺娃(奥·伊温斯卡娅[1]的女儿)迎面向我跑来:

"根纳[2],昨天纳齐姆来拜访古典作家了,他俩在凉亭聊了一夜,凌晨才拥抱告别!"

(我和伊琳娜私下称呼鲍·列为"古典作家"。)

1958年10月,我在"莫斯科"酒店大堂偶遇纳齐姆。

"真是,耻辱,耻辱,何等的耻辱!"当我说起"诺贝尔闹剧"时,纳齐姆沮丧地反复说道。

1956年秋,文学院有传闻说,鲍·列同意与该学院的大学生们会面(类似这样"与德高望重的笔友"的见面会在文学院定期举办)。

传闻得到了证实。

"您对此怎么看?"鲍·列问我。

我表示了怀疑:大学生们,"就其总的群体质量来说",

---

[1] 奥莉加·弗谢沃洛多芙娜·伊温斯卡娅(Ольга Всеволодовна Ивинская,1912—1995),编辑、翻译家、作家。1946—1960年期间,她是帕斯捷尔纳克的女友和缪斯。

[2] 根纳,艾基的名字根纳季的昵称。

恐怕，无法理解他。因此，是否值得……虽说如果我在那里能见到他的话，私下也是很高兴的。

"终究，我同意了这次见面。只有一个原因：我想跟帕维尔·瓦西里耶夫[1]见面谈一谈。他是一位多么强大的天才，我从未停止对他诗歌力量的惊叹。"

时代风云变幻莫测。文学院又发生了一轮意识形态的转向，鲍·列与大学生们的见面会未能举行。

不久前，我读到一些关于帕斯捷尔纳克以其"对所有当代-诗人深度的漠不关心"让安娜·阿赫玛托娃感到愤怒的报道。

我根本不准备反驳这个著名的观点，这不是我辈的——"法庭"。

我要再重复说明，在我与鲍·列多次会面的气氛中，我仿佛感受到某种"精神自由"的翱翔（似乎——更多是"个人的"）。这种精神总是充满着一种最为庞大和最为重要、于他永远都是榜样的东西（"譬如，歌德"，——我听见鲍·列说话的声音，——"至于普鲁斯特……"——我听见了，但没能清楚记得他所说的内容）。

关于鲍·列的那些同代人——大诗人们，我没细问，我只是折服于他的自由，——这比"文学问题"更重要。而这个自由自己能找到，在哪里才能拓宽其飞行的广度，在哪里展现其富丽堂皇。

---

[1] 帕维尔·瓦西里耶夫（Павел Николаевич Васильев，1909—1937），俄罗斯诗人。

鲍·列分享了他对范·克莱本[1]演奏的印象（我对其无比巨大的成功抱怀疑态度）：

"一位天才来了，废除了此前所有的法规，并建立起自己的法规。"

我敢说，（假如强调这个"个人因素"）我也对他感兴趣，并非因为他可以作为某代人的代表，而是因为遇见了他、对他这个个体感兴趣（他赋予此个体"亘古－广阔的"意义，——我认为，在此上下文里，每个对他敞开心扉的人都是一个完整的世界，前述的帕斯捷尔纳克的自由也在这个世界高高地翱翔）。

在与鲍里斯·帕斯捷尔纳克初次会面之前不久，还发生了一件迄今为止仍在持续确立我"精神坐标"的大事。

1955年，楚瓦什最伟大的诗人瓦斯列伊·米塔回到了他的家乡。他二十九岁时被捕，在监狱和劳改营度过了十七年。童年起我就知道他——他是我父亲的好朋友，我父亲是一位乡村教师，写诗，也是最早将普希金作品翻译成楚瓦什语的人。米塔处于自由创作状态（依靠全部的力量和成熟度）的时间，本质上讲，只有短短两年，——1957年夏天，正值一个盛大的民族节日"阿嘎杜伊"[2]之际，他死在自己的故乡。节日不得不暂停，几千人参加了他的葬礼。

---

[1] 范·克莱本，即小哈维·拉文·范·克莱本（Harvey Lavan "Van" Cliburn, Jr.,1934—2013），美国钢琴演奏家，1958年参加柴可夫斯基国际音乐比赛，经苏联最高领导人赫鲁晓夫判定，淘汰俄罗斯竞争者列夫·弗拉森科一举夺魁成为钢琴组优胜者。

[2] 阿嘎杜伊，楚瓦什语，犁铧节，又名耕田节，为楚瓦什人庆祝春耕和举行系列庆典的大节。

尽管众所周知的作品数量不多，瓦斯列伊·米塔仍留下了几十首诗歌，它们也成了楚瓦什文学最为珍贵的杰作。米塔的任何自我表现（诗歌语言、书信、谈话、举止行为）永远都是楚瓦什伦理道德和楚瓦什诗学非常古老又非常珍贵时刻的某种"苏格拉底式的"——谦逊的、寡言的（却诗性一样美的）提示。

不久前，我读完了在俄罗斯神甫谢尔盖·热卢德科夫[1]去世后出版的有关安德烈·萨哈罗夫[2]的笔记。"在萨哈罗夫身上，我发现了个体神性的特征。"我认识的这位神甫写道。

我敢说，此种"个体神性的特征"在这位楚瓦什诗人身上同样可以找到（在他的家乡，人们对他就像对待本民族的圣人一样）。

我被"瓦斯列伊兄弟"（在楚瓦什我们都这么称呼他）迷住了，兴奋地跟帕斯捷尔纳克说起了他。鲍·列详细地询问了这位楚瓦什诗人的情况，接着，在预先说明有关他自己"不该对某人说一些特别的话"之后，请我向瓦斯列伊·米塔转达赞誉之词，转达支持和希望之词，称其是劳改营地狱"所有蒙难者的勇气"。

听完帕斯捷尔纳克这个口头"问候"，"瓦斯列伊兄弟"轻声和缓慢地说道：

"请转告鲍里斯·列昂尼多维奇，我们这些跟诗歌打交道的人，在监狱和劳改营相遇的时候，我们相互之间总

---

[1] 谢尔盖·热卢德科夫（Сергий Алексеевич Желудков, 1909—1984）神甫、心灵作家、宗教活动家。

[2] 安德烈·萨哈罗夫（Андрей Дмитриевич Сахаров, 1921—1989），俄罗斯理论物理学家、科学院院士，苏联第一颗氢弹研制者之一。

是说起,帕斯捷尔纳克是自由的,他忠于良心和真理,所以,真理在诗歌中也是活的。有他的存在,正是这一点才帮助我们保住对生活的信仰。"

那个时期,我经常往返于莫斯科与切博克萨雷[1]。两位伟大的诗人之间,因为我的中介作用,形成了"隔空对谈"。

关于瓦斯列伊·米塔去世的消息,我是在伊尔库茨克通过《文学报》的很简短的讣告得知的。很快我回到了莫斯科,几乎是马上乘车赶到了别列捷尔金诺。根据约定时间准时等着我的鲍·列走上前来。这是他说的话:

"这怎会发生呢?怎么会这样?我总是跟自己反复强调:真的不可想象,——他们不会对他下手做了什么手脚吧?要知道,他五十岁都不到!"

而现在,在这一年的5月,我的一位朋友寄给我保存在楚瓦什克格勃档案中的瓦斯列伊·米塔一封信的复印件。信是瓦斯列伊·米塔从莫斯科郊外马列耶夫卡的创作之家寄出的,写给楚瓦什一位作家,信的日期是1935年1月30日。

在信中,我惊奇地发现这样的内容:"昨天对于我是非常重要和具有重大意义的一天。帕斯捷尔纳克到我们这里来了。一位令人印象深刻的人。帕斯捷尔纳克,像他的诗歌一样,——想要读懂、想要解密他的个性,非常困难。同时,他的身上又总是散发出一股巨大、不可遏制的能量,显现出某种特别精神的存在,让人被一种特别激昂、很难定义的心情感染。这是怎样的一种力量,怎样巨大的

---

[1] 切博克萨雷(Чебоксары),楚瓦什自治共和国首府。

精神慷慨！——无法用语言表达，只能用心感受它们。"

奇怪的是，跟我不止一次谈起鲍·列，瓦斯列伊·米塔始终就没提及1935年1月29日对他如此意义重大的这次见面。

最后一次见面，1959年春，鲍·列问，我是否知道安德烈·沃兹涅先斯基的诗。我回答说只读过他的一首诗，《戈雅》[1]，并且"早就发现了"。

"是的，很有天才。我希望你们能交朋友。我相信，你们一定能处好。"鲍·列说。

游离在"文学生活"之外三十年之久，直到1988年12月，我才得以与安德烈·沃兹涅先斯基在格勒诺布尔[2]相识。当然，鲍·列的话，我和沃兹涅先斯基是当作我和他共同继承自帕斯捷尔纳克遗产的"遗训之一"铭记的。

我尤其想指出的是，站在他面前的谈话人有着怎样的精神-智力"含量"，鲍·列能令人吃惊地感觉得到。

三年多会面的这个时期（有时，每周一次；有时每月一至两次），我总是想跟鲍·列开启尼采的话题（那些年我整个人都沉浸在尼采的诗学中，视他为自己在这层意义上的"精神之父"）。但是我本能地意识到，不应该这样做，——我感觉，谈论德国哲学家可能会引起我们之间的小争执。

这不，有一次会面过程中，鲍·列自己主动谈起了尼

---

1 戈雅，即弗朗西斯科·何塞·德·戈雅-卢西恩特斯（Francisco José de Goya y Lucientes, 1746—1828），西班牙浪漫主义画派画家。这里指的是诗人安德烈·沃兹涅先斯基以《戈雅》为题创作的一首诗。

2 格勒诺布尔（Grenoble），法国东南部最大的城市，位于阿尔卑斯山脚下，法国伊泽尔省首府。

采。那次谈话彼此都很兴奋,谈话也很激烈。

"在我的青少年时期,所有人都是尼采迷,包括马雅可夫斯基,包括高尔基(我将不会说起,列昂尼德·安德烈耶夫和其他诗人将此种迷恋带到了何种地步!)。我不是他们中的一员——他们迷恋于尼采的非道德主义。尼采于我,首先,——他是美学家、艺术家。若是地球上出现了某种外星人,并且他们问起来,我们当中有没有将文学家和艺术家融于一身的一个人的话,我就会回答:是尼采,只有尼采!"

天色暗淡下来,我们坐在凉亭里,几乎是促膝而谈。谈至激动时,鲍·列用手拍打我的膝盖,我呢……我也对他做同样的动作。

离开鲍·列,我去找奥莉加·弗谢沃洛多芙娜。

"您觉得他今天过得怎么样?"她之所以这样问,是因为在那艰难的一年里,她请我在跟鲍·列会面之后能再去找她,"让我知道,他那边过得怎样,——只是想了解一下他的状况……"

"今天我们相互打起来了。"我开了一个笨拙的玩笑。——起因是尼采。

我跟奥莉加·弗谢沃洛多芙娜又转述了一遍我们的谈话。

"不可能!"奥莉加·弗谢沃洛多芙娜大喊起来。——须知,他始终是批评他的。一周之前,在他撰写关于克尔凯郭尔的文章时,还对尼采做了反面的回应呢。

4

他不是很愿意我讲他的诗歌。提到《大显身手之时》那首诗歌,他直摆手:

"那首诗里很多东西写得匆忙、零碎。不仅如此,最开始的版本被从我手里夺走了,而在我把这些东西补充完整之时,它们在我手上又走来晃去不太安分。"

我们还有一次差点没大吵一架。离开鲍·列之后,我在一棵椴树异常 - 蓬松的树冠之下徘徊了很久,帕斯捷尔纳克的《第二叙事诗》在我脑海里响起:"锹头一般,仿佛秋天……"

我带着这样的韵律节奏走到鲍·列跟前,立即开始朗诵有关《叙事诗》的内容。

"难道您不知道,我不想听我的早期诗作吗?"鲍·列简直要大声喊起来。

于是开始了,同样的声调,带着怒气:说什么这一切"极度矫揉造作、过分修饰、不自然"云云、等等。

我当即开始喊了起来(我认为,本能地感觉到没有别的出路可以摆脱当时的情形):

"是的,"我听得多了,"鲍里斯·列昂尼多维奇,您早期的诗歌使您非常恼怒!您没必要这样做。这早已成了经典,已不属于您个人。您成千上万的读者都能背诵您这样或那样的诗歌,他们不会接受您当代的(修订)版本。您可无法从我这里拿走已经活在我心中的您的作品——这不取决于您。""此外,"我稍微缓和了一点继续说,"请您听听,为何我要提这个惹怒您的话题。"

我就简明扼要地讲述了,我怎样走在"仿佛沸腾的破衣烂衫"般的椴树下，如何感觉自己周围所有的一切、世界、宇宙——"一切的一切"，都被"盘点"！

"如何呢？您这也能感受到？您懂这些？"鲍·列将"嚷嚷"换成了另一种声调，"须知，果真如此，那真是太好了！您懂这个……"

跟平常一样，接下来的谈话进行得很平和。有关他早期诗歌"非必要的复杂性"这个话题，自此再没有被提起。

20世纪70年代，在俄罗斯各地的农村，我越来越离群索居。身处俄罗斯自然环境当中，我坚信，极度的"简朴"之于我，即"不可思议式'简单的'造物（所有"存在"中最神秘的）完美，即相对应于其"语言的简朴"，必然地和二律背反地伴生着痛苦的问题——在某些"我其他的理解方面"……现在我对此不再坚持己见（我只说明一点，显然，在我这里存在着"与物质世界的不调和"），在这里，囿于我的"个性"，在赞赏其不可思议的果敢、勇猛和对于对人们至关重要、仿佛带着直接神赐的新鲜印记的复兴－宗教的语言所应承担的责任的同时，我与帕斯捷尔纳克的看法略微不同。

近些年——在表达手段方面——"简单的异端邪说"在帕斯捷尔纳克那里开始具有某种不必要的"忏悔的"特征（仿佛他没把什么"做完"似的）。

就这样，有一次，他问我对于 V. 姓诗人的看法，这位诗人的"简单"具有对民间传说风格的模仿。

"是，我已经了解到您对他的特殊态度。所以我读了他的诗歌。一些演技元素和写作狂的奇怪混合体。"我说。

"是的，很多水分。"不知怎的，鲍·列沮丧地回答。

5

我曾提到，贯穿鲍·列与我对谈的第二话题，总体来说所有我们的交往（涵盖广泛、"心跳加快"、阳光灿烂）中的话题，都可以说是奇迹的"在场""日常"。

造物主和造物的奇迹，——尽管我们之间并没有过"专门的"宗教谈话（那时候，我的宗教观非常抽象，处于"黑格尔"的精神影响中，我稀里糊涂和很不自信地闯进了"帕斯卡"[1]那一派，抑制住我对俄罗斯神学哲学强烈兴趣的，首先是我对弗拉基米尔·索洛维约夫[2]"诡辩术"的谨慎态度）。

上面提及的话题，鲍·列在我与他第二次见面时就谈到了。

"奇迹，——须知这很简单。我们身边、到处、经常是这样。当文本摆在你的面前，你并非与一字一句交谈，而是与那位作者的心灵，——你与作者本人在交谈！奇迹，——瞧，您坐在我面前，这也是——奇迹。"

可能，我该在这里预先说明，要传达帕斯捷尔纳克语言独一无二的特点，我认为自己根本没有这个能力。从本质上讲，这甚至都不是"语言"，而是灵感的暴风雨、思想的新鲜出炉、联想的发酵、直率情感的爆发（简直如"感叹词一般的"），几乎直击心灵——好像从身体到身体。

---

[1] 布莱兹·帕斯卡（Blaise Pascal, 1623—1662），法国数学家、物理学家、哲学家、散文家，代表作品有《算术三角形》《思想录》等。

[2] 弗拉基米尔·索洛维约夫（Владимир Сергеевич Соловьёв, 1853—1900），俄罗斯哲学家、神学家、神秘主义者、诗人、文学评论家，在俄国哲学和诗歌的发展上起到了重要作用，对陀思妥耶夫斯基产生影响。

我只能以平铺直叙的方式记录他所说的话，给出所谈之内容的简略图解。

只有一次我试图"描绘"（即便如此——也是过了好几年之后）帕斯捷尔纳克语言的激昂。

1965年5月26日，莫斯科近郊的茹科夫斯基城举行了一场庆祝"第九届阿尔及尔世界青年与大学生艺术节"的奇特晚会。这场活动的前面两项议程是关于阿尔及尔和南非问题的；再往下，请柬上，写着：

> Ⅲ．鲍·列·帕斯捷尔纳克。诗歌。鲍·帕斯捷尔纳克的演讲者：《文学报》主编尼·瓦·班尼科夫[1]，诗人根纳季·艾基。

晚会的"帕斯捷尔纳克部分"，实际上流产了。晚会组织者对于礼堂里那群"穿便服艺术学家的"存在深感焦虑不安。尼·班尼科夫白天还在编辑部上班，一下子"生病了"，就没来参加。感觉得到，礼堂里的观众都不太知道诗人-帕斯捷尔纳克，我站在那里窘迫不堪，真恨不能从舞台地板钻到下面去。

晚会前，我草拟了几页纸的发言稿，在这里我摘录保存下来的片段如下：

> 为了至少描绘一点鲍里斯·帕斯捷尔纳克的个性特点，我决定为你们讲述诗人与我的一次见面。这首

---

[1] 尼·瓦·班尼科夫（Николай Васильевич Банников，1918—1996），俄罗斯诗人、翻译家、记者，《文学报》主编。

先是因为，所发生的一切都不需要讨论，只需简单转述：它自身就像构建完美的一篇文学作品。

1958年夏天的一个清晨，我离开别列捷尔金诺，赶回我当时正在读书的文学院。我勉强还记得那一天：上课已严重迟到，更糟糕的是，与我同行的是我在那些文学院民族主义者中经常能见到的一个坏小子。在一个往前一点就到别列捷尔金诺公墓的岔路口，我正要往右拐，恰好看见了他：鲍里斯·列昂尼多维奇身穿一件白色外套，径直朝我们走过来。我不会试图将他描绘：除了感觉他就在我的面前，就像自然现象一样难以辨明之外，我几乎什么也没注意到。

鲍里斯·列昂尼多维奇激昂的独白开始了：

"真可惜——我都看见了，你们着急赶路——多么美好的清晨！——可你们没时间——有多少话想要说！——须知，你们是懂我的！——你们一定要明白这一点！——你们时间不够！——但你们会明白：最主要——最重要——看，这个早晨——树林——你们——这个天空——这一切旋即：这个世界——世间万物——大自然——蓝天——这些松树！——这一切——立即，合在一起一目了然——让它成为我想要告诉你们的一切！——我想要你们明白，接受，——马上，所有这一切全在一起！——让这一切都跟你们在一起！——因为你们懂我，是吧？——你们一定要明白这一点！"

我补充一下，没等我留意到，鲍·列已走到松树后面去了。我的同伴、前面提到的那位大学生惊呆了，瞪圆了一双眼睛：

"他就是帕斯捷尔纳克？"

同年的年尾，我和妻子在外面散步——几乎快后半夜了。在别列捷尔金诺十字路口，在众多变电所中最著名的那一个的旁边，我们迎面撞见了鲍里斯·列昂尼多维奇。

顺便说一句，这件事情发生在典型的帕斯捷尔纳克式的快人快语之中。这个如意的环境中，还包括了一段真正的帕斯捷尔纳克"快人快语的独白"：

"我真高兴！看，终于，在这里见到你们！一般来说，人们总会想，存在的意义，最本质、重要的——在某个地方的那里，在'其他世界里'！不对——都——在这里，此刻，看——就在此时此刻！——永恒的、必不可少-本质的——在这里！并且，我们真棒——在这里，既有神秘，还有奇迹，还有无穷无尽，一切——都在这里！你们都明白，对吧？"

这段疾风暴雪般的独白，让我一转述，太可怜了，它一直好像某一种鲜活的世界保存在我心底，成为了某种——我身上的——构成的一部分。后来，我写成了于我而言是纲领性的一首诗歌《在这里》，而这首诗歌完全归功于帕斯捷尔纳克。

"我知道，您丈夫几周前才刚刚恢复健康。我期待他到我家做客。期待——好像期待一场极其美好的会面，从来都如此！总的来说——为何他来得越来越少了呢？"鲍·列转而问我的妻子。

"那是因为，鲍里斯·列昂尼多维奇，"我妻子回答，"他不太喜欢其中两位总往您家跑的大学生。他觉得他们两位似乎有点精于算计。"

我很尴尬,忍不住说:"唉,不能这样……"

"错了,她是对的,我理解,明白!"鲍·列的反应很强烈,他转向我的妻子,说话的声音已经变得平静又缓和:

"您是对的。但您知道,友情可不是用温度计做的。"

6

有关帕斯捷尔纳克的"自私"和"唯自我为中心",已说了很多,写了不少。

有一次,他自己跟我谈起此事。这样谈的,——似乎有点抱怨。

"大家批评我自私。身边的人跟我相处不易,我知道。但,您说说,难道这就是自私,当所有一切,——一切大自然的,一切人类-遭受的,一切世界上闻所未闻的美景,——你吸收,如饥似渴地汲取,只为了将这一切,——无限地、慷慨地、义无反顾地,——给予、分送——不知道给谁,——没有地址,——给所有人,给大家!"

我这一代人的成长没有父亲的陪伴。文学中剩下的继-父们,像我一样,曾与势均力敌的敌人作战拼杀。在我的少年时代,真正待我如父的,我只遇到过两位楚瓦什诗人(其中一位——前面提到的瓦斯列伊·米塔),此外还有一位就是鲍里斯·帕斯捷尔纳克。

我曾经爱错人,婚姻也不成功(错只在我——由于可笑的鲁莽和自己对生活的迷惘)。

面对我颠沛流离的命运(直到在文学院学习的最后一年,我始终住在别列捷尔金诺),伊琳娜·叶梅利亚诺娃向我们走过来，并转达鲍·列的意思，他肯定会要求我带着未来的妻子拜访他："我会像父亲一样祝福他，要知道，长这么大，他没父亲。"

似乎有什么告诉我，正在发生的事情摇摇晃晃不稳定，所以我没胆量去找鲍·列。

他感觉到我的"个人"生活不太顺（那个时候已经出现一些征兆，预示着我在文学院即将遭受的迫害）。

于是，有一次他跟我说：

"您感到不好的时候，尽量做一些家务事。当然，此种状态下想要写作常常是不可能的。甚至，连做翻译都很困难。随便抄写一点老东西，转载转载，做一些体量不大的技术性修订工作等。就像此种情况下女人们的本能驱使－明智的做法：洗衣、熨烫衣物，做缝纫活儿。"

（应该说，过了十几年之后，在特别艰难的情形下，我有意识地尽量做一些日常性的琐事，几乎是——"女性的活计"，正是——记住了鲍·列的建议。）

1958年，我被文学院和"共青团队伍"一并开除，措辞是："因为写了一本对社会主义现实主义方法大挖墙脚的反动诗集。"

这个消息被鲍·列视为好像是对自己的重击。事情发生之后，我们立即见了面，——带着内心的心照不宣，我们并没有开始讨论发生的事情。我只是说了一句：

"这是——命运的正确发展，我早就走上了这条轨道，因此，不知何故我平静如水。"

鲍·列沉默着点了点头。

但过了一段时间，别列捷尔金诺风传文学院有一位大学生自杀了。鲍·列赶到学生宿舍这边，向迎面最先遇到的一群大学生打探我的消息。(我多少有点吃惊,但随即也明白了鲍·列的特别担忧——他看见了,我与妻子分手是怎样令我备受煎熬,而这件事情是在文学院开除事件之后立即就发生的。)

顺便说明,那位自杀身亡的大学生,正是前面提到的在公墓岔路口与鲍·列见面时惊奇地问"他就是帕斯捷尔纳克?"的那位。他留下的纸条上面写着,要走出令他痛苦的"环境",没有其他办法。

接下来,我还要提到,"从当代轮船上"将父辈们"放下",我认为是一种自然而然的文学的、总的来说相当程度上具有"游戏性质的"法则。

实际上,"放下"我的神——鲍·列——早在他生前,我就开始了。譬如,在一个非常有文化的犹太人家庭,我突然讲到,我并不接受《日瓦戈医生》中的"犹太人同化"理论:"他说起这个倒是轻松。"这家的女主人称我为"叛徒"。过了几年,因为我对待帕斯捷尔纳克"理论"的态度较为克制,这个家庭就已能容纳我了(再不久,待我很友好的这家人都移民离开了苏联)。

类似于"反‑帕斯捷尔纳克的"(与他的某种诗学观点有关的部分)内容,事实证明,早在我跟自己的一个朋友里姆·艾哈迈多夫的谈话中就开始出现了。听完我的说法,里姆突然爆发:

"你知不知道,仅仅一周之前,他深夜来到这里,为的是关心你的健康状况?你是否想过,我们哪里还有什么钱既能给你买药,还能喂你吃橙子?"

以下是对里姆·艾哈迈多夫关于我的回忆的摘录:

有一次，我的艾基病得非常严重。整夜都高烧不断、说胡话。我着实吓得不轻，早上就没有去上课。跑去别列捷尔金诺医疗站，请来了医生。医生确诊：双侧肺炎。开了处方之后，说护士马上就来打吊针。吩咐贴上芥末膏药，建议加强营养：水果、牛奶、肉汤都要。口袋里没几个卢布。桌上只有一个最便宜的全麦面包，两个洋葱头。这就是当天的午餐和晚餐。我倒是能对付过去，可他，一个病人，吃什么呢？拿什么去买药？奖学金下来之前，又必须借钱。我拖着沉重的脚步蹒跚走到车站的无轨电车那里，只听得身后有人喊我。抬头一看——帕斯捷尔纳克。他从我的脸色，看得出来，就已明白，出事了。他问为何我没上课。我说根纳病了。鲍里斯·列昂尼多维奇着急起来，开始详细询问，到底怎么回事。我头一次见到他如此激动。一边交谈，他一边机械地跟我走了几步，然后猛地停下来，抓住我的肩膀，有点儿心烦意乱地喃喃自语道："您知道吗，抱歉，我现在手头也没现钱。但咱们回我家吧，总会找到点东西。"

我顺从地跟随着去到他的别墅。走进如此熟悉的那间屋子。鲍里斯·列昂尼多维奇从桌子的抽屉里找到几张二十卢布纸币，停顿了一下，又加了些纸币，递给我说道："先跑药店抓药，然后再买点能吃的、好吃的东西。"我衷心地谢过，愚蠢地保证，奖学金发下来立即还欠款。他眉头一蹙，埋怨地说："等你们荣获斯大林奖再还吧。"

在街上我数了一下钱：二百五十卢布。我个人奖学金的一半。完全一步到位，不仅如此，我在文学院上课的同时,也在一家工厂打点儿工挣钱。那个晚上,我填鸭式地让朋友把药全吃了,贴了芥末膏,把在简陋的车站小卖部买的夹有奶油、火腿、三文鱼的面包片都喂他吃了,茶也给他饮足了。他非常开心。

翌日还有无论如何也想不到的意外之喜。声音不大的一声敲门声响起,进来的是鲍里斯·列昂尼多维奇。他亲自来探访病人了。我刚给根纳揭掉了芥末膏,他就疲倦得睡着了。客人迅疾的眼神环顾了我们狭窄的、勉强挤下两张床和中间一张小书桌的小房间。桌上是一台廉价的塑料壳播放机。床头的墙上,是用绘图纸画的沃洛申[1]、尼采、曼德尔施塔姆、阿赫玛托娃、帕斯捷尔纳克、茨维塔耶娃的碳素肖像画,还有马瑟雷尔[2]版画的复制品,梵高的画《哀伤》和《永恒之门》的复制品。这一切都是我自己用粗笨的手布置的。鲍里斯·列昂尼多维奇嘴角露出了微笑。

他在挨着病人的一张椅子上坐下来,用手掌去贴病人滚烫的额头。问我给他服用了什么药。我抱怨说,根纳不太听话,贴了芥末膏躺着不超过一小时,说什么小孩子可以忍受得住,他不想忍。鲍里斯·列昂尼多维奇吓坏了,解释说,贴芥末膏不能超过十五分钟时间。掀开被子,他看了看病人灼得通红的胸

---

[1] 即马克西米利安·亚历山德罗维奇·沃洛申(Максимилиан Александрович Волошин,1877—1932)出生于乌克兰,俄罗斯诗人、翻译家、画家、文学评论家,象征主义重要代表,他翻译的法国诗歌被奉为经典。

[2] 弗兰斯·马瑟雷尔(Frans Masereel,1889—1972),比利时艺术家、版画家,表现主义者。

部,直摇头。他还给了其他一些吩咐。临走时,又将两颗柠檬、几个苹果、一罐浓缩可可,还有五十卢布放到桌上。几天之后,当我企图还钱给他的时候,他用带着气恼和责备的语气,骂得我满脸通红,把滑雪裤兜里的钞票揉成一团,真不知道自己的脸往哪里放才好。

与鲍·列的友谊和交往带给我的快乐纯洁无瑕。从他那里我从未有过别的奢求(比如,没求过签名、他新诗歌的加印本,——我从未想过)。

1958年夏,我失去了莫斯科"居留许可证",没有任何经济收入可以生存,我去了伊尔库茨克 M. M. 拉夫罗夫教授(亲斯拉夫派《俄罗斯思想》一书的出版商弗拉基米尔·米哈伊洛维奇·拉夫罗夫的孙子)家,离开——到一个没有人知道的地方,无限期。在这之前,我跟鲍里斯·列昂尼多维奇辞别。他固执地要求我给他写信,——"我一定会给您回信"。我脑海里拟就了一封给鲍·列的长信,但感到这封长信会成为"非文学"和非自然的东西,就没写出来(我几乎要窒息在这封"口头信"中来自整个"宇宙"的,一大串纷纷扬扬的思绪、感情之中)。

鲍·列去世后,在最沉重(却也——业已"忍受")的四分之一世纪,我经常陷入沉思:帕斯捷尔纳克怎么能承受那样的生活半个世纪?

回忆起了很多,其中还包括很多"日常琐碎"(在这篇回忆录里我没有提到,只"为自己"留存)。

想到他的生命支撑——仿佛想到某种谜语之奥妙。

而关于他是如何承受和战胜这一切的,我想("除已讲述的之外"），容我下次解释。

在我看来，鲍里斯·列昂尼多维奇拥有超凡的让人着迷的能力，——在任何一方面、任何时候都能让人着迷：像小孩子散步时遇到的一片落叶（在别列捷尔金诺，"普通的人们"至今仍然记得他："作家里面，只有帕斯捷尔纳克跟我们打招呼问好"），阴沉的雨，任何一位谈话的对象，——就像他自己说的："所有的－所有"——生命，宇宙，自身诗学的世界。

7

我们的首次见面，谈话谈的就是我的诗。准确地说，是一首逐行有（俄语）翻译的楚瓦什语小长诗《子房》（总共六页打字页），这是我在1954—1956年间努力"打造"的。

对这首诗，鲍·列用一句话做了回应：

"一半我非常喜欢，另一半很不喜欢。"

我甚至都没提问题。我非常清楚，鲍·列不喜欢的是哪一半，是那些留存有"马雅可夫斯基主义"残余痕迹的部分——在用"解剖学"和"生理学"塑造人物形象方面。

同年秋，以及1957年年初，我给他读了六首诗歌和一首献给捷克诗人伊日·沃克尔[1]的小长诗（"他真的是一位重要的诗人吗？"鲍·列说到这位诗人的时候问道）。

---

[1] 伊日·沃克尔（Jiří Wolker, 1900—1924），捷克诗人、记者、剧作家。

特别记得我的第一次朗诵。鲍·列整个人都沉浸在倾听之中（似乎，脸上的光愈来愈暗，淹没在某种自然元素里，——这样的听众，不管是听谁的诗歌，我再未遇到）。献给沃克尔的小长诗中的一个地方，他让我重读了一遍（"小小的霓虹街灯安静、凝神地闪烁，仿佛里面坐着小牧羊人，安静、聚精会神地写字，所有的传说仍在继续"）。

针对我将科技术语引入诗歌中这件事，他指出，"在强化一个完整形象的内部轮廓时是成功的，——而您的诗歌——就是一个完整形象，——这些科技术语可以引用，但要比您目前使用的频率少一些为宜"。

似乎是在总结总体的印象，鲍·列说：

"总体来讲，您立即就发现了人物之核所处的'区域'，并随即开始强化其进一步作用。可是，为了最好的，必须舍弃好的，这一点您尚未做到。"

就此，我曾写到过："正是这一句话，成了我漫长诗歌之路的学校。"

我还给鲍·列读过我翻译成楚瓦什语的他那首《冬夜》[1]。

"在您这儿，矮勒皮靴落下来比在我那儿早一些。"[2] 他拥抱了我，之后指出。

真是这样，有"矮勒皮靴"的那一节，我在翻译中将

---

[1] 这首诗写于1946年，也被收入帕斯捷尔纳克的长篇小说《日瓦戈医生》之中。

[2] 在《冬夜》这首诗中，"矮勒皮靴"那一节是第五节，译文为：
两只矮勒皮靴
砰砰落到地板，
烛泪从屠弱的长明灯
滴在衣衫。

其换了一个地方。

有时,为了举例,我选读了我写的楚瓦什诗歌中一首诗歌的开头部分,鲍·列问我:

"真这么好听?"

"是啊。"我回答,一边还惊奇地想,我真的是赋予了楚瓦什语的浊辅音很大的强度,很接近俄语(浊辅音)发音的强度。

很多次我都有这样的感觉,他从不只问一个问题。原来,我的楚瓦什语"逐行式翻译的"排版像是只翻译了一半的感觉。于是,有一次,似乎为了找某个借口,我跟鲍·列说,我认为,"诗歌最重要的——是捕捉美,至于用什么语言制造,不重要"。

"我同意您的观点,"鲍·列若有所思地回答,"但我的感觉是这样,您已经走进了俄语的身体,并且非常勇敢。此外,似乎只有俄语能够让您操控全部的、在我们的交往中您身上生发出的某种诗性萌芽。最可能的是,您还在犹豫自己的选择。假如您要问,我是否觉得您可以转而使用俄语,我会说:是的,我是这样认为的。您已会使用俄语了。"

希克梅特,曾经在谈到类似的话题时,说得更直率:

"您需要的是一大套工具。需要——一个乐队。就是说,您必须转向俄语,它与您身上自带的气质很吻合。不过,您要记住:人们永远都不会忘记您的出身,因为作为一位少数民族的移民,您将在一个庞大的文学里生存。这是我的经验之谈,我和您的经历是同一类的,当我准备进入欧洲背景之时,我也要有所付出和牺牲。"

1960年,我开始痛苦地转向俄语,也就是在鲍里斯·列昂尼多维奇已经病入膏肓的那个时期。

我最初转向俄语写的一首诗歌叫作《被标记的冬天》。这个题目——隐含着引自帕斯捷尔纳克的一个"引文",——我知道,他在朋友圈中,会用这样的话形容我:"他——被标注的"。

1982年在巴黎出版的我的俄语大型单卷本,也用了所提到的这个题目作为书名(这里,是我对鲍·列"遗训"的某种继承——神秘,只对自己)。

同样作为"遗训",我还记得他下面这段话:

"我很喜欢您与大自然融为一体。而我想说的是,作为您对待自己写作的一种责任,您必须有意识地努力保存住这种天赋,这个时刻一定会到来。"

1959年年初,倒数第二次会面时,鲍·列说:

"俄罗斯——艺术家幸运之地。这里,人类与大自然的联系尚未中断。"

8

1959年秋,我回到了楚瓦什,回家,因为母亲快要不行了。

在家乡,我"像一位敌对分子,生活在专门的监视之下",——跟地方边疆区执委会例会上宣布的一样。

经常可以收到莫斯科的来信——伊琳娜·叶梅利亚诺娃写来的。突然信就断了。有一天深夜——悄悄地——邻村的两个年轻人来看我(两人——因为"意识形态原因"被西伯利亚某所学院开除):"我们听过您的很多故事。大家都在说您与鲍里斯·帕斯捷尔纳克的交往联系。所以我们决定告诉您，国外的'广播'正在讲，他病得很重。"

过了一段时间，有人交给我一份电报。好像从纸上蹦过来的，赫然一句："古典作家离世。"

我的母亲，一位大字不识几个的农村妇女，具有很多人生智慧，也是我真正的心灵之友。我跟她讲过帕斯捷尔纳克，她明白其在我人生中的意义所在。

"你一定要去参加他的葬礼，"她说，"去吧。你要相信，——你不回来，我不会死的。"

夜幕降临。我穿过田野，拼命跑向远处的边疆区中心，从那里我才能赶到火车站。

月光惨淡。我猛然想要再读一遍电报——上面写着："周二葬礼。"

鲍里斯·帕斯捷尔纳克，三天前已被下葬……

我的妈妈，在鲍里斯·列昂尼多维奇去世两周后，也走了。

就这样——经过可怕的两重打击之后——我的少年时代宣告结束。

1990年6月7日—13日

VI

十首诗

（纪念鲍里斯·帕斯捷尔纳克，1957—1965年）

艺术家

致鲍·列·帕斯捷尔纳克

1

建成了吗？——不过是天赐
仿佛岩洞钟乳石上发亮的斑点
谁都不太熟悉：

靠其互联
存于心——

猛然——偶尔——睁开
眼睛——那个——我

2

为了谁
又在哪里
飞机机翼上的水滴——

同样令人兴奋
每一天意外之喜——

正如我——镀锌铁桶的同样的冷
同样的门外面
在回家之时

3

——我——每天说的
肯定成了真理:

与狗一样,一个原始的习惯
狗窝旁,转他两到三圈
躺下之前

4

——我也不知道选择谁

在梦与辩论之间——

如是,一个人
想回家时突然听见
遥远的海的声音——"不可能的"这里——

5

可这个夜晚对于我
仿佛进城的那个人,像神一样——

走路的时候,好像远处
还在窃窃私语着——什么

1957—1958 年

哀歌的预感

你将不能休息
在他棺木明白存在之时

清凉将为你送上
好像开阔的林中草地
天空渐渐变暗、渐渐褪色
仿佛四周
被安静的树皮熏黑的树林

却比你的"我们在"更清晰
闪亮人物之光
为此为他站台的
是你的眼睛,带着眼底的神情
还有窄窄的——眼——眉骨
好像暗淡的笼套

终于明白了,即便在那时
当他浑身热透
当他又像孩子般柔软和水灵
当他辞别时想说
信仰的最后三个词——

为此,他紧紧地
用前所未有‐信任的面孔
贴在人身上某个地方——

彼时才发现
是你的一双手

我们将记住那张慢慢冷却下来的脸
还有越来越被接受的样子
仿佛模制的假面具
凶手之手做成

1957 年

在这里

仿佛在密林深处被我们选中
只有藏身之处
保护人们的

生活顾自离开仿佛路走进森林
它的象形文字
我只看见一个词"在这里"

它是大地,天空
它是阴影中的一切
它是我们亲眼之所见
它是诗中我无法之分享

永生的谜底
不会高过冬夜
被照亮的那一株灌木丛的秘密

雪之上,洁白的枝条
雪地里,黑色的影子

这里,万物相互回应
说着最原始 - 最高级的语言
若回答——总是高高在上 - 可有可无
高于生命——数字表示的自由部分
接近永生不灭的部分

在这里
在被风吹断的树枝末梢
寂静无声花园的尽头
我们要找的不是果冻难看的碎块
像棺材的外形

拥抱被钉入十字架之人
在悲伤之夜

我们亦不知文字和标志
可能高于其他的
我们在这里生活，在这里我们也很好

在这里，缄默时我们被现实烦忧
但如果冷酷地与它诀别
生活也将参与其中——

仿佛发自自身的
消息我们充耳不闻
离我们而去的
好像灌木丛的水中倒影
它还在那里只为了占据我们走后
我们再不需要服役的
我们的位置——

只为了人们的空间
只被生命的空间所替代

无时无刻

          1958 年

致哀歌的预感

怎么回事?
第一次
你在那个时间被打——

但——只想把自己从你身边扯开
而——非侵犯

我挣扎着想找到自己
在无语言 - 死气沉沉、叫作
时间的无形黑暗之中——

只为，那个空间
为了没有你的生命

此刻已逝！于是我自由
从赠予我的孤独中解脱——
孤独——包裹四周！

得到了赢得的孤独——
得到了自己

原来，我的地方
是无人的荒漠——

虽然给人慰藉时，它暂获此名

虽然还未最后采取行动！
尚未让死亡本身攻占：

尚未成为它的材料！

不过是为死亡
营造气氛

未雨绸缪

1958 年

仅仅一年以前

纪念楚瓦什诗人
瓦斯列伊·米塔

曾经——失去、未知
所到之处被爱抚慰
亲近者的、田野劳作人的夏天——

仿佛为区分品种而分开!——

度量生命
只用一种时间
长度——仿佛血和呼吸般私人化——

只是它的持续时间——

要求脸部表情上
看不见普通的词语

透明的时代出现
点亮一切——

眼泪看不见地流淌

1958 年

被标记的冬天

用次要的白与闪光
大地在休养

原因曾是桌上的幽暗
为自己,寂静呈现
赐予但不知道在哪里和给了谁

神在接近其存在

并已允许我们触摸

自己的谜底

偶尔开开玩笑

重新交还给我们

微寒

和容易的生活

1960 年

以及:散落之云

(为 1959—1960 年的冬天而作)

1

他无人话别,只好把我们中的

自己通过我们做告别!

我发现这个

因为仰望那些云

2

——我们的舞会,还有朝霞、舞厅,

钻石、灯,我的天使呢?
答案:短木头;惊叫:小块儿;密码:节选;
完整的——在越来越"遥远的"队 列 之 中
"四周 – 更拥挤的"——魔鬼的

3

我们说了吗,喊了吗
想起来了吗——
被迫害被牵连
被残杀

4

——还有金色的墙壁般的森林
闪着光又拨弄几下记忆

请稍稍露出那些底部的风湿痛
作为非 – 令人不安的伤口

请开你的灯,一旦失去——如沉大海!
(趁我像你一样可见)

1960 年

别列捷尔金诺的清晨

仿佛一切都在设计

这个屋子里的自己:

谁的手指?闪过:谁的光?谁的山雀?谁的公子哥儿?

窗帘分成两半将自己赠出

当着众人的面

在某处自己烧得发烫的底部

这时,大门倾斜

在一个远离邻近的树林

独立的门前广场

身上衣裙部分——

仿佛扑克牌上秋的寒意!

这——冰冷!窗台——冰冷!儿童手指——冰冷!

一切都带着哨子之印

明亮、开窗一样

好像这栋房子的女孩不见

"啧啧"之声响起

在被众人抛弃的屋子里!

但我走进——如外面树林的嗒嗒声响

天花板将变得饱满

你将被照亮

整个人好像热气腾腾的荆条

不可折断

激动的眼神犹如刚融化水面之阴影

它们将你拼接得有点像

来自呼吸中断的明亮事业

清晨事无巨细

事无巨细的还有花园

这一切你都在场

这座房子里，从早上起，万事事无巨细

仿佛每一个单独出现的

唯有此刻

1961 年

冬季前的挽歌

纪念鲍·帕斯捷尔纳克

送走，我还要像沉默的乐队一样

留在上帝的天空，那被预告的一天

带着冬天清晰的悸动

好像还有烟黑做伴

可时间自得其所

飘落的雪飞旋大地
在教堂的门前
暂时看起来像是表面的声援
路人急需

但世界的层次已然分明
并期待荣耀加身
面对寂静
欲望的图册而非诗集
被保存在书桌的静默中

岁月,犹如烟黑染上房屋
好像诗歌已被撕碎的旧世
原本每一页诗所需要的
是裁剪和向内折叠
穿过我的袖口
寒冷那里,并排的窗户那里,还有窗外
只有风吹的雪堆和屋门

1962 年

致冬季前的挽歌

赠奥·弗·伊温斯卡娅

那些日子唯有在您的时代才可能
保存他的大地之梦:

他远远地改变了它们的颜色

在花园里用忧郁塑造晚霞

好像一头无人见过的

和最温柔的野兽

睫毛染上了白霜

接着又将目光转向荒野

所以——您的痛苦已是别样的花园……

遥远的墓碑之上

有未命名

新采的鲜花

我置怀念入诗中

1965 年

VII

锦旗猎猎

(致弗拉基米尔·雅科夫列夫画的一幅肖像画)

想象一下有一个人:人们都在到处找他的时候,他却在附近睡着了。他仿佛是将自己的脸跟自己分开,好像是将与人分开的生命保存在仿佛锦缎制成的旗帜中。不需要大事件,——它们,将最可能成为对这面旗的打击。

雅科夫列夫的肖像作品就是这样,——它们等待打击,或者已接受了打击打在自己身上。它们好像能预先防护的、次生的"心灵"面孔一样,与艺术家关联在一起。

雅科夫列夫的语言非实际存在、非隐喻。艺术中的实际存在,并非对于真实的现实无所不知,它使用的是外借语言。为了明确雅科夫列夫的语言,我采取了条件对比法。

《天空的划痕》,这是赫列勃尼科夫一首诗歌的名称。它给声音赋予了魔力的含义,同时在天空之上留下了玄学的意义。设想天空上还有其他一些划痕和割伤。我们想象一下,我们将它们的出现归功于一种不需要语言和思想的精神。

雅科夫列夫的风格与类似的"天空的划痕",我很想就两者做一下对比。涂抹的液体和泥灰，很像是沃尔斯[1]的水彩画，仿佛在等待可以照亮画作之割伤的光。在雅科夫列夫的作品中，有许多我称之为圣痕速写的东西。他创作的恶与痛苦之形象，既非民间传说，也不是寓言体。他的画作和色彩重音直接、真实，好像痛苦的痕迹，在自然界其表现为祭祀品。相比日常生活与艺术中的建设性的时髦而言，它们更多是在诉说时间。

1966 年

1　沃尔斯，真名为阿尔弗雷德·奥托·沃尔夫冈·舒尔策（Alfred Otto Wolfgang Schulze，1913—1951），德国艺术家、摄影家、诗人，点彩画法发明人，活跃于法国。

"在书 – 生活之旷野上"

(《冬日狂饮》法语版序)

若是简要描述看待自己诗歌作品的态度的话,我会这样说:"生活——是一本书,一种生活——一本书。"

在我看来,这是唯一的一本我在二十年前已编辑好的诗集;出版不太齐全的选集或者"分册",只会愈发强化其正在逐渐形成的完整性。

这项工作在进行之中(我记得:20世纪50年代末,我面向读者曾经有过直接的、"谈话式的"、积极的态度),是的,——有过这项工作,个中许多东西还是在没有反馈和回应的环境下经过了深思熟虑;时过境迁,——我越来越意识到,在与具体 – 特定日常行为进行现实的、对话式交流的可能性并不具备的时候,我就会一步一步地为自己确认我唯一可能的、我称之为独白式的表现。(一些很亲近的朋友 – 读者无法改变这一状况,那是因为朋友们从事艺术,同时又被一种不幸与诸多完全受限的条件焊接在一起,——这是"半个"即我们的"我"的"部分",而不是未知的、读者"被加工过的"猎奇 – 不可知的世界。)诗歌变得越来越像是面对其自身某些生命周期的命运的"总结报告",而"一本书"的章节则是其被固化的阶段。

然而，这些年来，近二十年积累了从未被录入"主要作品集"的诗歌作品，——"在书-生活之旷野上"（按照我的朋友、著名的法国导演安托万·维泰[1]的说法）写就的诗歌。我决定使其中的一部分单独成集。我要摘录 1974 年接受波兰《环球周刊》访谈时的几句话："这些是作为对日常现实直接的、对话式的反映结果的'小'诗歌。这是旅行、与朋友们交往得来的诗歌，以及题赠诗和精神状态的点滴记录，'即兴'诗歌……书名叫《冬日狂饮》，这是我们生活纯洁与肮脏的'纵酒'，用鲍·帕斯捷尔纳克的话来说：'我们的黄昏——永别。'"

对此，还可以补充一点。

还是引自同一次访谈的内容："显然，激发艺术创作的理由不会超过一打。针对自己和我的朋友们，我可以说：这些理由在我们这里少得不能再少。幸好它们是最本质的，人缺乏了它们就不成其为人。'我写作'——于我，相当于表示'我在'，'我还在'。"

我知道类似的处境会导致怎样数量较少的创作，于是有意识地努力将自己置于"对话式"情形之下：例如，在友谊的"历史"里面"诗意地"反映友谊（少年时代，我认为生活最好的礼物就是男性之间的友谊，认为这种信念，——无论天真，还是"神秘"，对于自己，都与最耀眼的普希金遗训"内容"之中的一个有关；关于这一点，到后来，加入进来的还有世纪初"俄罗斯先锋派"杰出代表间的友谊概念。按照艺术理论家尼·伊·哈尔吉耶夫的说

---

[1] 安托万·维泰（Antoine Vitez，1930—1990），法国戏剧演员、诗人、导演、翻译家、教育家，契诃夫、马雅可夫斯基和肖洛霍夫的法语译者。

法,"在一个小得可怜的、叫什么'流浪狗'的咖啡馆里,同时就能碰上十个天才,——试想一下,人们坐着、讲笑话,而大家——相互之间关系非常融洽")。是的,还有:我力图用我的"小"诗歌对当代俄罗斯艺术生活那些表面看似朴实无华,但内部具有重大意义的事件做出回应(我在莫斯科弗·弗·马雅可夫斯基国立博物馆工作的十年里,负责策划了一些"艺术家-插画家有关马雅可夫斯基的作品展":马列维奇与拉里奥诺夫[1]作品展、塔特林[2]与菲洛诺夫[3]作品展、马秋申[4]与切克雷金[5]作品展、贡恰罗娃[6]与古罗作品展)。

在这本书里,涉及的法国文学活动家、法国诗人的内容很多,——对于我来讲,这更显得绝非偶然。

关于法国文学(首先是波德莱尔)对我的"文学形成"产生的重大、决定性影响,甚至在法国也不止一次被写过了。在这里,我只想允许自己补充一二……翻阅此书时,我怀着感激的心情回忆起作为唯一精神支柱的雅各布

---

[1] 米哈伊尔·费奥多罗维奇·拉里奥诺夫(Михаил Фёдорович Ларионов, 1881—1964),俄罗斯画家、先锋派代表。

[2] 弗拉基米尔·塔特林(Владимир Татлин, 1885—1953),俄罗斯画家、雕塑家,构成主义运动的主要发起人。

[3] 菲洛诺夫(Павел Николаевич Филонов, 1883—1941),俄罗斯先锋派画家、诗人、艺术理论家。

[4] 米哈伊尔·马秋申(Михаил Матюшин, 1861—1934),俄罗斯先锋派画家、小提琴演奏家。

[5] 切克雷金(Василий Чекрыгин, 1897—1922),俄罗斯画家、未来主义者。

[6] 纳塔利娅·谢尔盖耶芙娜·贡恰罗娃(Наталья Сергеевна Гончарова, 1881—1962),俄罗斯先锋派画家、雕刻家、舞台设计师,拉里奥诺夫的妻子。

的精神照亮我的（不会是别人的）许多孤寂的冬夜……而皮埃尔·让·茹夫[1]的诗歌伴随我生命的很长一个时期，并且让生命变得深邃和仿佛越来越具有个性……——而在20世纪60年代结束时，我已开始接触到了勒内·夏尔、菲利普·苏波[2]、皮埃尔·埃马纽埃尔[3]、雷蒙·凯诺[4]、安德烈·弗雷诺[5]、让·格罗让[6]、伊夫·博纳富瓦[7]的作品。

需要简单地厘清一些"主要的"东西与这里收录的诗歌在描述方式上的差异。来自书中的"主要"东西我认为是"鲜活的"，并以离心的方式发挥作用。（"您立即就发现了人物之核所处的'区域'，并随即开始强化其进一步作用，"1957年鲍·列·帕斯捷尔纳克对我说，接着他还补充道，"可是，为了最好的，必须舍弃好的，这一点您尚未做到。"正是这一句话，成了我漫长诗歌之路的学校……——鲍·列本人已经不在了。）在《冬日狂饮》诗中，"人物之核"在我看来是压实的、简洁的——从发生的氛围、情景来说——以向心的方式发挥作用的。

---

[1] 皮埃尔·让·茹夫（Pierre Jean Jouve，1887—1976），法国诗人、作家、小说家，曾五次获得诺贝尔文学奖提名。

[2] 菲利普·苏波（Philippe Soupault，1897—1990），法国作家、诗人、小说家、批评家和政治活动家。苏波在1919年与布勒东和路易·阿拉贡一起在巴黎创办了《文学》杂志，对许多人来说，这标志着超现实主义的开始。

[3] 皮埃尔·埃马纽埃尔（Pierre Emmanuel，1916—1984），法国诗人。1969—1971年担任国际笔会主席，1973—1976年担任法国笔会主席。

[4] 雷蒙·凯诺（Raymond Queneau，1903—1976），法国小说家、诗人、批评家。

[5] 安德烈·弗雷诺（André Frénaud，1907—1993），法国诗人。

[6] 让·格罗让（Jean Grosjean，1912—2006），法国诗人、作家、翻译家。

[7] 伊夫·博纳富瓦（Yves Bonnefoy，1923—2016），法国诗人、翻译家、文学评论家。

如此冗长的序言，该书（包括一系列琐碎题材中的琐事）并不值得。故，我只是希望在这里，也许，我用一种简洁的方式，就当代诗歌写作说了点什么（期待或多或少引起关注），希望得到读者的宽恕。

而——综上所述，最后做一点补充……在该书中，我主要面向的是命运为我保存下来的老朋友们，——四位莫斯科艺术家。"在这本书后面，——我要对他们说，——还有一个形象，——一个怪异、庞大、满目疮痍而弥足珍贵的形象……这就是甚至在首都的市中心都会看到的莫斯科荒废地。20世纪50年代末，在这些荒废地上遇到我们的机会已经很少了……有的废墟被我们当成了一张桌子（对，我们不会忘记那时单纯而开心地一起喝完的酒）。我们的希望笼罩着我们，与白天的阳光交相辉映……要是有谁带来一幅此前我们只是道听途说过的克利或者马克斯·恩斯特绘画的复制品，白天的阳光和希望就变成了艺术的节日庆祝……翻阅这本为外国读者出版的书，我禁不住想起了你们。也许，你们什么时候也能打开这本书，回忆起'我们的黄昏——永别'，还有，如诗人接着所说，'我们的聚会——遗言'。"

1977年6月10日

诗歌札记

（在这里，被放在全欧洲整体中理解的）诗歌何为？

不要抱怨自己的"处境"，要深思慎行。

最终，思考诗歌语言的尊严……而它——圣约翰[1]（语言靠使徒定义继续行之有效："就在现在"，每分每秒）。

（我们语言的责任与本质——存在于隐喻一致）。

这些句子非日复一日，非年复一年。而现在如果不说这个，则已无话可说。

非"高级语言的"一部分，而关乎一个人在与自然界共轭时的*辨别*能力，——与其不可分割的奇迹共轭时的*辨别*能力。

---

1 圣约翰，耶稣十二门徒之一。传统上认为，约翰是《新约》中《约翰福音》、三封书信和《启示录》的执笔者，被认为是耶稣所爱的门徒。

笃信这个简单的道理，犹如笃信根本要义。

不要为了"生存"，就穿上与诗歌格格不入的"语言"外衣（轰动一时的事件、每日"新闻消息"，极端主义者的"启动－行动计划"）而随波逐流。

不要让穷苦人目瞪口呆。

不要对"绝望"进行投机。（在真正的绝望中，艺术几乎无言……——因为这样的生活已被榨干。）

不仅是要相信，还要切身践行，人不要脱离自然。

"人与人之间的疏远"。那些能被战胜的，不该成为"法"。

1978年6月5日

颂歌：卡夫卡之光

1

去年夏天，我的妹妹去了布拉格。我请她拜谒老的布拉格公墓，并以我的名义摆一粒"莫斯科的"鹅卵石到卡夫卡的墓碑下（我知道，曾经犹太人在拜谒至亲墓地时都会这么做）。

翌日，在妹妹完成了我的嘱托之后，一位布拉格妇女想要见她。"震惊"一词，我还从未针对自己说过。但当我得知这位妇女到底是谁时，我感觉到的正是这种状态。

"奥特拉[1]的——女儿？"我反复说，"奥特拉的——女儿？这怎么可能？"

卡夫卡，他的妹妹们，奥斯维辛，他妹妹们的丈夫，骨灰，几乎他的全部亲属，卡夫卡的照片就在眼前——跟他最喜爱的小妹妹在一起，骨灰和奥斯维辛之烟，突

---

[1] 奥特拉，即奥蒂莉·"奥特拉"·卡夫卡（Ottilie "Ottla" Kafka, 1892—1934），卡夫卡最小的妹妹，与卡夫卡感情深厚。

然——莫斯科一个白天的灿烂阳光下,直接——"奥特拉的女儿来了"——我妹妹告诉我:"她知道你的名字,并请我代为向你致意。"

回过神来,我说:"我有这样一种感觉,好像我摸到了圣人的衣袖。"

我书桌的抽屉里保存有几片来自他的墓地的栗子树叶和一粒白色的小鹅卵石——也是他墓地的……只有极少的机会我才允许自己触摸它们。

而我敢于触摸对我来说跟圣人一样的卡夫卡的名字(我没有另外一种表述),想要为他说点什么只是因为,他的外甥女的话在我耳边响起:"我知道你们那里发表的所有有关他的文章,但我不知道,他的普通读者又是如何看待他的。"

2

我了解一些人,某些表达方式、某些沉默的单纯通过他们的面孔被照亮,——我知道,这种表达方式是如何完成-持续,如何被检验的——在卡夫卡的幻想世界里。

这样一些人是根据奇怪的-"卡夫卡式的"脸部的这种光芒认出彼此的,仿佛一个信徒认出、感知另一个信徒一样。

我不确定,我(在多大程度上)属于这些人中的一员。不过,我想要说,俄罗斯也有这样的卡夫卡读者群。

但还要提到另外一些读者。"太可怕了",——这样的反应完全可以理解。但是——"多么黑暗",——关于卡夫卡的创作，这样的反应我听过许多次（在我们的文学批评中，我知道的只有一种评论：在他的创作中，其个性没有被消灭，"毛病"也未被发现）。

针对卡夫卡，流传很广的还有一种说法，那就是可以称其为"罐头盒里的真理"之探索。

集中营里的皮包骨在活动区域寻到一只空空如也的罐头盒，他在里面搜寻哪怕最小的可以吃的食物渣，上述的提法——由此而来。（这是一位已经去世的俄罗斯神甫曾经告诉我的。）

也有一些读者，他们几乎很乐意从卡夫卡身上去搜寻"影射"题材中这种"真理"的碎屑——在卡夫卡那里——就是几乎-任何-后-存在主义"空间"的开始：那个合体，会否在其"存在主义的"痛苦后面被照亮，会否为了"只要人们能明白就好"而未被劈开，——而这种未被劈开的东西会不会无形地站在我们的对立面，同时聚集我们的注意力、我们深藏内心的本质——用其最高的张力、最负责任的完整性，——仿佛我们窥视到了那些，众所周知，本不应该——看见的东西？

卡夫卡——紧接着寓喻的（卡夫卡），紧接着象征的（卡夫卡），全人类殿堂的这些大门已在他身后关上了，他——在"某处"，在看不见的"核心"——没被遮蔽，却也无法抵达，——但是我们依然——仿-佛-看得见-也-听得见他。

我们说"否定神学"[1]——从不可能说起，——而它是

---

[1] 否定神学，或消极神学，是一种通过不断否认所有可能的定义与神的相称来表达神性的本质，从而了解神不是什么的神学方法。

否只由黑暗构成？声音听起来好像——难以形容-愁苦抑郁的人们的吟唱（关于"天上歌唱者"）：光明，你怎么变成——引领者的？……——你怎么会——统一地——在人们的灵魂面前封闭起来（从-光明-和-黑暗里）——与黑暗一起？

3

有一次，阿赫玛托娃着实让我大吃一惊（她总是那么具有远见卓识）："只有卡夫卡能想得出来"[1]，——我从收音机里（是某个"之声"台）听见她诗歌中的这么一句。

但卡夫卡从来都不曾想出来什么，他靠的是领悟。

领悟的可不是黑暗；用内心的人性之光领悟，另一种*内部的*光。

甚至奥斯维辛也不只有黑暗（要不然，我们甚至无法想象这一点）：光——呼喊着（看不见的、"未被发现的"，——是的，我们问：否定神学被砸碎了没有——在某个"神秘主义时刻"——以某种"除得尽的"？——我们不知道这些"时刻"，我们只知道——我们的某种-类似-东西真的被劈碎的那个时刻）。如此被烧焦的面孔何时见过？——毒气（饶恕我，上帝）——这难道不是一幅可鄙的、时代大分裂时刻的（某种中级或高级的）讽刺画吗？

但我们非常难以"确定"（假如我们还能勉强"猜出"点什么东西的话，那么要说出来也是不可能的），这个光

---

[1] 语出阿赫玛托娃的诗《仿卡夫卡》（1960）。

属于什么 - 或 - 谁……——光——绝对可怕之物，但不在"我们的含义之内"，而是可怕之物 - 在 - 其 - 本身，仿佛处在不能 - 打开的 - 时候 - 必须 - 打开的痛苦之中。但是，有谁，无论他是怎样的一位"引领者"，可以证实，创造已经结束？——我们难道不是正处于其所继续的某种悲剧阶段的内部吗？

婴儿——纯真无邪（相对于"古典弗洛伊德主义"和其任何一种变体来说，这里有着可望不可即的深度），他的纯真中有很多感知我们无法理解；而纯洁无邪的智慧、神圣的智慧——它会否无法感知世界内部的光，就像无法用所有人熟悉的语言告知我们，但可以用这样的方式跟我们讲话，即在这个谈话背后，无法形容的、我们倒真想可以哪怕只是——感觉到的东西及其可怕的闪光依然无休止地存在。

4

卡夫卡令人难以置信的纯粹足以告知人们（而这样的人在我周围就有）："不要碰犹太人的血，也许，够了。"（我指的是普通的血 - 好像 - 液体，并且我要强调这一点。）

多么奇特的共同个性，这里的三个人：卡夫卡——雅各布——策兰：在未被 - 点名的刀刃上滑行，引起——恐惧，眼看着就要说出某些亵渎神明的话，可是没有，——不过刀刃变得更耀眼；在哪里——血？……——这里——血 - 仿佛 - 沉默，而尖叫——比希望和沮丧还有更多的光，而这个光——什么的……——存在？——本质的本体……——仿佛那种比来自"可怕-与-非可怕"统一体的"辩证"之核更严肃之自辐射开始分裂，——噢，还是这个——在不可思议的禁闭状态下！——有没有什么辐射也会照到我们身上呢？（须知，我们有什么反应了吗——这是真的吗？——对这个"什么的"——辐射到我们的东西……我们还能够说得更多吗？）

5

我们忘记，然后又慢慢想起（这也就是"时代更迭"，我们这样生活和生存），我们不想让自己想起，还有比可怕更严重的事情存在。譬如，这样被深深-隐藏的、滑动着-顽固的光，不仅存在于卡夫卡的"城堡"，不仅在他的"鼹鼠"身上，而且在他的"我的十一个儿子"那里同样存在。

在《与卡夫卡的几次对谈》[1]这本独特的书中（也许，卡夫卡令人痛苦的纯粹是在此书中他的谈话笔记里表现出来的，这些笔记要比他自己的"日记"更为激烈），古斯塔夫·雅诺施[2]介绍，每当提到"上帝"一词时，卡夫卡便沉默不语，"似乎思绪开了小差"。可是，说到卡夫卡，我们就必然遭遇这个词。"上帝"——"他"——比这个词更严肃，不带引号。

我要说——在一张苍白-又-黢黑发光的脸上——

---

[1] 此书的中文版译名有《卡夫卡谈话录》《卡夫卡口述》等。
[2] 古斯塔夫·雅诺施（Gustav Janouch，1903—1968），捷克音乐家、作家。

卡夫卡的形象面前：我知道，任何时候我对这个词的发音——都毫无办法表达出存在的事物，也不能给出任何"解释"。有一次，写完这个曾经被视为禁忌的词的几个字母，我说起他，"他"——比善更强大（事情很清楚，不是比"善与恶"强大；"比善更强"，——这其中可能隐藏着可怕的东西……——那么，——最好这样来说他："比善更强"）。

我在这里一个字都没有专门提到卡夫卡式的"奇谈怪论的迷宫"（关于它的话题说得已经够多，更何况，卡夫卡这里的奇谈怪论——远比"奇谈怪论"来得更多）。

于是——这样就出现了：这里，此文中，我醉心于表达同一种光芒的同义反复，——奇怪吗？——是的，跟所有人一样，——卡夫卡；这个面孔，——我知道，它肯定会将我吸入旋涡——一种操作-测试洁白度的旋涡。

A.索尔仁尼琴曾经说过："文学不是乡下的狗吠。"是的，但文学既不是集市吵架，也不是法庭审理。文学——当什么都没讲述-描写时（"无具体所指"）——用本质之光打击我们……——如何做到的呢？……——"这一切，他都用识字课本的语言写作……"我的一位朋友、杰出的音乐家这样说卡夫卡。是的，——这么说……——但假如——借助"识字课本语言"——某种极其-统一和严厉的东西来到我们跟前，即，这里还存在着某种发射此种"贫穷"之光的、"过渡性的语言"，好像我们正处在"可怕的单纯"面前——某种奇迹的、奇迹自身的！……——那么就必须再次说明，这种不确定的语言即独一无二的卡夫卡之光。

当我们听到："艺术作品"，——应该立即询问，这是什么——此种具体情况下：新发现还是粗制滥造品？前一个表示无可证实，但在场的光却被揭示，——悲剧本质的发现之光。粗制滥造品——无力自转，拼凑繁冗描述、推理、臆想的"幻象"（如同无力直视我们时代的白日之光，无力直视这个白日之光里清晰的 - 内涵丰富的、可怕的东西一样；如同现代文学家们对"所有时代和民族精神故事已倾注了千百次的解释"一样），噢，在期待这一大堆东西——有无什么东西能凭借大量"证据""演示"得以闪耀发亮，这一切该如何堆砌 - 编纂完成。但没有——发现之光，虚构情景没完没了地洗牌，臆造味道浓郁——在粗制滥造（在我们的《斩首之邀》[1]及其变体的时代，这些不在少数）中，——它们真的是"意义重大"（"它们吓唬我，但我不觉得恐惧"），——这是一些多么"贵重的"书，与卡夫卡的那些"贫穷的"长篇小说相比。

悲剧的语言在改变，不能用老的语言讲述新的恐惧。普拉东诺夫《基坑》（怎样的语言移位——难道"一个有文化的俄罗斯作家"能够如此遣词造句吗？）中的"非正常的"俄罗斯语言，它真正奇怪的是，某种"彼岸的 - 不合逻辑的"句法学首先建立起来的是悲剧的新氛围（其语言"在空中"就已改变，——比我们中间的语言改变还要早），作家不写——"该怎样就怎样"——其遭遇的波折变故。而在"就是本来的样子"内部发生了移位，用普拉东诺夫的话说，其心理战栗不已的那种战栗，完全遵循着这些隐匿的移位。

---

[1] 弗拉基米尔·纳博科夫（Владимир Владимирович Набоков，1899—1977）的反乌托邦小说，呈现了一出卡夫卡式的黑色滑稽悲剧。

"艺术的真理——炽热",——我的一首没写完的诗歌中的这句话不断在我脑海里响起。我想在这里再次重复,且不做说明。

6

这个 K. 也走在我们中间。(他——不仅是两部长篇小说的主人公,——卡夫卡系列小说及其人物的名字都可以用这个字母 - 烙铁替代)流浪——K.……当然,很奇怪,——但又有什么可奇怪呢?

假如我们以"必须活下去"(那为什么——一定是"必须"呢?)这句有名的开场白的名义不睡不眠的话,他将会不足以作为一个"活着的人":他本该如此"充满活力",最好别靠近——我们。

比起 19 世纪(准确地说——上一个世纪)的小说,他小说中的这种"充满活力"的人物要少一些,但我们不是真的精力充沛得不睡不眠,我们醒不过来——在保持警惕 - 生活中,于是这个实际上——比我们更大的 K., 就在我们中间漫步。

他往前走——猛然间恍然大悟(此种恍然大悟可以被称为卡夫卡受难洞察力的警惕);"生命"这个词有时候跟群体思维的无形概念是否属于同义反复?——卡夫卡的"醒世警句"——仿佛与世隔绝的无定形浓雾上的一束迂回之光;但如果我们能在烈火 - 无情的白日中心区里实现精力充沛,卡夫卡"醒世警句"中的任何一个点都可以位于——这个中心区的最核心;然而——在我们的精神戒备昏昏欲睡的缺席当中，我们的存在并非那样暗淡无光，如今，即使这种缺席本身——也好像大众焦虑映射出来的霞光（"早就不在的"——这是一种特殊的光），且不像阴影，而像是一种遥远的、不可撤销的光，幽远霞光划过又闪烁，而在霞光里漫步的，正是——K.。

7

"这样的孤独还嫌不够，应该更孤独一些。"马克斯·雅各布说。类似这样的孤独我没有体验过。

岁月流逝，我的绝望露出了它的衬底——它的另一面——"对生活充满乐观精神"，——不是这样吗？——于是，在卡夫卡的名字面前，我不免觉得羞愧。

我失去了孤独的纯洁和默默无闻的贞操（这种贞操，曾经有过——少许）。我希望成为——"有用之人"，但是，成为一个无用之人——又是一种怎样的悄然幸福与荣耀。这是——"卡夫卡的课程"（我记得，我还记得非常少的一点），只因为我在这里说"我"，——曾经这个"我"自我检验过，弥漫着卡夫卡的光辉。是的，——他对我如此宝贵，许多年来，我——在诗中——我写他并非带着某种"文学目的"，——我在孤独、他的孤独纯洁中同他交谈，并且有时候我能在其中为我的赤贫的 - 蜷缩着的、贫乏 - 沉默状态找到位置，因为我知道，在卡夫卡的光芒面前——它是多么模糊不清。

我想能够对我这位圣人兄弟说（难道于我来讲，他要比某些我喜爱的"册封"圣人意味着更少吗？），我能够对他说的只有一点:"我曾努力说点什么——无具体所指,很长时间都是这样,我永远都不会知道,我在对谁说话,这就是'语言中的'幸福,没有你,我无法忍受以语言之名的诚实与隐忍,我愧对这种'微寒'的吹袭,然而,在你纯洁的名字之前,我要说,——我明白——这一点。"

我陷入了沉默,——再一次在我自己面前——圣人的衣袖(仿佛雪一样白),——我害怕触碰到它。

1984 年 9 月 27 日—11 月 7 日

我不但失去一位像他这样伟大的诗人，更失去一位朋友和导师……
（根纳季·艾基1988年3月6日因勒内·夏尔逝世接受BBC的访谈）

根纳季·尼古拉耶维奇，可以请您简要谈一谈您与勒内·夏尔持续了将近二十年的创作交往吗？

我与勒内·夏尔的交往始于1968年。当我主编的楚瓦什语版《法国15—20世纪诗人》文集出版时，勒内·夏尔是对此文集做出回应的第一人。他用西里尔字母抄写出版社的地址，尽管有点笨拙，但他还是成功做到了。这张珍贵的明信片，感谢上帝，送到了我的手中；单就法国最伟大的诗人第一个回信这一点，这件事本身，已让我大为吃惊。在回信表达感谢之余，我还在信中告诉夏尔，我手里的他的诗集总的来看极少，我只有他的一些零星的出版物。于是他开始将自己出版的所有书邮寄给我。不仅如此，——他还将自己家乡的风景也一起寄给了我——普罗旺斯，阿维尼翁，沃克吕兹。我们之间频繁的通信往来开始了。我用"导师"一词称呼他；某种程度上，我感觉自己就是他的一名追随者。有一次我直接表达了这一观点。他的回信用语罕见地精准，这些回信给了我极大的支持。此外,在勒内·夏尔那里,我逐渐感受到了他想让我熟悉他的家乡普罗旺斯、他热爱的索尔格河的一种期待,而这些都令我觉得具有象征意义。我体会到他正在将他的故乡馈赠予我。现在,他的远去令我不但失去一位伟大的诗人,更失去一位朋友,一位导师。我失去的这位朋友,他有一次在感受到我身上的一些慌乱情感之时写信给我:"让我们一起感谢生活,它有时候待我们并非如人们普遍认为的那样苛刻。"每当我想起我亲爱的"隔空对谈者"的这些睿智之语,我都会觉得我与世界、我与生活都还好,都并非那么困难。

根纳季·尼古拉耶维奇,勒内·夏尔的诗歌靠什么吸引到您?

过去几十年,准确地讲是战后以来,可能是很正常不过的事情,即出现了作为人类最基本状态的语言退化。语言开始退化,失去了其主导创造力的意义;渐渐地,到了我们的时代,当崇拜对生活的蔑视,并开始迷信世界本身之时,再接着对绝望(本质上是假绝望,因为在这个被算计的"绝望"之上,不过是下了一个完全世俗方面的大赌注)的迷信出现之时,诗歌就变成了一种纯粹的空谈,总的来讲,变成了一种"文学"的自闭游戏。

如今,在我们的时代,语言已如此退化,我没法说出一个诗人,他可以像勒内·夏尔那样,毕生坚定维护诗歌语言的尊严、诗歌语言的伟大。这是一个伟大的、斯多葛派[1]的人，但人并非只是一人一面，甚至在回应"斯多葛派"这个词的时候，他曾经说过，"成为斯多葛派的一员——意味着大自然寂静下来并戴上一面美丽的水仙面具"。他甚至将自决的此种可能性抛在了一边，从此种意义上来讲，他的精神角力是最高的：如果他达到了某种高度，那么他似乎立即开始和这种高度本身进行角力格斗，沿着真理的路线将自身砸碎，这是一种以角力精神为名的巨大警醒。

勒内·夏尔——一位神秘、不平凡的诗人，同时，也是在法国公认享有，甚至可以说长老声望的一位诗人。这种艺术的神秘与广泛的认可，依您所见，如何才能兼容？

语言与生活相生相伴，就勒内·夏尔而言，一直很神奇。他对整个欧洲诗坛的影响始终存在，并且此种影响既明显又隐秘。我认为，其隐秘的影响力要更多一些。而在他的诗歌中，显然也隐藏着一个巨大的秘密，我们就此联想到"神秘主义"一词。当读者不再尊重语言，不再顾及语言时，语言只会自尊自重，在其好的一面变得自豪；它不会自我封闭，——它在自身内部获得更大的尊严，就像这样："事情不在于，你想还是不想结交于我。如果你想与我来往，你就必须严肃认真地对待我"，——那时诗歌语言似乎是这样说的。我想，所谓的"神秘主义"就是对

---

[1] 斯多葛派，一种哲学流派，它以伦理学为重心，把宇宙论和伦理学融为一体，认为宇宙是一个美好的、有秩序的、完善的整体，人则是宇宙体系的一部分，是神圣的火的一个小火花。斯多葛派哲学的奠基人芝诺（Zeno）把自然置于哲学体系的核心，认为自然是遍于宇宙的支配性原则。

人的信任，就是对具有创造性的人的信任，而这个具有创造性的人变成了共同创作者、联合诗人。如果认真阅读勒内·夏尔，会发现他永远都不会让一个人没有被光照亮，没有被赠予不同寻常的醍醐灌顶，甚至没有智性增长。而这样的一个人，这样一位诗人，不断被定义为"神秘主义的"，获得知名度，甚至生前已成为民族的骄傲，——我认为这其中蕴含一个客观事实，即文学艺术中的民族性概念，在近半个世纪（甚至更长时间）以来，已经发生根本性的改变。民族性——不是通俗易懂，也不是哗众取宠的"光鲜亮丽"。民族性（在我看来，正是勒内·夏尔的创作证实了这一点）——这是伦理与美学最深层次的、非比寻常的光芒，它们融合在民族文化的起源中。时至今日，假如要记住它们，假如发现自己对它们——忠诚，人们都会熟知这些起源。

在我看来，不同于其他人的创作的是，勒内·夏尔旨在用另外一种方式提出和解决诗歌艺术中民族性的问题，——用新的深度、新的创作阐释。

您还给勒内·夏尔写过赠诗。比如，您早在 1970 年的那首著名的诗……

这首诗就是——《旷野：隆冬时节》[1]。前面开头我已提到，勒内·夏尔在我们有书信来往的那些年里，给我邮寄了他家乡、故土的各式各样的风景明信片。1970 年我写的这首诗歌——竭尽我所能——想要将我故乡的风貌赠予勒

---

[1] 见本书第 384 页。

内·夏尔,这位我喜爱的法国诗人,——我将这首诗送给他——作为礼物,这是仅有的、最珍贵的纪念。

电话访谈人:
BBC俄罗斯办事处
伊戈尔·波梅兰采夫

为弗谢沃洛德·涅克拉索夫[1]的诗歌而作

细心的读者,在翻开弗谢沃洛德·涅克拉索夫的诗歌时,在我看来,肯定会置身于其特殊、不同寻常的寂静氛围之中。

不过,有多么不同寻常?

对人类而言,有一种可以聆听大自然,甚至——宇宙的寂静:"声息"仍然会在旁边某个地方存在,——它能冒出来,支援"心灵"。

这就是那种用信徒的语言说是——"被遗留之物"的状态。危险的寂静,它孕育着某些可怕、无情地随时准备侵袭我们中任何一位的心灵世界的东西。

缓慢的、"停顿的"(仿佛一首"普通"诗歌的高速机械性之中被夺走的)名词 – 词语,诗人更多地将其排列在纸面上……我还可以说,在被我们荒废的、一开始的"语言"所抛弃的世界上。

---

[1] 弗谢沃洛德·涅克拉索夫(Всеволод Николаевич Некрасов,1934—2009),俄罗斯诗人、小说家,俄罗斯"第二先锋派"领袖之一,莫斯科概念主义创始人之一。

自古以来，人们习惯谈论诗人吃尽了他的语言之苦。在弗谢沃洛德·涅克拉索夫的诗歌中，我感到，表现得更加痛苦、得到"提升"和确认的，是语言创造的空间；而现代俄罗斯诗歌中还没有任何一个其他人能让语言处于这样一种对应关系，即人们在概念－名称之间确定新的距离，——感兴趣的读者在此不得不经历像遣词造句中新"材料"与"客体"一样的、巨大的紧张停顿。

这些都是用简单，甚至——"平庸的"语言创造而成的，——多少个"平庸词语"在近半个世纪以来，将人类的逆来顺受与焦虑不安浓缩其中（更有甚者，人们的社会－日常！——甚至被毁于一旦的自然，而现在——甚至是被军事化的天空曾经欺凌过和正在被继续欺凌……），——弗·涅克拉索夫的词汇选择，——我在此毫不怀疑，——是在他经受了痛苦的精神折磨之后，作为某种"区域"而实现的。

这个诗歌词典——不管它如何"熟悉"和"传播广泛"——在涅克拉索夫的创作中亦非司空见惯：这是语言－密码，语言－暗号，——举例来说，在某处惨无人道而又无处栖身的火车站里，两个"蠢人"交换这些似乎毫无意义的"语言类似物"（于是，再一次，他们嘟囔的碎片之间的停顿裹住了"人的－个性"，似乎无面目的、巨大的、顽固－源源不绝的痛苦几乎成为——我们——唯一的世界）。

不太喜欢任何"超凡脱俗－神秘的东西"，尽管如此，我也曾在某些情况下说过："弗谢沃洛德·涅克拉索夫有他自己的神秘主义。"我想用下面的话表述这一点：涅克拉索夫的诗歌比任何"概念"推理和讽刺，比那种简易的"社会－艺术"暗语更广泛、更有高度，比"社会性"也更高：在他的诗歌中表现出的东西如此残忍荒谬，以至于对于一般的、"正常的"理智来说，开始看起来几乎是"彼岸的"，——悲剧式事件的这种高度不但教育了心灵，而且更为重要的是，它承载着希望：人类的心灵连"这个"，还有其他许多东西都能承受。

最后，正义也照样来到了我的朋友弗谢沃洛德这里。他的诗歌行动、影响力在超过四分之一世纪里一直潜藏于我们之间，而在其他一些欧洲国家，人们通过分散的翻译文本了解认识他。因此，在一种"开放的"状态下，"第三个涅克拉索夫"走进了，一位大诗人走进了我们的文坛。

1988 年 3 月

致英语读者

(《维罗妮卡笔记》[1] 英文版序言)

> 他无法忍受在她的脸上看见一丝阴云。
>
> 查尔斯·狄更斯

我的女儿现在在乡下。我写作时,就能听见她遥远的、很早以前的声音(夜晚,我们坐火车,女儿睡不着觉,她已四岁,望着窗外,她轻轻哼唱起了一首即兴的歌谣:"月亮——我的妈妈,我躺在天上,月亮把我养大")。

我感觉有点奇怪,现在讲的不是她自己的故事,而是"由她引发的故事"。奇怪地转为"写成一本书",我这样做——首先——是为了将"女儿的"整个世界逐步调整到一个国家的读者频道,而这个国家把狄更斯的爱献给了人类。

我一直都想要有个女儿。我甚至在少年时代就以为自己见过"未来的,她"。我想,这不过部分反映了对我成长环境中人们"男儿崇拜"的无意识的反抗,——从童年起,我一向对粗犷的莽汉行为(譬如,海明威类型的)不为所动,反倒是说不清道不明的"神圣"女性气质总能吸

---

[1] 《维罗妮卡笔记》(本文或简称《笔记》)是艾基写给女儿维罗妮卡的一本书。在本文中,他不止一次称此书是"女儿的",或许是因为他认为这是他与女儿共同的作品。

引到我……——也许,这也是一种"自然诗学"给我的最初的认知。

我们这一代人的成长都没有父辈陪伴。我只想说,在我生活的那个村子有两百户人家,而战后没能回家的男人超过了两百人(回来的那部分人,所犯下的针对奄奄一息贫穷女性的暴行与残忍行为好像已是遥远的历史)。

女儿的出生对于我,首先意味着在我的家族中女人和女性气质的恢复重建(当血缘之根,——仿佛依然还在某处的香火一样,——在我自己身上越点越亮)。

我要解释得再清晰一点。我把女儿的诞生视为我母亲的回归、复活。我的母亲,很早去世,可直到今天,在我眼里她仍仿佛是一道神圣的光芒,生活中我们可以彼此相见。由于巨大的、所谓人民的可怕威力,这种生活几乎已变成一个"自然的"地狱。

对于我,"人民"——这简直就是我的母亲和她的苦难。而这个"另外的人民"(真正的,而非相反的)归根结蒂只能是留在梦中-好像-在-雪上(《愈来愈深陷的雪》……这是我最新出版的书的名字)。

还有,——我早就在思考一个问题,为何在世界艺术中一直保存有对母性的赞美诗,而文学中的父系感觉通常只意味着"父亲的本能"。

在我女儿的《笔记》中,我试图证实原则性的"父性"(欧洲诗歌中有一些作品,其中表达出了"父性"感情,但是——唉——好像是人死后的哭丧曲……——其中最早的一部作品,可能,就是组诗《特伦内》——波兰16

世纪诗人扬·科哈诺夫斯基[1]献给他的女儿乌尔苏拉的《哭泣》[2])。

这本英文诗集首次发表了未编入《笔记》首版的一组诗歌作品。

这就是——关于"相似时期"的诗歌。我相信(我有一种小"发现"),孩子们,从最初的几周到快满三岁时,每刻、每天、每周,都在亲身经历、忍耐、承受他们的相似点,以及与"一大群"在世的和"逝去的"亲戚有关的相似点。婴儿(更准确地说,他们身上的某种"力量")仿佛在痛苦地寻找——最终——寻找到的正是自己的"长久的",——将来的,——相貌。

在彼此互不尊重的地方,人们还是非常喜欢孩子(这些"生命的花朵",——马克西姆·高尔基的说法)。对儿童的尊重、对他们自觉的尊重,必须具备一定的精神-宗教水平(我这样说并不带任何附加说明条件)。

对此事的认知,我也想在《维罗妮卡笔记》一书中表达。这本书中的某些地方,提到了我对斯维登堡[3]关于人的学说"条款"其中一条的回忆。此条创建了"未竟"和"未成"之物,旨在让那些最好沉默不语(尤其是在我们今天如此理性化的时代)的东西还能在将来发挥作用。

通过我女儿的《笔记》观察她这个年龄的孩子们,我

---

[1] 扬·科哈诺夫斯基(Jan Kochanowski, 1530—1584),文艺复兴时期的波兰诗人。他建立了波兰诗歌模式,成为波兰文学的组成部分。

[2] 《哭泣》,又译《哀歌》,上文的《特伦内》即此组诗波兰语名的俄语音译。

[3] 伊曼纽尔·斯维登堡(Emanuel Swedenborg, 1688—1772),瑞典自然科学家、基督教神秘主义者、神学家和发明家,代表作为《来世、天堂和地狱》。

现在非常惊奇，我怎么能够在维罗妮卡出生后的六个月时间里看见如此多的东西。

然而，这已过去了。如今，当《笔记》的译本已达近十个的时候，我再次感谢我的女儿，为了她和"我的"这本书——我全部"创作生命中"的最让我感到幸福的一本书。

莫斯科

1989 年 7 月 14 日

碎语——致当今的"成了"[1]

（波兰语诗集之序言）

> 你被称为：字母和精神……
>
> 齐普里安·诺尔维德

这些文字，我在森林小屋、我暂居不久的瓦尔登湖畔（我梦寐已久的"旅行"终究成为一个不能实现的理想）写就，并且我度过了长久的不眠之夜——这一次——只跟齐普里安·诺尔维德有关，故特别希望，此次面对波兰读者尽可能地"正式"，同时——具备"诺尔维德"的精神。

对于我来讲，毫无疑问，现代诗歌语言基本上早就已经彻底死亡，——不仅仅只是在我周围的空间。

一个、"某一种"诗歌体系结束了，于是在这里，谈不谈"传统的诗歌"或者"当代自由诗"就无所谓了，——很重要的是要确定，此体系里面是一种怎样的语言态度：其自治的力量被遗忘，——似乎变得微不足道和毫无意义，不论它服务于什么样的问题（诗歌艺术永远都不会以"选题的"形式予以更新）。

我曾多次，——绝望而又无济于事，——试图谈谈当代"语言复活"的必要性，并将其视为存在于人类和"其

---

[1] "成了"（拉丁语：cosnummatum），耶稣说的一句话，参见《新约·约翰福音》19:30。

他"(超越我们的)统一体的"世界"中创作力量的现象之一。

伟大的两极——诺尔维德和马列维奇——拥有这种"世界的语言"(说到此,亦不曾忘记伟大的卡济米尔最深邃的"俄罗斯性")。

"声音的诗歌"(这里我再次想起诺尔维德)早已自我耗尽,虽然它仍保留僵化的-"美声唱法"的规模并继续为粗制滥造的大洋和人格化的夸夸其谈提供滋养,——"永恒的"浪漫主义,已在我们的时代蜕变成文学家的、异化的-私有的个人主义(不能与神学个人主义混为一谈),——诗歌,——看起来被人与人之间的战争诗歌所充斥;在这个-世界-仿佛-一家里,将人可以融合为"兄弟情谊"的那一切正变得不合时宜与陈腐。

要说的是:"语言造诗人",——意味着什么也不言说。此种情形下,语言极易创造花言巧语的演说家(不管他们在自启动发声的惯性里多么技艺娴熟)。

赫列勃尼科夫的"词根造词"让俄罗斯诗歌恢复了活力。马列维奇著名的"楔入天空"的"方块"开始创建关于时间与空间新的概念。创造诗的不是储藏在语言中的惯性旋律,而是按照新的方式,"砰的一声",通过建筑-大师的雕琢语言转化创造诗(这里,我又一次完全站在齐普里安·诺尔维德一边)。

可能,有关我在当代诗歌"怀抱"中模棱两可的状态,我必须做一些澄清。

罗曼·雅各布森在其写于1975年的《关于马列维奇的一封信》中,将我称为"俄罗斯当代先锋派一位杰出的诗人"。

我非常珍视伟大学者的评价。我认为自己的"先锋性"表现在对诗歌语言极致尖锐性的一贯追求上。有鉴于此，我一再强调，俄罗斯"经典先锋派"中有两点我不能接受：其社会 - 科学乌托邦和宗教折中主义。

当代"俄罗斯 - 先锋派"现象在我看来有一种下意识 - 迎合时髦的 - 趋势，且带着一种游戏装置，以便让文明的地狱"适宜居住"（在地狱里也得活着，但这并不意味着要按某种理所当然的东西接受它）。

没有对语言新功能的清晰认知，就不可能有现代诗歌的革新。

（我忍不住要在这里做一个小小的插叙。

我们在缺乏诗意的思维中生活了很久，只能靠无意识的"冥思"来模拟它。

我们的专注点又是在哪些重要方面呢？……看来，人们真正恳求的是去做某种最最严肃的事情，而非陷于最终的生态陷阱之中；在那个地方他们将被自己的罪孽，而非被"陌生人的"敌意阐释的战争所围困）。

我将允许自己直截了当地说（全部时间已所剩无几）：我并不认为未来"复活的语言"就是抽象 - 精神的（在俄罗斯，"精神的"这个词现在——是一个代用品，只表达了"心灵层面"和"情感"的各种次序而已），它也并非表现为伪 - 存在主义的（继续自动地杀人），——在诗歌中，这就要求"诗歌感知者"——在新条件下——恢复他们与世界 - 家庭和生命 - 兄弟情谊的联系，像在古代——遥远的——被称为真理的炽热，——不管这听起来多么高亢。

"纯粹文学"可以被称为本质的现实主义、存在主义 - 现实主义，——经过对其新 - 教会美学与哲学整治的详细说明（此种现实主义的伟大实例，我认为是安德烈·普拉东诺夫那部犹如一个仅有的词语高高耸起的《基坑》，——这样我们从早至欧洲抒情诗的第一个"杰出的"存在主义者——因诺肯季·安年斯基开始不仅可以谈谈这种趋势所期待的未来，而且还能谈谈其在俄罗斯文学中的根源）。

我毫不怀疑，许多人、特别多的人（不论他们有名或者无名）不止一次说起新人文主义。我们仍然必须严肃地——在庞大和广泛的一致性之中——对持怀疑论人文主义的新美学连同它的新经验开启谈话，——以生命重新被接纳之名。

重提旧事，我不过是讲述人所共知且无人反对的事情；我早已明白，当今最"不被赏识的"——就是所谓的"平庸的真理"。当代的"复杂性"已被毫无价值的连篇废话所充满（顺带要说的是，——这是现代欧洲诗歌最主要的特点），而"简单"仍然是"奇迹"，仍然（不论什么时代）无法被确定。

索斯诺沃村，列宁格勒郊外
1989 年 8 月 14 日—15 日

获颁马其顿国际"金冠"奖时的发言

在这里,在神圣的奥赫里德[1]土地上,在我们之间移动着的、上帝的旨意与标志的金色烟云之中,这一切仿佛真切地触摸我们之时,我忧伤地想起,在俄罗斯的旷野之间,我有时候就像一根燃烧的火柱,产生了幻觉,好像看见了——一个造物的词语,它——在20世纪70年代中叶——我胆敢称之为约翰的词语,并用圣徒确定的太初之语来做隐喻性的引证。

我从未拒绝这种愿景之现实性。并且我一如既往地认为,我们称之为诗歌的东西,与宇宙间的创造力同种同属,在同等的生命承受之中,与自然界所有存在的事物在一起。语言能够成为我们的本质,从而将人类正在被巩固的"时刻"引入世界,仿佛引入某一册永恒的诗集——为了聚首,了解和理解永恒的、人类的兄弟情谊。

与此同时,我觉得可以肯定的是,一种足够长的闲聊时期正摆在我们面前,并似乎早已变成一种难以克服的幻

---

[1] 奥赫里德(Ohrid),奥赫里德湖上最大的城市,也是北马其顿第八大城市。奥赫里德因曾经有365座教堂而闻名,并被称为"巴尔干的耶路撒冷"。

梦，似乎现代物质文明基本上已经永远将我们禁锢在狭隘 - 人类的关注与期待的圈子里，同时将所有的"世界"排出圈外，并将一切自然之物与人类使用繁复工具生产的产品全部混合在一起，以至于——在最好的情况下——留给我们的只有关于被遗忘的、我们存在的"纯自然性"的思念。

而在这个圈子里，诗歌几乎变成某种毫无意识的东西了！——须知，基本上，如我们所了解——不过是名词性 - 描述性的，——并不能将编撰永恒 - 变幻、永恒 - "崭新 - 世界"的轻率向往称之为创作激情——这种"崭新"不过是本质上 - 不断重复的假面舞会。

但是这里，在斯特鲁加 - 奥赫里德，在这片神圣的土地，仿佛一根移动的火柱抵达的地方，词语 - 启示、词语 - 联系、Religio[1] - 词语曾经来到了这里，这里比任何其他地方都要更加锐利，人们感到，当下的生活——附近的——被反 - 联系、反 - 词语、反 - 创造的病毒所感染，而词语 - 人变成丑陋的、拙劣可笑的模拟品——变成人 - 枪，而人类的诅咒，一如既往没有发挥作用，——这里，伴随着生活 - 及 - 精神的坍塌、腐败。诗人的盛典成为诗歌同样的盛典是值得期待的；而这种盛典，反过来，同样也是词语的盛典，其主要目的在于——成为人类兄弟般情谊鲜活的本质，成为这种兄弟情谊的——作品 - 词语。

斯特鲁加市

1993 年 8 月 29 日

1　Religio，拉丁语：宗教。

颂歌:雅各布的微笑

(写在一组诗前面的序言)

1

有什么东西在动,仿佛,有什么东西存在一样,并且,那个东西在里面——偶尔——爆发。但这些,也许,也已变成某种"超凡脱俗之物"。

似乎,甚至地狱和撒旦"自己"也已被这个时代、这个客体(我将其称为"超级-客体",以此临摹无耻的名称"超级-强国")的苦闷毁于一旦。

这——似乎成了死亡自身的死亡,——我们活过吗?有过"反抗"吗?——相反,我们只处在这个"完全变形的"死亡之中,也许,关于那个时代我们已无话可说。

2

我记得谁的面孔、谁的眼睛?

那些自己内心的、只为自我的少数人,我称其为"真理的见证者",——用索伦·克尔凯郭尔的话说。[1]

"写作（专业）哲学家"，即使以此种身份（包括已提及的"见证者"）也无法——以我的理解——为我揭示一点最"新的东西"，——解释某种较为可怕-真实的光——在人类（更准确地说，某些——一部分——个人的）难以辨别的"罅缝"中。

我被一位俄罗斯谚语里面提到的老妇人所吸引："老太婆讲话模棱两可。"[2]

3

瞧，我写下这些文字，我看到卡夫卡那张隐藏着两重表情的脸，——突然，它，这张脸，头一次令莱奥纳尔多[3]感到了最吸引人的"气质"，——譬如说，他的画作，约翰的手中，众所周知，在画作完成之后，——"在创作最后阶段"，出现了一个十字架。

---

1 索伦·克尔凯郭尔的许多哲学著作都涉及一个人如何作为一个"单一个体"生活的问题，将具体的人类现实置于抽象思维之上，并强调个人选择和承诺的重要性。

2 俄罗斯谚语"Бабушка надвое сказала"：不一定呢，结果难料，没准儿。这里结合上下文，采用了直译。

3 莱奥纳尔多·达芬奇（Leonardo di ser Piero da Vinci, 1452—1519），意大利文艺复兴三杰之一。下文所说的"画作"似指其著名油画作品《施礼者圣约翰》（现藏于法国巴黎卢浮宫）。

4

我总是想象微笑的雅各布,我喜欢他的微笑。很可能,这个微笑——具有欺骗性－轻盈?他如何能自处于近乎冒犯尊严的边缘,以及如何能让思想、幻象、词语的歌唱留存、逗留——在刀刃上,闪耀其光芒、痛苦,心在跳,且延续持久。

5

无论如何,它,这个微笑,很好。像面包一样温暖。生动,好像树林的沉默。真的,我常写信——给他(跟写信给奈瓦尔和卡夫卡一样)。受益于他(特别是他去世后发表的《水晶人》),有那么一两次我自己得以"抵达"如此炽热的程度,以至于可以"很自然地"用"你"来称呼他。

还有——我不会把这里存放的东西叫作器乐小曲。对我而言,它们(无论它们是什么)就是在那个冬天－郊外的黑暗中沙沙作响,那个地方——假如还记得——略微泛黄的斑点——两本被翻烂的小书《骰子壶》[1]马上跟着不时发出噼啪的声音。

还有——听到雅各布"努力留住自己的刺"这句

---

[1] 《骰子壶》,马克斯·雅各布的一部散文诗集,发表于1917年。本文涉及的《骰子壶》译名、地名圣－贝努瓦的注解等,均请新九叶诗人、法语翻译家、学者李金佳修订,特致谢。

话——我,看得出来,瞧——就是现在——面带微笑,——仍旧是一株"屹立不倒"、磨蚀严重、叶子都快掉光了的灌木。

6

将要离开圣-贝努瓦[1](1988年12月,我与一群巴黎的朋友到访此地),我,仿佛怀着某种安慰-喃喃低语,辞别卢瓦尔河,——我从来未曾见过如此丰沛的河流("我的"伏尔加河,在我们故乡——楚瓦什边疆区[2]——早已被"人造大海"摧毁得难以辨认),——就好像,不但轻微拂面、轻声细语的风可以——将河水吹到岸上——飘洒到脸上……——而且,水珠里还满含感激-和-忧伤,我跟这本诗集(某种程度,我也是跟马克斯·雅各布的微笑)说再见。

莫斯科

1994年10月21日

---

1 圣-贝努瓦(Saint-Benoît),卢瓦尔河上的一座小城,马克斯·雅各布晚年隐居之地。

2 原文如此。当为"自治共和国"而非"边疆区"。

关于托马斯·特朗斯特罗姆[1]的诗歌

1

在俄罗斯,诗人们仍是"歌唱"(号叫也常有……——我说的是他们"传递"自己的作品)。在欧洲……——好像学校授课。最好的情形——仿佛课堂上的交流,——当然,是单方面的。

托马斯·特朗斯特罗姆的创作有助于将"心的诚实一角"(用韦利米尔·赫列勃尼科夫的话讲)带向当代诗歌的这种"现成的境遇"。

内在特定的梅洛斯[2](显然,作为——是,隐秘的,是,人民-父辈的,遗训的无言表达)似乎在诗歌里已不发挥作用了(此外,*所到之处*,——包括我们这里,"事情也正朝着这种趋势发展")。

特朗斯特罗姆直接、清晰的语言,好像北方料峭之

---

[1] 托马斯·特朗斯特罗姆(Tomas Tranströmer,1931—2015),瑞典诗人、心理学家和翻译家。2011年获诺贝尔文学奖。

[2] 梅洛斯,指旋律。

光，其吸引读者进入自我的方式，在我看来是渐进式的和潜移默化的。并且这里完全是另一种"魔法"与"魅力"（它们就是存在，而且真实，尽管这里我给这些词语加了引号）。

在这里，凝练、新文学丰富内容之协调受到思想的热情关注，并被言说者有所克制的个性所支配。心灵在这里被表面的描述所覆盖（"客观世界"预先——早已经——饱含痛苦与怜悯，——"拖船锈痕斑斑，岸上，裸露着根；大地，低沉的呻吟与抽噎声相闻……"[1]）。

阅读这些诗句，我听到一段奇怪的、"可有可无的"独白，——这个对话——仿佛"没有谈话对象"，很可疑——并不想显得自作聪明（而实际上很有智慧），在这里，感觉被排除在外，但是，实际上，它可能藏得隐晦而脆弱……——仿佛写一个人，——作者本人的诗句，——"带着自己的影子，好像琴匣里的——那把小提琴"。

"上帝"，在此诗歌中，"不死"。它的世界有经常存在的被遗忘的冷光反照……——谁干的？甚至不该提这个问题，——特朗斯特罗姆的诗歌，在被唱响与完成之后，通过"不放松的"沉默继续发挥作用。

"一切已变得愈发复杂"，——草草写下这些文字，我对自己说。清晰和简练在特朗斯特罗姆的诗歌中具有欺骗性……——不，就是"欺骗性"这个词在这里都不适合，所以特朗斯特罗姆艺术中的诚实和真实性，我认为是独一无二的。

更诚恳地说：透过诗歌，闪耀的是强大的诗歌精神、

---

[1] 特朗斯特罗姆的《十月即景》中的诗句。俄译与瑞典语译本有差异。

诗人本人罕见的个性（……光芒四射，——这是我的个人感受，并且我允许自己在这里分享它们）。

2

这样的诗歌——有点"习作"气息。它可接触——没有屈尊；它具有个性——而又不是那种当下的、十分流行的文学个人主义。

在这样的诗歌世界里，任何事物、任何观念似乎都已准备好从内部矛盾中分裂出来，——特朗斯特罗姆隐喻的模糊性（研究人员称这种隐喻特殊又"著名"）出现——仿佛来自某种光谱衰退；这里也常能见到悖论的黑暗闪现……对于我个人而言，甚至是在这种黑暗的深处，也隐约可见光明……——伟大诗人和伟大人格的善良灵魂的光明，还有，也许这些品质的统一，使得他的获得世界声誉的抒情独具特色。

生命是对一种——单一——存在责任的履行。事情并不在于是否"快乐"，而在于神秘而苛刻，以至于超出了我们的可能，并以一种"奇怪的方式"对应起来。在履行此种责任的"途中"，特朗斯特罗姆不仅灵敏地、同等强度地承受了土地和自然之艰难，而且也经历了不可挽回的人类贫困——比如萦绕着他的病态幻象（诗人，究其职业，是精神病学家和治疗残疾儿童的－医生）。

我国，直到1976年才头一次听到有关特朗斯特罗姆的介绍（那时，在《文学问题》杂志第四期上，叶·戈洛温[1]很好并非常详细地介绍了这位当时四十五岁的诗人，——令人记忆深刻："森林小屋的孤独居民……在瑞典森林深处……"；游遍整个世界的、最伟大的当代诗人之一，他时至今日仍忠于自己的"外省"和不引人注目——也许，是指在稍微"轻松的"——隐居生活方面）。

与此同时，俄罗斯诗歌，在我看来，早就需要融入托马斯·特朗斯特罗姆的抒情方式了。为了在某些方面令我们清醒，用新的方式提示我们"我们的那点"——丘特切夫式的抒情——还是"振作一下精神……努力奋斗吧"。

1994 年

---

[1] 叶·戈洛温（Евгений Всеволодович Головин，1938—2010），俄罗斯作家、诗人、翻译家。

朋友之诗——如今——他不在了

（纪念安托万·维泰）

1

于是——我仿佛看见这样一首诗：好似光滑的——洁白的（雪白的）——平原：简单说——在黑暗中——通过自己的存在——"说"——（就哪怕向着天空）——怀着忧伤、躲闪、沉默……——世界上绝对的客观现实（通过进入——登高之时——到橡树林之巅），——忧伤、潮湿（好像碰到——雨燕的翅膀），——孤独和没完没了（某处——好像拨弦古钢琴的蓝色游戏……）——真的："心语"——不为谁。

2

湿润的主题，——固执与隐匿；湿润——爱情与内心的痛苦，——仿佛突然有流星闪过——他的——安托万的——生活！——是的，——心之湿润，还有眼睛的——湿润。

3

长期面对"非精确性的精确"问题,我忧伤地钻进安托万的诗中细读(在生活的迷雾中,在一个隐形-惯性的国度),于是——甚至都不用翻阅——我就(稍微)有种感觉:美丽的精细度——他的文化、他的国度……——岁月流逝(曾经——刚开始——只有自己,"走向"我们的安托万),而且——就像从雾里——随后巴黎圣母院的彩绘玻璃显现出来——而且受到遏止-"贫乏的"(即意味着不是那些非常显眼的)手绘稿-"马蒂斯",不突出的("没什么特别"),——正是这所有一切,在巴黎,向我解释清楚了——在"不突出"之前——他——安托万·维泰——如何成为典型性-美好,在他的舞台聚光灯下,在他对"安东·巴甫洛维奇"之爱的脉脉温情中,在他的绘画忧郁的细微处(为何——总是——拨弦古钢琴的琴声?——还是莫斯科窗外的那些山雀,好像它们从我的——越来越古老的——诗歌体的文学作品——曾经某个时候——飞到了巴黎);是的,——他,我的朋友,也是此种拉辛式的、本土美丽的精细度——之化身。

4

现在我知道了,它们,这些诗,只不过很人性(在此"不可接受"的大洋里)。孤独地——富有同情心——对于孤独者。而且几乎"不合时宜地"开放、直率与诚实。所有这一切非常单纯,而现在,这一切几乎已不复存在了。

5

还有:前庭——他伟大额头之地(在它背后——令人震惊地——燃烧着的——有思想的美好——怎样——发挥作用!——巨大、没写完的、"上帝"翻开 - "阅读"的剧本就那样存在 - 发挥作用:轻轻地,我们只是——有时听见——杰苏阿尔多[1]的控诉,我们就哭泣——仿佛——奏响第二声部!)——光、田野,——光射进来,——梦幻般的——额头的——美!——它的光芒和脉搏跳动——照进"L'essai de Solitude"[2]……——照进我们——在一片白色中:剧本页面。

6

好像你 - 我——(讨论已无可能):我看见一只坠落的小鸟……——(哦,红色的移动轨迹),它——仍然——处于这种缓慢:好像——在飞行途中(剩下——滑翔)。

7

还有:沿着乡村的 - 田间小道——越走越远,到远

---

[1] 唐·卡洛·杰苏阿尔多(Don Carlo Gesualdo,1566—1613),意大利作曲家,他以写宗教歌曲和圣歌而闻名。

[2] L'essai de Solitude,法语:孤独的试炼。

方，——（哦，好像"民谣"）；离开——如何摁灭（"世界"？——"上帝"的拥抱）——消失……——愈发地——小径、旷野、看不见的部分：这样余留（"需要"还是不需要）——诗歌；诗中——你的光，安托万。

　　　　　　　　　　　　　　1996年3月5日—7日

附

魔术师[1]

赠艾基

他是诗人——

魔术师

游荡者

他

无所

不能

他

万能者，四海游荡者

诗人

魔术师

惊人的，令人惊奇

---

[1] 这是安托万·维泰用俄语写的一首诗。——原注

等等以及诸如此类

> 1978 年 2 月 21 日

VIII

隔空对谈[1]

（答友问）

在您的诗歌中，现实与梦幻之间的界限已被打破，您能谈一下这个问题吗？

如果我没记错的话，我的全部诗歌——超过二十五年——几乎均为直白的和"特约稿"的诗，且很多时候——结构并不复杂。总有——行动的诗，"行为"之诗。在这些"行为"倾向性背后，无论诗意，还是"现实的"真实，即生活的真实，我均未曾感受到。

因此，诗意的真实，人类生存（更准确地说——生活承受）的真实只能在自身内部寻找：自己的记忆里，自己的认识和世界观里。无论"诗意的"，还是"生活的""行为"，于我而言都是不需要的（不仅如此，从我的角度看，

---

[1] 预先说明：此文已刊登在南斯拉夫文学报《书面语》（1985年9月25日）。答问以书面形式提交。《……对谈》成稿中使用了尼·德洛尼科夫法国1992—1998年出版物中的艾基肖像。——原注

本书"作者注释"部分提及此文首次发表在1986年9月25日《文学报》，与脚注不同。尼·德洛尼科夫（Николай Егорович Дронников，1930— ），俄罗斯艺术家、传记出版人。——译者注

它们对任何人均无必要，——对我来说，其他的因素相对更容易在诗歌中"发挥作用"）。

我渐渐开始将某种其他东西与"行为"之诗对比。甚至连一点消极的态度都没有。不，某种不同的东西，——越来越沉浸于某种最好称之为"无损害-永久"的自我欣赏的统一体。离开这种统一体，仅凭人为干预，尚无法将所谓"行动"之现象导入世界。

我认为，梦的主题正逐渐和不知不觉地淡出我的某种"文学场景"。梦-现象和梦-氛围本身对于我已成为某种世界的梦-形象、梦-世界，在那里我可以抵达那些岛屿，找到那些组成具体个人生活承受之物的"河床"碎片，感知到，在痛苦中的我和带着伤痛的我——在某种火-集中地——触碰一种命运-存在驻留于世界的变异体本身。

在此种情况下，我经常使用梦本身作为一种形象。行动的否定当然也会转变成沉默，而变成忍受生活重压象征的就是寂静。简言之，是有一个梦幻与现实均包括在内的梦-世界。此时，貌似很难区分现实与梦幻之间的界限。我只知道，在我的诗歌当中"现实"只会在我偶尔"恼怒"的那些时候才会出现，而在艺术创作中，依照我的观点，这是一种不好的、有破坏性的状态（像生活中一样，不值得"恼怒"）。

诗歌文本如同纸之"身体"与标记，是吗？

语言"文本"——好像身体……可能，我事先不是在纸上，而是在某种被创造出来的"无纸的"空间里看见它。

甚至所有口头的、思想-有关的文本——"身体"……——好像某种伸向天空的灌木丛。在这方面,还存在着令人无法忘怀的"身体"-文本。例如,教堂里的日祷,我觉得就是神殿里的某种"心灵身体",——它组织得"富有建设性",有与自己教堂相似的轮廓外表,它的轮廓印在人们的头脑和记忆中。

通过这个"身体",在理想情况下,我感受到诗意的文本。与欧洲传统诗歌形式(四行诗、八行体诗、十四行诗及其他)不同,每一种自由体诗的出现——这里我暗指的是其外"貌"——都好像某种独一无二的教堂的构筑,好像某种语言-精神的、透过语言轮廓可见的、与任何其他"符合标准的"建筑都不相同的构筑。因内部统一的结构(整个物体是"一体的"),这样的作品,要求一种不可分割的所有直观部分的完整性。无论如何,这引起了我足够高的注意力。在操心着纸上某个东西的"身体"的同时,我想,还要说一说我的"乡下-人的"出身:例如,我的全部诗歌必须冠以标题(缺乏标题时,我就只标上"无题"),似乎我不能眼见任何,哪怕是词语的"建筑物"没有"屋顶"。在看待任何一首诗歌的日期时也是一样:我将日期视为作品共同"建筑"的一种"建设性"融合。

我听诗歌经常像听"唱诗"一样。也许,纵然当着它们的面,我也将会如此看待它们——哪怕它们还未出现在纸面上和尚未在纸上飘飘然升起来。而日祷中有曲调、也有语言-道[1]、也有"心灵的"音准——几乎是无词语对话!而其中的有些标记是看不见的("精神的"),也有些是看得见的("宗教仪式的"),对于表面上看起来"诗

---

[1] 指基督教多为三位一体化身的语言与道。

意文本好像纸上的身体与标记"，我的理解是这样的，即：作为某种词语"教堂"的常见外观，其本身虽是某种一般性符号，但依然能透视自身所含的更为"具象的"内部符号，——当我希望它们特别引人注目时，我会标记它们——用斜体字，通过故意将字母排列得稀松疏朗，有时还会引入象形文字和表意字符，还有刻意强调-独立的"留白"（这也是一种标记，每一次——都带有它们特别的"含义"）。

还有些时候，我的某首诗歌（依照常规，诗的篇幅不会长），只有一个完整的标记（也就是，文本的"身体"紧缩成一个标记）。类似这样的标记-诗歌在我这里数量不多。

梦-旷野-森林，您诗歌中这样的主题从何而来？

关于我诗歌里的梦的主题，我讲得已足够多了。我只想再补充一点，行动，作为一个概念和现象，其中总藏匿着陷阱，——以至于我们本想去到一个地方，结果却可能到了完全是另外的一个地方。我并不害怕梦的陷阱。与其说陷阱诱惑"心灵"，倒不如说滋养。

至于其他的主题——旷野和森林……——我出生和成长于楚瓦什的乡村，四周全是一望无际的森林。我们的房间窗户正对着旷野，——旷野和森林对于我——构成了"我的整个世界"。了解到世界文学中有其他民族的"世界-海洋""世界-城市"，我只力争让我的世界"森林-旷野"在文学意义上不要逊色于其他众所周知的"世界"，甚至——尽可能地——赢得某种"共同的意义"（为此，智力和想象力需要付出全部辛劳，长期痛苦地受其他文化训导，不仅如此——用比较法研究的-文学"知识"本来就应该尽可能开阔，尽可能被研究透彻并成为"我的"，准备好随时融入我的创作状态并"工作"，不受任何限制)。

我想将"小"放大，使之更具广泛的意义。说到底，各种文学、各种文化中，总是发生这样的事情。"外省"概念不是指旷野和干草垛，——相对于大地，外省这个词——并不存在。当印象派艺术家们接触到干草垛和旷野之时，奥弗涅[1]的干草垛和旷野就成了艺术中的普遍形象。

简言之，我诗歌中的旷野和森林只不过是我故乡的面貌，毫无疑问，这些面貌被赋予了越来越多的象征意义。

艺术中的愿望可能非常简单。简单的想法——将自己故乡的外貌讲一点给其他人——不同背景、不同文化的人——听。"我的"旷野和森林就是这样出现的；闪耀着"象征"之光的雪，就是这样出现的。

意大利文艺学家焦万娜·帕加尼-切萨在一篇献给"原型"和我的诗歌的长文中揭示了我诗歌中的"关键形象"，譬如"旷野"、"森林"、"白色的"（包含各种变体）、"雪"、"窗"等，与古老楚瓦什神话中主要元素之间如此深厚的联系。我赞同焦万娜的"全部观点"，但只有一点我必须说明，当我写自己的诗歌时，当然，任何"原型"我都不曾想过。

关于诗歌与传统，您是怎样思考的？

我认为，在从事关于"传统"[2]与"传统"问题研究的

---

1 奥弗涅（法语：Auvergnat），法国中部旧大区名。
2 原文如此，根据问题提示，此处应为"诗歌"。

方面，参与更多的是文艺学家和批评家，而非诗人和作家（况且，批评家做起来经常是带着众所周知的"守卫者的"热情）。他们说起"传统"时就好像暗示"要像那个，要像这个"，似乎在交头接耳，用这位作家的风格写作就是好的，按照另一位作家的方式就能很好地"塑造形象"。他们还专为"继承者们"着想做了这样的补充说明：向古典作家学习，可以夹带其自身的"某些私货"进入文学（此种做法也得到——批评家的赞同）。而我们若说到普希金的"传统"，我能注意到，它恰好并不从属于它们，而是为自己的诗歌克服了它们（此时，我明白的就是，到底在哪里和为何我要成为那个感激普希金的人）。

文学中某种其他的东西教导了我。很多时候和经常的情况就是，在生活最艰难的时期，我会在思想上向尼采、波德莱尔寻求帮助；近些年来——则是齐普里安·卡米尔·诺尔维德，——仿佛找的是他们本人，——比找他们的文学和其他"思想"更多。譬如，波德莱尔的心灵-精神上的、存在主义-大苦大难的*形象*，波德莱尔-作为-形象，对于我就比其他任何"传统"都更重要（其中也包括他自己的，——文学形象）。他跟勃洛克一样，在个人的"诗人"自我培养方面帮助到我（相信每一位诗人都应该经历一个最为艰难的"艺术家"自我培养时期）。可以说，我努力向波德莱尔学习诗歌信念（在他的观点和我的理解中），学习将诗人状态带入生活（我在这件事上曾犯过严重的错误）。

总之，迄今有效的、几位导师真正*鲜活的*形象对于我而言，同样也是——他们的"遗产"，他们终生的支柱。这种"触点"的力量——高于以上所有的文学论断。

对诗人而言，为了"掌控"语言，哪些语言工具是必需的？

这里提一下阿波利奈尔的一种说法："一幅画可以用屎尿画，也可以用画笔画，只要它是一幅画。"

依我看，所有工具均适用于对语言的"掌控"。从未有过的-最"古怪的"作品，只要它真，它就必定具有其内在的和谐，任何"不被容许的"工具在该作品中均"合适"，并符合"典范"，因为任何成功的作品，本身即为"经典"（而且还是一项最高"圭臬"——此乃不可撤销的创作法则，——打破一套法则，我们还将陷入另一套更为坚固的法则之中）。

不仅如此，语言工具从来都不是一成不变的。约二十年前，我很讲究句法，——我似乎总想将句法同人际交往中所发生的变化协调一致起来（说话中的断句、未尽言的部分、"解释性"话语的省略、语言-"密码"、表达"语言弦外之音"的停顿——好似某种忧郁甚至绝望的评论，仿佛是说："但谁又能听见"）。

现在发生的情况有所不同……我想要尽可能少说点什么，同时还能让周围非人为的沉默和光线越来越多，越来越"不可更改"。在那些看起来多少算是成功的情况下，这是怎样发生的呢？我发现，某种摇摇欲坠-不合逻辑、以前陌生的东西在此种情形下却变得特别"合情合理"，就好像我是在学习用一种对自己而言全新的语言在说话。

那么语言的能量和诗人呢?

大海和风，它们自显强大，——"并不靠我们"。语言也是这样。诗人进入语言，——语言根据其能量大小而"论功行赏"。但，请注意了……——这里并没有完全的"恒等式"。请注意……——即便并不敏锐，你依然能发现语言的脊梁和轴：在语言之中，其自身散发出来的"自主"能量仿佛也很足，——你可以将这种能量中的某些部分转化而"为己所用"，转化成业已冷却的诗歌，——你甚至已经筋疲力尽，猜到了点什么，这也是一种成就：不屈服于外力——而臣服于你的分寸、悟性和技巧。

关于诗歌的技术，——什么样的诗歌才应是今天诗歌的样子？

如果要"运用"诗歌技术这种说法的话，于我而言，就不存在唾手可得的技艺。"诗艺"出现在作品本身的"火"与"肉身"里。我认为今天的诗歌是"自由的"，意即，汇集了各种节奏和"尺寸"，不回避韵律，也很容易不用韵律……——这样的诗歌"自然脱俗"：它是——无拘无束的旷野和森林，而非"古典花园"。如今支持亚里士多德"秩序"的仍大有人在，他们一定会思考得更多、想象得更远：归根结底，创作过程中没有什么是自由的（这种不自由——就是一种共同的和必需的法则）："自由诗"——有自己的尺度与适配性，其"经典"这样或那样出现在某种"元-经典"牢不可破的范畴内，——这种经典仿佛某种遥远的、终极的紧箍咒包围着我们。

也许，"自由诗"中仍存有那些我们下意识地想要努力远离许多世纪以来沉淀的城市文化的特征，——内涵丰富、多姿多彩的自由诗及其表现手法的非"整齐划一"、各种层级内容的无规律可循，很有可能，与一种奇特的"自然模式"类似。

诗歌与萨满教，——就此话题您有何评论？

这个话题（好像也是问题）看起来是个假问题。如果在楚科奇[1]诗人的诗歌和歌曲中听闻一种"萨满祭祀"，我们都会满怀虔诚地接受。但无论"萨满教的"，还是禅宗-佛教的元素，都不能被假借用来复兴世俗的欧洲诗歌；任何"渊博的学识"均无法令诗歌更加原生，无法赋予其更多创造活力。关于其他人或事物的知识应该让我们回到自身才对。

如果萨满教的颤抖与尖叫能够唤醒原生、诗性声音之深处的某种本质的东西，那么等待诗人的将是痛苦地坠落至梅洛斯-国被遗忘的底部，——应该倾听他们自己，倾听自身内心。对于诗人来说，假如对萨满教的兴趣转变为这样一种个人表现的真实，那是一件好事。

诗歌与实验呢？

我从来没有实验过，——我只是没有这样的时间。

---

[1] 楚科奇人大多居住在俄罗斯的楚科奇民族自治区。目前，楚科奇人主要从事养鹿业、捕海兽业。

对于看起来具有"实验性的"那些事物，每次我都会将其视为与此话题有关的唯一可能的方式和表达形式。在此种情形下，我仿佛会用某种意想不到的方式"爆发"，——因为无法用那种于我而言业已过时的语言表达某种我所看到的东西而爆发。

我尊重实验派诗人（也许跟尊重那些思想离经叛道的蒙难者一样）。他们的实验，我有兴趣关注、跟踪。同时，我也说不准，他们对于"自然－自由"诗歌的搜索和探寻是否有必要，或许语言学家们对这些搜索和探寻更感兴趣。在我看来，诗歌中新东西的诞生是有机的——在共同的口语锤炼之中诞生，而非靠"实验"之路。

诗歌与寂静呢？

只有当我们听见寂静，意即，当我们开始与寂静交往的时候，即使是"客观的"寂静对于我们来说才存在。

嘈杂－世界起初看起来有时是谎言－世界，——谁能在寂静到来之前"净化"它？——可能，就只有艺术。不仅仅是被迫学会"与寂静交往"。在诗歌中，显然，已有必要能够创造寂静。

瞧，真是奇谈怪论吧……——在诗歌之中，与说话并行的，还有沉默，但甚至沉默也是由语言创造的：沉默的诗歌——是用某种其他方式说话的诗歌……——在我这里，在另一个人、第三个人（如果有的话）那里，这样的事情如何发生——这已是研究人员、文学哲学的事情（我认为，沉默的诗歌的存在，跟历史哲学的存在一样）。

可我们还是先回到"客观的"寂静这个话题。客观的寂静——并非什么道家的、创造和被创造的寂静——而是已经作为一个词语被引入世界,并且它,这个词语也可以进入诗歌。什么时候以及如何进入?我们不知道,或者说,我们像一位想象某种"视线"的盲人一样知道,从别人的话语中知道。尽管如此,我们相信它并非一种对思想-寂静的反映,但当我们对此并不怀疑,而是被其迷住之时,客观的寂静自身也可能巧妙地在诗歌中呈现……——"世界不会超越我们,我们即世界",——这种单一状态之光可能会触及我们的诗篇……——就在刚才我已说过,应该学会"创造寂静",这句话并不十分准确,——应该,在世界-作为-行动的嘈杂中,给"服务寂静"预留一些时间,到这个时候,每个人都有自己的表达方式才成为可能。

20 世纪 60 年代,我有过一个短暂时期,我自己将其称为"韦伯[1]的"时期。寂静以一种持续时间不长,而思想停顿时间较长的方式进入我的诗中——相当于这个或那个口头表达的"时间段"。现在,我更想要的是,一整首诗歌以某种形式自己呈现——寂静"本身"……——正如我已经说过的那样,这只有通过词语之路才能做到,我完全能够想象得到,在诗歌之中,由于我的尝试,绝望的"伤疤"要比寂静的那些"墙洞"更多。

有时,一个短暂时期内,我们自身也会出现某些"工作理论"(它们随后要么消失,要么样子已经发生改变)。有一次,我突然想到,音乐——克服可听度——变成可听

---

[1] 马克斯·韦伯(Max Weber, 1864—1920),经济学家,被后世称为"组织理论之父"。

见的；风景画——克服可视性——变成能看见的。那么，诗歌应该会是什么样子的呢？也许，它是克服公务－"交际"词，使用不同的……——其中还蕴藏着前置－词的寂静的那个重要的词（可以说，一个人在世界上的根本——是人心里的－词，更准确地说，世界上存在——人－作为－词）。

您如何看待当代俄罗斯诗歌中的自由诗？

在我看来，当代俄罗斯诗歌中的自由诗根本还没有发展起来。所遇到的自由诗基本上，——以叙事－故事性的为主（好像带着一些"诗意"化妆品痕迹的一种散文，——并且还是非常呆滞无力的散文）。间或遇到另外一种形式的其他自由诗，——则属于智力性－修辞的。

根据我的观察，自由诗（我想，所有的语言都一样）面临着一个主要的危险——总的来说，诗歌固有的音乐元素将会减少，直到完全消失。

毫无疑问，当代俄罗斯诗歌中的"古典诗"正经历史无前例的危机。战后这段时期，古典诗似乎"最后一次"地活下来——也只是受益于帕斯捷尔纳克、扎博洛茨基和阿赫玛托娃可观的内在－思想性的创作。其中，在"古典诗里"，我们信服伟人的音准，——只有这些由于伟大的、表现自我的个体才得以彼此区分的音准，才能让这一古老的诗歌形式复活。而中等诗人的音准勉强可以彼此区分，其"古典形式的"诗歌跟现在的歌词几乎一模一样（甚至——就是流行歌曲，——只能直言不讳地说）。

自由诗，在理想情况下，并非得益于"教堂唱诗训练班式的"节奏,而是得益于真正-自由的节奏,得益于"分行分节"(取代这种"分行分节"的既有不同时间长度的、并不限于采取篇幅相同方式的语言发声周期,还有各种"长度体量"的停顿)的自由;我重复一遍,——这样的"自由诗",与前面提到的同样单调的"歌曲"有所不同,它可以将各种室内乐-器乐视为自己的原型……——我认为在所谓的自由诗中保存音乐元素是一件非常紧要的事情。

您的诗歌是象征主义-未来派的吗?

托马斯·曼称里尔克是一名伟大的抒情诗人,并指出,在里尔克的诗歌里,"男人的脏东西很多"。

在象征主义里面,也有很多"现实主义的脏东西"。"脏东西"就在未经真正的、现实的经验所验证的"象征"之中。

这份"账单"并不需要对象征主义公示。这是因为诗歌不是相对于现实的某种铺陈编排,——诗歌就是诗歌,其根本的目标即发展本身的诗性资产。

象征主义在这方面就应该被视为"语言中的"印象主义。象征主义-印象主义之前的所有诗歌看上去都像是一种统一的古典诗歌、有其各种发展阶段的古典主义(无论文艺复兴时期的语言,还是歌德的语言,都是被具象化的语言,——个体,甚至在表现自己的特质时,也只能通过这被具象化的语言才能得到呈现,——时常忧郁地听到一种说法,就比如说,贝多芬怎样冲破这种语言的藩篱,——冲破之后,似乎猛然回过神来,接着很快就"振作起来")。

印象主义(这里还包括诗歌中的象征主义),就其语言学意义方面,我觉得是时间意义上最后的、世界艺术史中最伟大的时期。主观现象、主观语言成为"合法的",并为世人接受。我认为,自那以后,什么"完全-新的东西"都没出现,我们仍然停留在象征主义存续的轨道、范围和世界里。而达达主义、超现实主义、未来派看起来就像在用艺术中伟大的"象征主义"的故事进行花样翻新。

俄罗斯诗歌象征主义赋予了语言多色度、多样性,从而消除了过去诗歌语言众人皆知的"一维性"。我想,这句话其中包含着我对俄罗斯象征主义,特别首先是对勃洛克的敬意。

未来主义之中(就像说到象征主义的"象征"的情形),全是未经任何经验验证的、只有它的"未来学"的社会-乌托邦之类的东西(不仅如此,未来主义者的形象-宠儿、思想-宠儿都变成了怪物)。这里,比较值得称许的对谈重新涉及了未来主义在对待语言方面所取得的成就;未来主义者这种成就的表达方法是可以被感知到的,语言开始变得丰富,具有可变化的"重量",变得可以伸缩自如,而单独-抓取词语的"长短"可以随意变化。

至于我的诗歌创作与俄罗斯未来主义的关系,我曾不止一次加以阐明。就此我总是强调(现在也再次强调),我认为,我某个时期的诗歌,与其说跟未来主义有着非常明显的联系,倒不如说那是马列维奇时期更为合适(我想,我创作的思想-内容的"根本",很大程度上与未来主义的思想-内容的"根本"是背道而驰的;但在"语言"方面,我又对这里所谈到的作为俄罗斯文学"先锋"的诗学接受度颇高)。

恰恰是现在,——我认为,——可以指出象征主义、未来主义的精神本质的时候到了。该坚定地指出,这种本质,不是由谁喜欢不喜欢的那种经验所验证,——这种本质,应该被十分明确地称为基督教-宗教的本质(别的"真理",在我看来,很大程度上自我表现为没有任何出路的、真正的谎言-精神陷阱)。

童年和诗歌,——您可否谈一谈它们之间的相互关系?

也许,对待童年-作为-现象,现代诗歌不应该仅是"感性-触及",而应该更有原则-系统性。问题不仅仅在于,我们缺乏的正是被我们回忆的"感觉之新鲜度"。童年时我们更信任世界,——而世界因其全部敞开,让我们觉得世界真的就是宇宙的世界。

这些我们真应该牢记在心。因为,在对世界的认知(而非有关它的知识)中,我们不可避免地会将世界-宇宙收窄,将其变为小小的世界-巴扎[1]——不会比"环绕地球的轨道"更宽。难道不是吗,——正是在"航天时代",我们丧失了愈来愈多的世界情感、世界-作为-宇宙的情感。一个不乏地面恐惧和恐怖事件的小世界……——难道我们所生存的是什么大世界吗?

我们将不会成为傲慢看待童年-现象的人,它被赞叹为不可理喻-富有深意世界的存在奇迹(而这个世界,——我们敢于偶尔带着"原始的天真"想起它,——绝不仅是

---

[1] "巴扎"即集贸市场。

为人类创造的)。

"童年话题"现在不仅可能成为思乡病,还有可能引发现代诗歌中的"理论问题"。比如,不管我们认知如何(而在"知识时代",不管是否以最离奇的方式),我们现在都生活-将要生活在一个奇特的环境之中……——我们的创造终结和死亡了,其中——没有创作力量的源源不断地自我展现,而匿名的"宇宙法则",仿佛"天赋"与生俱来,——所有的一切都是为了,世界被认为——已被终结(我重复一遍,我说的不是知识,而是对世界的认知),——在这里,诗歌的"飘扬"何在?——无论如何,——我对自己说,——假如我作为曾经的那个小男孩,还能记得,曾经有个什么非常遥远的东西,比村庄上空的太阳射出的光线还要遥远的东西,走到我的面前,那就说明我还没有丧失一切。

思想-诗性地回归童年于我来讲,也有自己"个人的"原因。甚至人那时能看见的、与那些遥远认知相联系的世界,要比我后来不得不面对的世界更加崇高。我想,我没有将其理想化。这是真正-能忍耐的人们的,——在"乡村和田野上劳作"的人们的世界,他们重要的美就是——劳动,这直到今天、明天都是最基本-必须的……——我在具有人类想象力的世界上生活过(而想象力,可能,有时还是对已说出的内容的创作,以及"按照他的和类似物的样子达成的"),并继续活着,——我在人类想象力致力于自己真正使命的世界生活过,而这种想象力是创造性的,"仿佛神赐予",而非贪婪-具破坏力的。

您对于当代俄罗斯和世界诗歌总体印象如何？

开门见山地说，我的印象就是："丹麦王国的有些东西业已腐烂。"[1]

看起来，语言里里外外都已腐烂，不仅仅是在我周围的环境中。里面的"核"也烂了。

拉丁语的"religio"包含着"联系"的概念，——人的联系，思想，比人的概念更"宏大"的词。语言包含这种联系；好吧，这个听起来很洪亮，可陀思妥耶夫斯基的话令我们信服："地球上万物的生活，"他说，"都是通过与其他世界的秘密联系而进行的。"像陀思妥耶夫斯基这样的人，值得我们信赖。

在当代语言中，——准确地说，在运用语言之时，——上述的"联系"似乎被排除在外。这种联系——并非贩卖－做道德说教的美丽辞藻，亦非词语的"天使派"。莎士比亚的茂丘西奥，用蛆（它们将很快吞噬掉他的尸体）这个词语咒骂这个世界、诅咒它"说不"的灵魂……——这就是您要的 *religio*－蛆！——这些蛆将联系吞噬殆尽，并成为——*religio*－语言。

显然，有时我们真应该思考一下潜藏在语言之中的此种联系之核与根的活跃问题。"善良的初心，最终将换来美好的结果。"杰出的法国思想家皮埃尔·勒孔特·迪努伊[2]经常喜欢说类似的话。

---

[1] 语出莎士比亚《哈姆雷特》，英语原文为："Something is rotten in the state of Denmark."

[2] 皮埃尔·勒孔特·迪努伊（Pierre Lecomte du Noüy，1883—1947），法国生物物理学家、哲学家。

请原谅，我没有提及当代伟大诗人们的卓越成就。他们的诗句非常重要，我现在，可以这样说，就是在"发言"拥护。我说的既包括"我国的"，也包括"别国的"（在这个维度上，我对更"遥远的"诗歌更为熟悉），关于诗歌的共同状况。对于当代诗歌的共同印象、主要印象是这样：当代诗歌似乎天生就是为了无止境地责骂世界，而这个，不管责骂世界有或者没有附加条件，我们最终都称之为"创作"。

大约三十年前，一件事情给我上了很好的一课，——那是莫斯科郊区的一只椋鸟。那是潮湿、多雨的一天，飘着春季的雨雪，整个世界——仿佛"诅咒"。突然，我听见鸟叫声，抬头看见一只椋鸟。它站在自家鸟巢的门口，在那个飘着阴雨和湿雪的天气，竟唱得悠扬嘹亮，啼啭声荡气回肠。"这鸟儿是怎么啦？"——它唱得如此带劲儿，——简直情绪激昂，嗓音高亢。"肯定是一种感激之情令它纵情歌唱，——甚至在一个如此恶劣的天气里！"

这只椋鸟怀着罕见的殷勤，要比我们，比许多咒骂天气、咒骂世界、咒骂他们自己甚至还有他们同类的人，都更知道感恩这个世界。

有关您的音调和标点符号，您是如何思考的？

关于自己的音调，我很难评判。我只能做一些说明。

以前录制好的我自己的朗诵，有一次我听到时，感觉自己跟旁观者一样，好像那朗诵是"别人的"。我既没有满意，也没有不满意，——所谓"生米已煮成了熟饭"。在我的朗诵里，我发现心理"堤坝"的某种积蓄，——我担心，它们因为迸发，因为不太有"自制力"的色彩而变得松散。

至于我诗歌音调中的某些"日祷"性问题，楚瓦什研究学者兹杰涅克·马特噶乌泽尔[1]早在1968年最先撰写了评论文章。若站在我的角度来谈这个问题，我给出的就只是我的一厢情愿了。

我想，在我的音调里有一些"乡村-百姓的"哭丧的内容……——有时，在我的诗歌中，我还能听到一些酷似-女性的音调，——显然，这与下面要说到的有关，即：痛苦-作为-话题、痛苦-作为-形象，与我对母亲的记忆牢牢联系在了一起……——"最终，"大约三年前我在一封信里写道，"那些被称为百姓的内涵，其实就是我母亲在这样的生活当中所遭受的痛苦，而这样被人们创造出来的生活当年却与她格格不入。"

关于我的标点符号，我能说得更明确一点。

约三十年前，尼采"关于艺术作品虚构的、永恒的完整性"的论述给我留下了深刻印象。将一首诗的完整性思想单独拎出来（即便是"虚构的"）变成了我摆脱不掉的念头，我的标点符号也跟它密切相关。完整性思想呼吁摈弃统一完整体中不可避免的"缝隙"和"漏洞"——用"标点符号性诗学"的元素替代它们，而这些元素不应让步给"词语诗行"之诗学。我知道，我也许会在自己为之努力的这方面遭遇失败，因为我（诗歌）的标点符号是如此复杂。

---

[1] 兹杰涅克·马特噶乌泽尔（Зденек Матгаузер，1920—2007），楚瓦什俄语学者、诗学理论家和文艺学家。

关于肖邦的标点符号，有一则舒曼的评论很有意思。这则评论对我也很有启发。"在肖邦的作品里，"舒曼写道，"常常遇到插曲和'括号'，首次阅读时为了不失总的思路，就不应该停下来……作曲家不喜欢这种情形，即本来可以如此表现与协奏，突然却遇到添加进来的、我们所有人都只有在极端情况下才会用到的十个或更多数量的节拍和调子。在此种情形下，他常常都是对的，但在其他情形之下，若无足够的理由事情则变得复杂，并吓走绝大部分的观众，因为他们不想没完没了地被愚弄和骚扰（他们这样认为)。"

我的作曲家朋友们让我相信，他们非常明白我的标点符号，它也没有妨碍对诗歌的理解认知。这个说到——点子上了。但诗歌读者很难兼"演奏者"和"听众"于一身，我会越来越多地考虑减少"括号"，简化各种各样我诗歌中"添加"的符号，——减少和简化所有"我们常常只在特殊情况下才会使用的"那些标点符号。

您经历过面对语言的恐惧吗?

在诗歌中，我没有经历过面对语言的恐惧（在语言之"河"面前，不应该因为对"那里"的温度进行反复思考而放慢速度，——应该一旦决定就"潜入水中"，——到了那里，常言道，"车到山前必有路"）。

但是，我恐惧——在语言面前，在散文的语言面前（尽管，也许我向来琢磨散文比琢磨诗歌更多；我通常认为"大散文"才是语言艺术的最高形式)。

我这样安慰自己，"诗人"和"作家"对于我——几乎是完全不同的，就好像，举个例子，"彩色写生画家"和"作家"完全不同，这是一样的道理；彩色写生画家完全可以不当"作家"。

简言之，我非常清楚，我是——"非-作家"，只有在诗歌"范围"内，我才感觉自己是自由的。

哪些诗人是您喜爱的？

刚好就是现在，我需要说出诗人的名字。

猛然间——在人生五十岁的时候——才知道，国内诗歌中我最需要和最亲近的两位诗人是莱蒙托夫和因诺肯季·安年斯基。

莱蒙托夫的"艺术的游戏"比俄罗斯抒情诗人中任何一位的都要少。而且总的来说，他尚未抵达"写作"。他所建立的一切有一条贯穿始终的痛苦轴……——我愿意称之为真相检验轴；而这个真相，即使不再多说，当今时代我们仍将其确定为存在主义。而因诺肯季·安年斯基，在我看来，一般来说完全可以称之为欧洲诗歌历史上第一位"存在主义"诗人。

近年来（特别是，在我缺乏写作状态时），我总是反复阅读皮埃尔·让·茹夫。我恰好喜欢他诗歌里的"脏"——"灵魂"在各处探访过的，仿佛他自身寻访过的一样，——我想，这种脏与那种"浑浊的潮湿天气"相似，这种脏所给予生活的方式，——几乎是"营养性的"……——这是最好的模样——诗歌的"特效"。

您目前在写什么作品？

我只写诗歌（不太可能会去写任何叙事长诗，或者什么戏剧和散文小说类作品），并且会一直——写下去，因为沉默期的忍耐——也是创作（也许，比起"爆发期"，对自己来说甚至更需要沉默期：沉默期似乎更加显性——更不容易被遗忘——因为"锻造灵魂"）。

值得指出的是，语言写作，当它没有屈服的时候，它有一个特别的特质让我喜欢：在这样的时刻和日子里，很可能，你会了解语言更多的"特点"；而对这些特点的了解在成功写作之时，在几乎自己都"难以察觉"，有时甚至——并非容易记住之时，均会派上用场。

社交和您的诗歌？

二十多年前，我拥有的读者不超过十位（不包括读过我外文译诗的读者），——这些读者对于我诗歌的意见我也不得而知。显然，我可以说，我因此学会了自言自语。这并不表示，有另一个以这样或那样方式倾听我的"我"，我有的是宽容待我的"我"。

我不知道我是否"封闭"。但我想，"封闭主义"——这是对读者的尊重（"假如你愿意，你可以像我一样理解这件事情的话，——我相信你，也信任你"）。

人们是否懂我，——我对此从未思量。甚至一些我身边亲近的朋友多年以来一直将我的诗歌称为"一派胡言"（我并不觉得被冒犯，——我说这话是真诚的）。我的诗歌"只通过'自出版'流传"，这种说法并不正确，——除五六个人之外,我的诗歌从没有被人抄录、转载过(能通过"自出版"看到的,都是一些"对立派"色调的诗歌)。

简言之,我可以说,关于诗歌的"社交"问题我没有兴趣,——我怎么可能一边想着这个问题一边写作呢?

然而,我想说的是,对于"社交"的一种形式我是了解的,——这种形式我现在有时还会"遭遇到"。诗歌,如果可以称之为"最好的",则是在这样一种状态下写成的,即在写作过程之中,好像有某种无法确定、不被证实的"共谋"参与进来……——我们身上所有的"最好"——被改造成为"创造性的"集聚,但,也许与之遭遇的还有某种"创作力量",这种创作力量,——请允许我说,我很确信,——世界上存在,——这样或那样的……——比如说,我根据长期的经验了解到,在我们与森林里的树木之间可以建立起某种"联系",但,——某处的"那里",不太确定的"那里",——我们似乎又深陷于这些树木的本质,仿佛深陷透明的黑暗之中不能自拔,——树木缺乏语言,我们深陷于这种缺乏之中……——可有时,朗朗乾坤下,总有些东西会吹到我们这里,——根据我们心里,明显的、"语言的"东西,根据某种——猛然间——回应它的东西,我们知道这些。

关于此种情形下出现的诗歌,可以说,以这样、非常"不具体的"方式,它的"社交性"才会发生,——一首诗歌"令人信服",必须经过上述"社交性"的印戳固定而来,——经常是,我们也能明显地感觉到它新鲜的踪迹。

依您所见，当一名诗人在今天意味着什么？

很明显，这与时代的特殊性有关，——在诗歌中，对写作者的个人身份，我的兴趣不大。于我更重要的是，写作者是否"给予"了我什么来自世界——自然的、"宇宙的"东西。在精神层面，谁都不会比"我-作为-诗人"更贫穷，但许多人在"行动"-世界（而这些"行动"变得越来越无形）的喧嚣中很难时常记得，"世界-宇宙"自身具有某种不但针对生活之所思所想，还针对生活之无限-深远意义的提示，——这个世界有时用它自身"奇迹"赤裸裸的碎片触及我们——以其自身的终极意义，而它的发生极其普通，仿佛有人将一只手放到我们的肩上，但这种普通又是一种我们认为现存所有事物之中最不可解释的东西。

成为这些世界馈赠的"捍卫者"，不错过对它们的认识感知，用诗歌的形式将其传递给其他人，——所有这一切，在我看来，就是今天所有喜爱诗歌的人的责任。

莫斯科

1985 年 5 月 27 日—31 日

IX

雕塑之幻象

（致阿尔贝托·贾科梅蒂[1]）

雕塑？——加入空间的正数幻象（第二在代替——第一在工作）；这里——空间称为——负数：幻象——我早就不知下落。

空间＝雕塑。而且——更多。（迈步——不可能。沉默。）

哦，贫乏，——前-奇迹。而且——停滞其中。（再往后——不记得了。）

1967 年 11 月 17 日

---

[1] 阿尔贝托·贾科梅蒂（Alberto Giacometti，1901—1966），瑞士超现实主义与存在主义雕塑大师、画家。

故乡——分度盘

致 N. B.

1

无辜受害者（早已变成鬼魂）之黑暗在哪里，作为牺牲品（只不过暂时活着）——你自己在哪里，——在那里：故乡（只有这才是——故乡）：爱和赋予-牺牲的——慈悲和自己-呢-牺牲品-在-它们之间。只有这才是：故乡。也只有依附于这样的——眷恋。并且那样的，眷恋——才不会离开。

2

你可以拒绝空间。拒绝阴影-幻象。还可以——拒绝活人。直到你发现最后一个故乡，在那里你重新找回被你废黜的一切，——那个故乡——语言。

被埋葬——在那个故乡，带着希望：在其中——驻留：在余晖里（尽管分度盘-语言，而且其中最糟糕的你还知道，跟随它们的暮色——沐浴的光辉）。

再没有——另外的。被埋葬——在它那里。满怀希望。甚至——没有希望。

1977 年

石头上的葡萄树

土地和耕地——他已知道比现在我们葬身其中的更为严酷。

我们跟沙拉莫夫[1]说再见。

文学的身体，诗歌的肉，在科雷马地狱的"温度"里，从铁上撕扯下来，用铁块，用它的欲！——它这样做的。

曾经——仿佛一个为生而生的死人。说过——绝对：光，骨头里挤出来的，假如它曾是——来自"灵魂"，则更诚实。

（活着？——曾经是——"只要"：人们建成了联合工厂——"长篇小说"——讲的是奥斯维辛-世界；曾经：火葬现场——在"曾经"的现场！——带着冻硬的-且-

---

[1] 瓦尔拉姆·吉洪诺维奇·沙拉莫夫（Варлам Тихонович Шаламов,1907—1982），俄罗斯小说家、诗人，代表作为《科雷马故事》。

看不见的丁字镐——"语言"。)

还表明得不够,他的身体——比大地更僵硬。(这件发生在他身上的事以前也有过,我知道,他两次伸向我的那只手到底出了什么事;过去的事,请去他的文集里读吧——用脑子读。)

我们这里还要留下那些由其组成的曾经重要的东西——所有成为悲剧几何学(我们没看见,但我们明白)的一切。

我们将回到城市——回到活人的外省。那里绝对完全不同——空间-和-诗歌的身体:为生而活的活人没有掌握它的语言。

1982年1月19日

诀别兄弟

纪念海因里希·伯尔[1]

烈焰燃烧——似乎像一份平静的温暖,温度上升之时——我们没想到过炉子。寒冷;我们理解了——炙热之地:现在,享受返回来的温暖,我们回报——他离去之初,脸后的火焰——成为隐匿-接近之物:转化成为一种形象——现在以另外方式呈现的一种简单形象。

德尼索瓦·戈尔卡村
1985 年 7 月 21 日

---

[1] 海因里希·伯尔(Heinrich Böll, 1917—1985),德国作家、翻译家、编剧。1972 年获诺贝尔文学奖。本文写于海因里希去世(1985 年 7 月 16 日)后第五天。

致敬大师——几个片段

(为卡济米尔·马列维奇诗集《沿着认知的阶梯》所作的序言)

在这里,

当现代诗歌语言,下意识地保留古老的叙事热情;忙碌于对"新的""技术-制造"世界无穷无尽的盘点造册,——

在这里,

动词的微不足道似为空无一物天空下唯一存在之物——沉默之所在,——

在这里[1]

富有创造力的诗人-马列维奇这个词在移动("声音质量的分布"),——"笨拙地"逃逸到——"世界的空间"("为了让形式赋予这种存在以想象力"),暗示其完美的-在未来的——立体艺术(在这里痛苦的——过渡的"他的"状态),——

---

1 原文如此。

在这里,

未能说出话语的播撒的痉挛之间,合金-及-语言-巨大块状物在移动中得以保持,或准确地说-单词的含义,——围绕造物主周围的"宇宙具有创造力的点"。

1991年5月15日

选自"柏林发光的题铭"

(海报建议)

>……空间中字母和声音
>
>质量的分布……
>
>卡·马列维奇

1. 致柏林暴风雪

铭文越来越多:"你好,万军之主"。

2. 妈妈节

时常,在各种地方,发光的广告语:"妈妈走在身边"。

3. 致敬诗人的一昼夜

整整二十四小时——所到之处:"轻盈荷尔德林轻盈"。

柏林
1992 年

致慕尼黑,弗朗切斯科·彼特拉克大奖委员会

于是 —— 仿佛 —— 一个诗意的词语 —— 它被看到,——好似某种创造世界力量之体现,——好像——一个安静的星球——它在转动——绕着佩鲁贾山丘。

如此——光芒,还是来自与弗朗切斯科·彼特拉克名字有关的大奖庆祝活动。

尽管是一道微弱的光,还是衷心希望感激的移动与温暖运行———圈——抵达——你们。

根纳季·艾基

莫斯科

1994年1月5日

许久：周围–静悄悄–又–沙沙响

再次——纪念保罗·策兰

静悄悄，沙沙响。仿佛——风潜入寒冷的地窖，面粉撒了一地。或——麦秸在空无一人的院子里颤抖。沙沙响，——某个国度的形成。

"成为——一只老鼠"，——那个诗人说过。成为——一只老鼠。令人头晕目眩。涟漪。然后人们说，是毒药。半个——波兰人。半–个–儿……仿佛衣服簌簌声后面是一道——伤口。因为大屠杀。而隐匿在静悄悄之中的是——血。至少——人——衣服。唯一地，唯一地，——含有痛苦的液体。

可，拉–比，你的一切——这样的和那样的——如此同类的，——污秽、撕碎的书和血，——哦，几乎透明，——冬季的街舞艺术，粗呢无领的破旧大衣，人–雪堆（处处，须知，少得可怜的汗水，——甚至在麦秸里：那里——在风中，以及在飘散的一抔痛苦里）。

生命，拉比。

然后，——在这里。这个面孔……——包罗万象。好像你走在城里，所到之处——"都是我的"，每个角落。头晕目眩。接着——涟漪。好吧，至少这里，——一个花园

(这一切——脸对着脸)：晃洒出——无法实现。我又跳回来，疼痛——好像被玻璃划伤。可是-无法-全部-装进来。"花园——就是花园。"仿佛——一个时髦的主题。无底洞。并且——就在旁边。

这种事情是如何通过声音发生的呢：某种底部被隐藏。难道我们说的——是语言吗？风。无底洞。你甚至不能称其为——标志。

而这一标志，来自匈牙利。不过——万人坑，就这样。挖好了——所有人都在一起（须知，这才是最主要的）——天亮了，然后直接——就是，祖国。问题解决了。所有人在一起（这最重要）。

"上帝"——不正确的表达。只有："是上帝？"永永远远。

然后——这些火车皮。又颠簸-又晃荡。为了奖赏。说的话。都对。荣耀至上。而一切——仿佛：一场空！仿佛在天上散-着-步：疼痛-语言，——孤独，——相对天空。空空荡荡。如果你一命呜呼，——你会缩小：只是——疼。语言？——宇宙之风。

噢，这一切都多么简单。这——如此"简单"，以至于都不会落实到——语言上。（可以尝试。立即出现——事物。"简单的"，——如此自由，——我们比较一下：智慧导致坍塌。）

涟漪。简单，头晕目眩。

噢，静悄悄，我的衣服。麦秸。垃-垃-圾。噢，沙沙响，我的皮肤。我-故乡，我-如此-衣物-和-肉体。披着静悄悄-皮肤。

涟漪。

可没有一个人喊叫。意即。我也没有喊。"我"——纠缠不休。还有别的什么（除了——静悄悄之外。除了这里的沙沙响之外。）

这位法国人的视线在水中游走。动物 – 死 – 尸。这是什么，——本质？——锦衣？统 – 一 – 体。

忘掉吧。噢，何时才能。忘掉吧。并且——纯 洁 开 启。

还有。

涟漪。飘着所有的污秽之物——痛苦的。

没有——浮出水面。

无 – *Baptême*[1]。

无 – 无。

1991 年

1　*Baptême*，法语：浸礼、洗礼、命名礼。

在维克斯顿[1]的人物形象之间

(瑞典艺术学院,1993年9月)

1

越来越稠密、越来越寒冷之物牵拽天空的颤动来自永恒的独特性的猫头鹰遥远的沉默——来自古老的、越来越少的父辈目光(暴露出来的熄灭——直到如今)。

灵魂－人类早已令人无法忍受(可以砸苹果——往脸上)。

云意味着:"有什么事情总是发生在云里",而这种事情的图案引导和指示了某些东西——在白大褂和红色运动之中——身体切口的线条,——而它(身体)仿佛一个国家。

出现了——通过碎面包的"表达手法"——一张被遗忘的脸上的什么东西,——它展开的徐缓保温似的安顿了它——通过再次"合法"的父辈做法。

它抬头望天空,——好像从晨雾之中伸出来,山坡光

---

[1] 汉斯·维克斯顿(Hans Viksten,1926—1987),瑞典艺术家、画家,其画展1995年在楚瓦什首府举办。

芒四射之力终于平息。

"你听见了吗，它们又来了"，——这是俾格米人[1]的话语，他们永远住在洞穴里——随时，随地，——这些话语之风不停地将地球围住。

2

古老的静悄悄 - 和 - 沙沙声越来越近，变成了燃烧——转换成——纯粹霞光的阴燃：光 - 和 - 疼痛。

这种转变正在通过你进行。正是因为这种亮度，你的"绘画"行动的光是陡直的，而白色（现代的外貌，可以说，难以忍受）的沉默稍稍发亮 - 坚定。

猫头鹰锐利的视力继续延展青色寒冷的硬块。

3

开场白放在了中间的某个地方：鹿在它的角上挂了一块巨大的雪（好像祖国）。

突然："人啊，原来都很轻"，——它折叠，低吹雪在升腾、颤抖，一首诗——风写成的。

云的花园。永恒筑就的乡村。远处——脸的客体，它真的出现了：兄弟。

现在，蒲公英也开始滚动起来：仿佛眼瞎的人看

---

[1] 俾格米人，这里指非洲、亚洲的矮小部落、族群，或侏儒族。

到——民间口头创作运动、噪音,越来越嘈杂,越来越近。

晴空万里,——城市上空的云。

白桦树——这只不过是一点点 - 一点点的"不是我"。

这里——爱情的秘密:现在,世界上最炽热的眼睛正看着我。

有一种独特的花,它只表达如下含义:"上帝可不想您听到兔子喊叫的幼稚",——有时候它会透过夕阳的色彩显现出来。

糟糕时常有,德尔苏[1],祸起伪儿童。

1995 年 5 月 29 日—31 日

---

[1] 德尔苏·乌扎拉(Дерсу Узала,约 1849—1908),是一名乌苏里地区的猎人,一生都生活在原始森林。

幻象:画布

红色警察(不过是弗拉基米尔·雅科夫列夫的两个词语)切断非常白的、乱蓬蓬的清晨玫瑰花。

1995 年 5 月 22 日

评友人之书

致 A. 马卡罗夫 – 克罗特科夫 [1]

在这里

微笑的"华彩"——仿佛是一种宽恕的预先请求

沉默——好像一起在场

隐藏起来的鸟儿——当我们自己也安静下来

(声音——损失的标志)

当

"很简单的"词语(譬如"闹钟")突然创建

森林——杳无 – 人烟 –……和波利库什卡 [2] – 人在忧郁的 – 当代的

俄罗斯原野上的运动

1995 年

---

[1] 亚历山大·马卡罗夫 – 克罗特科夫(Александр Юрьевич Макаров-Кротков, 1959—),本姓马卡罗夫,俄罗斯诗人、翻译家、小说家,简约主义诗歌代表。

[2] 波利库什卡,列夫·托尔斯泰的一部中篇小说中的家奴。

选自《确定之书》

（或——朝向"停下的诗句"）

1. 告别夏天

晕眩——在雨燕中。

2. 一幅画

田野

孤单——无字的

信……——"申请书"

（……给上帝……）

3. 十一月的花园

突然，树林跟人群一样。

1994—1997 年

关于"诗的客体"[1]

（评"诗歌景观"德国设计方案）

诗歌"景观"中的客体……这是我的语言与景观无言的表达相遇的地方，与他心里一个人（还包括我们称为造物主之人）的在场有关的他的思想及他的特点之征兆相遇的地方。而诗人可以说：是的，我看见了，合成和命名了；于是一首诗-景观（已然仿佛某种统一体）开始出现。

我们亲近的客体，——那些我们出生和成长之地，——与童年天才有关（"每个儿童天生都是天才"——鲍里斯·帕斯捷尔纳克说过），——我们如此难以置信地（甚至魔幻般地）发现并启迪了他们，以至于毕生我们都在继续探寻这种天才的蛛丝马迹和"印章"。于是，景观，还有诗人此时开始发话。

一首诗歌在诗本身中的位置——就是被看见的自然之"面孔"及其"联合体"、对它的感激，——一个弯腰致意、一条未说出来的忠诚的誓言、一段记忆。

回忆……——它本身是最苛刻的艺术家——它摒弃了赘物，提升了深刻的创造性、"建设性"，——还有"创造"

---

[1] 在本文中，"客体""地方""位置"的原文均为"место"或其变格。

的可保存之完整性。

1999 年 1 月 21 日

X

格奥尔吉·奥博尔杜耶夫[1]
地下诗歌之命运

1968 年,五卷本的苏联《简版文学百科全书》中有一篇关于格奥尔吉·奥博尔杜耶夫的小文。

很可能,只有不到十位对俄罗斯诗歌及其历史感兴趣的作家才注意到了这件事情。(这是因为,——举例说明,让我们再向后几年展望,——诗人奥博尔杜耶夫,从文本上来讲,直到如今熟知他的人数也只勉强超过六位;即使 1967—1978 年苏联出版机构公开发表了几首奥博尔杜耶夫非代表性诗歌,也没有改变这一情形。)

有一种说法,格奥尔吉·奥博尔杜耶夫是以一头"怪物"的形象得以混进苏联著名作家之列的(因为说到如此享有特权的百科全书,被选入其中的、健在的苏联作家,按照惯例,都能自我感觉属于"上级指定任命工作人员"之阶层,更遑论这事是遇到过世的苏联作家了)。在如此体面的百科全书中出现奥博尔杜耶夫名字的这一现象尤其令人吃惊,因为这里谈到的是一位在其长久的一生当中仅

---

[1] 格奥尔吉·尼古拉耶维奇·奥博尔杜耶夫(Георгий Николаевич Оболдуев, 1898—1954),俄罗斯诗人、小说家、翻译家。

仅发表过一首诗歌的诗人。

米·布尔加科夫去世后以其《大师与玛格丽特》一书进入世界文学史；不过，他活着的时候已经足够有名。近十年以来，我们亲眼所见的是，与普拉东诺夫的创作有关的一场伟大的"蜕变"正在发生：在《切文古拉》《手摇风琴》，特别是《基坑》等作品出现之后，有理由认为，普拉东诺夫将会与安德烈·别雷、乔伊斯、卡夫卡和塞利纳[1]齐名。再强调一遍，关于安·普拉东诺夫的文学意义，尽管只有大约三十位的赏识者在他生前就在很小程度上知道他。其中有两位作家拼其一生名气（至少在我们预先说明的程度上），也只能在苏联文学的上下文之中被定义为半-地下作家而已。

两位杰出的"彼得堡人"丹尼尔·哈尔姆斯[2]和亚历山大·维坚斯基[3]的创作，现在，悲惨地、鲜明地（还有——经典地）代表了苏联（更准确地说，后-苏联）时代真正的地下文学。

他们的创作，从诞生、绽放，甚至到散播之后的存续，全部都处于真正意义上的地下。但是，即便如此，他们的情形仍有一些附带条件。维坚斯基和哈尔姆斯，在最小程度上，通过"儿童文学"下的"经典作品的"面

---

1 塞利纳（Céline，1894—1961），本名路易·费迪南·奥古斯特·德图什（Louis Ferdinand Auguste Destouches），法国作家，其代表作为《茫茫黑夜漫游》（又译《长夜行》）。

2 丹尼尔·哈尔姆斯（Даниил Иванович Хармс，1905—1942），苏联早期先锋派、荒诞派诗人，作家和剧作家。

3 亚历山大·维坚斯基（Александр Иванович Введенский，1904—1941），俄国诗人、儿童作家、剧作家，对苏联时代前后的"非官方"和前卫艺术有着强大的影响。

具(当然,这些半-"儿童"文本的苦涩混合物之中也包含了悲惨地"糊口")等迂回的方式表达其诗歌探索的特点。两位伟大的(现在这已非常清楚)奥别利乌成员并未丧失生前获得认可的某些份额。与他们建立创作上的交往的还有"彼得堡的荷尔德林"——神秘的康斯坦丁·瓦吉诺夫[1],即写"乌有之人"(如他表述)的中篇小说作者,以及靠带有莫扎特风格的梅洛斯吸引读者的、怪异的诗歌作者。他的这种曲调达到了如此的自觉,以至于词语,这个诗歌有史以来的"材料",甚至词语的"发声膜",均变为无形。卡济米尔·马列维奇长老殿下向哈尔姆斯和维坚斯基友好地敞开了怀抱(其对奥别利乌成员的直接影响随着时间推移定将成为社会研究的课题),杰出的艺术理论家尼·伊·哈尔吉耶夫(只有少数俄罗斯文学人士知道他)是他们文本最为敏锐的读者。并且,重要的是,奥别利乌成员们甚至得以在1928年发表了自己的宣言(说实话,它只吸引到一小群同情者的注意力,因而在文坛上没发挥什么实际作用),一同发表的还有十几首就他们的发展方向来说比较典型的诗歌作品。

格奥尔吉·奥博尔杜耶夫诗歌创作的命运前所未有。其创作是在完全不为人知的、深深的文学地下出现与存在的;直到他去世之后的四分之一世纪里,其诗歌创作实际上都不为世人所知。

(这里,顺便在括号内一提,我们注意到的是,俄罗斯移民"第三次浪潮"的代表之一,一位左翼艺术家不久

---

[1] 康斯坦丁·瓦吉诺夫(Константин Константинович Вагинов, 1899—1934),俄罗斯小说家、诗人,现实主义艺术联合会成员。

前声称，在感伤主义的"解冻"时期，"地下文化"在莫斯科开始萌芽。

我们在这里谈的可是地下艺术，强调其构成时期约为俄罗斯文化历史中的半个世纪，同时还注意到，它生存的"前提条件"只能是致命的风险和最严格的保密性，而非挖掘和谁的用于联络的传递通道！我们认为有必要再补充如下一点：任何一个"解冻"期都不曾废除俄罗斯地下艺术、地下文学的存在和进一步发展。）

我们再回到《简版文学百科全书》中写诗人的文章。"格奥尔吉·尼古拉耶维奇·奥博尔杜耶夫，"文章写道，"1898年5月19日出生于莫斯科，1954年8月27日卒于莫斯科州戈里茨诺。毕业于瓦·雅·勃留索夫[1]高等文学艺术学院（1924）……1933—1939年被非法拘押。伟大卫国战争参加者……奥[2]的遗作（主要部分保存在文学艺术中央国家档案馆和诗人的家人手中）只有较小一部分（此"部分"出版清单可在此书的参考书目中查阅——A.T.）得以出版。战后时期，奥翻译格·阿巴希泽[3]和约·格里沙什维利[4]的诗歌。（接下来，在几位平庸的诗人名字之后，提到了格·奥博尔杜耶夫翻译的亚·密茨凯维奇[5]的诗歌和长

---

[1] 瓦·雅·勃留索夫（Валерий Яковлевич Брюсов，1873—1924）俄罗斯诗人、剧作家、翻译家、批评家，俄罗斯象征主义运动的主要成员之一。

[2] 奥，奥博尔杜耶夫的简称，下同。

[3] 格·阿巴希泽（Григол Григолович [Григорий Григорьевич] Абашидзе，1914—1994），格鲁吉亚诗人。

[4] 约·格里沙什维利（Иосиф Григорьевич Гришашвили，1889—1965），格鲁吉亚诗人。

[5] 亚·密茨凯维奇（Adam Bernard Mickiewicz，1798—1855），波兰诗人，波兰浪漫主义的主要人物之一。

诗《格拉席娜》、巴·聂鲁达的"智利诗歌总集"等——A.T.)"

到目前为止，我们从其他的、口头相传的格·奥博尔杜耶夫资料中知道的也很少。

一些都市知识分子、俄罗斯文化"精英"半-地下代表，战后在莫斯科一些寒酸又谨慎地闪现某种"沙龙"的房子里，偶尔遇见过格·奥博尔杜耶夫。这些人当中，有个别人认识曼德尔施塔姆、哈尔姆斯和维坚斯基，还会背诵这些诗人未发表的诗歌。但他们对于奥博尔杜耶夫的诗歌创作几乎一无所知（至今什么也不知道）。格奥尔吉·奥博尔杜耶夫，经过六年的劳改和流放（据传，他几次被捕），住在距离首都一个小时车程的格里茨诺小镇。"他极少去莫斯科，可以说，要去也几乎是秘密地，"一位去跟他见过面的作家说，"在任何地方、任何时候，他都不朗诵诗，记得只有一次，——半夜，大街上，——突然，谈话中间，他出其不意地被点燃，朗读了几首作品。""他是个怪人，——在他的寡言少语之中，尚存某种积极的怀疑论。"还有一些人如此回忆。所有记得他的人都认同一点——奥博尔杜耶夫光彩照人的学养与考究的精湛技艺带给人难忘的印象。在任何地方都没朗读过诗歌（顺便要说的是，在任何地方也没人请他朗读），诗人心甘情愿地坐到钢琴前（这个大家倒正好都请求过他），——所有认识奥博尔杜耶夫的人都对他高专业水准、精彩绝伦的演奏（考入瓦·雅·勃留索夫高等文学艺术学院之前，奥博尔杜耶夫私下学了几年钢琴）记忆犹新。格·奥博尔杜耶夫献给为他所喜爱的作曲家谢尔盖·普罗科菲耶夫[1]的一些诗歌既佐证了他们之间的友谊内情，又说明了他们关系的短暂（这在诗人的口头回忆录中也得到了验证）。记得他的朋友还讲述了奥博尔杜耶夫与年轻的斯维亚托斯拉夫·里赫特的会面，还有他们两人的四手联弹……20世纪40年代末50年代初，在这些与忧郁紧密联系在一起的莫斯科"圈子"，见过奇怪的诗人-音乐家的少数知识分子，都曾经非常惊喜地发现，格奥尔吉·奥博尔杜耶夫的才华横溢的学养、他的高雅时尚，还有他罕见的音乐天才都在他的早期诗歌中得到了持久体现——傲慢的、嘲讽-"务实的"、绝妙-冷嘲热讽的（令人不禁想起谢·普罗科菲耶夫的"冷嘲热讽"）。

在诗人自己生前最后几年编辑完成、用打字机打印的两卷本诗选（第二卷标注年份为1950年）中，最早的文本属于1923年。而这正是以阿·奇切林[2]、伊·谢里文斯基[3]为首的俄罗斯结构主义形成的那一年（不久，真正-文学结构主义的真正创建人阿·奇切林被迫离开LCHK——结构主义文学中心；谢里文斯基与结构主义理论家科·泽林斯基[4]趁火打劫地宣传奇切林诗学的某些条目，他们不可抗拒地谋求政治参与，同时确信，只有他们才能获得文学

---

1 谢尔盖·普罗科菲耶夫（Сергей Сергеевич Прокофьев，1891—1953），俄罗斯作曲家、钢琴家、指挥家、音乐作家。

2 阿列克谢·奇切林（Алексей Владимирович Чичерин，1900—1989），俄罗斯诗人、文学家。

3 伊利亚·谢里文斯基（Илья Львович Сельвинский，1899—1968），俄罗斯剧作家、诗人。

4 科·泽林斯基（Корнелий Люцианович Зелинский，1896—1970），俄罗斯文学理论家、批评家。

中的完全统治地位)。一年之前，在强大的未来主义留下的零零散散几缕轻烟之中（在其上面的某个地方是"未来派"－黄莺哀怨之声，——但是，不，已经听不见了），在残留的污浊云气中，"功能性"的、"纪实性"的、无聊的被邀请从事文学变形术者——"列夫"[1]出现了。

在奥博尔杜耶夫的早期诗歌中，可寻得一些非凡时代的踪迹。这些踪迹更多是具有否定性质的。假如他更早开始写作，整十年之前，他也许早就跟"莫斯科"未来派在一起了（这里，有一点具有不可小看的意义，这一点就是——"自家的"，"莫斯科的"；稍晚一些，"在她那里，在列宁格勒"，——这些出自奥博尔杜耶夫的诗歌，——他将谈起对他来讲陌生的彼得堡的"芳香"；他不喜欢阿赫玛托娃，他晚年最后一批诗歌中的一首献给了玛琳娜·茨维塔耶娃）。年轻的奥博尔杜耶夫不过是讽刺地以利用"纪实信息"的列夫手法为出发点（必须指出，这赋予了下面即将谈到他的高雅时尚一种又酸又涩之感），他对所有的特邀参与均持怀疑态度，并将这些手法引入了斯多葛派个人主义诗歌中（对于无论列夫派的，还是结构主义者的"公务－交际性"手法，他都嘲讽般地将其转化成为更多是——自然的，——描述自身心理状态的"手段"，"这是唯一我不能改变的东西"，——爱讽刺的奥博尔杜耶夫本可以就此借用马雅可夫斯基的话来说；还有什么是他"不能改变"的呢？——那当然还有音乐！——也许，世界诗歌史上，还没有像他的诗歌中这样对音乐的"工艺"过程

---

[1] 列夫（ЛЕФ），全称"艺术左翼阵线"（Левый Фронт искусств，1922—1929）的简称缩写。

洞察得如此透彻的案例，——甚至在奥博尔杜耶夫喜爱的帕斯捷尔纳克那里，我们能找到的也只是对音乐"技术"的模拟描述）。

当然，奥博尔杜耶夫对于标志其进入文坛年轮的结构主义更为亲近。然而，他与这个文学流派的亲近程度还没有到需要将其列入结构主义者"行列"的地步。同样，他跟列夫派的诗学的情形也是如此。我们在奥博尔杜耶夫诗歌中，也只是找到一些将他从精神上与他格格不入的结构主义中一把推开的痕迹。他觉得亲切的包括：结构主义式的"词语荷载"，以及"在最大的、连续的可压缩性之下能吸收所有负载需求，并通过有意义的形式在最短的可视性之中呈现的一种材料"的奇切林式的理解。然而，他明确地拒绝了结构主义者的"局部手法"——"从其基本的语义构成构建主题"，拒绝了"对主题最大限度剥削的系统"，——在主题及其发展问题上，奥博尔杜耶夫持彻底的折衷态度，——因为其"理性的合理性"在于保持其不受控制的独立性，在于保持对在虚伪的、非历史的社会幻象中，在社会幼稚病中，面目全失的世界的清醒认知，——在周围的世界中，在自身守住文化的本能之时，这种孤独的观点触及和呈现出，人仍能赖以生存的一点东西。

这些，绝对只是，——非常小的一部分。记得有人说过，地下艺术不可能创造新文化，它只能自保，它唯一的可能性就是精神抵抗。在这种抵抗中，奥别利乌成员哈尔姆斯和维坚斯基揭示了降临到他们头上的"新世界"的荒谬，他们将这种荒谬"剁成碎块"，并借助对荒谬所进行的危险行动导致的溃败，将那种可以称之为"形而上学的力量"的可怕飓风吹向他们。跟他们相比，莫斯科人奥博尔杜耶夫好像是一位"古典的"思想家，某种新-犬儒学派的代表（我们在这里说的是他早期的创作）。

所提及的打字机打印的两卷本奥博尔杜耶夫诗选（正如我们被告知的一样，长篇诗体小说《我看见》可被视为其第三卷，与之衔接起来），就是他1930—1935年诗歌的章节开篇。作者对其的偏好显而易见，——这是奥博尔杜耶夫诗歌创作最旺盛的时期。我们都很清楚，尽管时间较短，格奥尔吉·奥博尔杜耶夫还是获得了创作交流的鲜活的快乐。在那个时期，他对无与伦比的天才（在我们看来）列昂尼德·拉夫罗夫（1906—1943）产生了影响。这在拉夫罗夫长诗集《黄金分割》（1933），特别是在诗集中收录的《不可能的记录》一诗中，体现得非常明显，——在这首诗中，他对现实的认知时常达到"一种错觉"，而此种错觉，可能，比帕斯捷尔纳克《生活——我的姐妹》一诗中的那种错觉更为准确。据传，患有心理疾病的列·拉夫罗夫被迫在对他的朋友们——年轻作家们的司法迫害之中担任鉴证者角色。对此的"报酬"就是他拿到了А.法捷耶夫[1]对其诗选《夏天》准予提报1941年出版的、有名的"内部"批条（参见А.法捷耶夫《三十年》一书，莫斯科，1959年，第809页）。诗选没能出版。被发生的这一切所惊吓，列·拉夫罗夫彻底疯了，在比"巴秋什科夫式的"深渊还要可怕的精神深渊中只再活了三年。深厚的友谊还将奥博尔杜耶夫与牺牲在前线、其作品至今都无人知晓的诗人伊万·普利金（1903—1941）联系在了一起。

---

[1] А.法捷耶夫（Александр Александрович Фадеев，1901—1956），俄罗斯作家、社会活动家，苏联作家协会主席（1946—1954）。

在奥博尔杜耶夫最后时期的诗歌中,我们听到的是一个真正的斯多葛主义者的、其中甚至缺乏"塞内加[1]式的""终极"安慰的嘶哑之声。在这里,将奥博尔杜耶夫的晚期诗歌与曼德尔施塔姆的进行比较是合适的,——得益于英雄般的内心激情,曼德尔施塔姆的晚期诗歌绝望鲜活、具冲动性;奥博尔杜耶夫呆滞无神-死亡一般的绝望,也许更可怕、更悲惨。

除了我们所指出的区别之外,格·奥博尔杜耶夫将一些具有地下艺术、地下文学特色的具体特征与奥别利乌进行了融合。首先,这是一种明显看得出来的社会性(例如,不能排除的是,奥博尔杜耶夫对社会政治体制机制运作的敏锐理解,并非存在于其被隐藏的部分,而存在于真正的呈现里)。奥博尔杜耶夫高超的技艺和奥别利乌的唯美主义变成了游荡者(此时,毫无疑问,波德莱尔的游荡者理论不会对它们产生任何影响)。这不是在解决"诗人与平民"问题。反文化的彻底胜利如此致命,以至于幸存下来的为数不多的文化传承者只能在自身个体之中,甚至是自己天赋的、社会不需要的致命排他性之中找到它。生活的封闭性与命中注定给地下艺术还带来了一个"礼物"——创作中色情动机的"比例"得到提高。在所有这一切之上,还有什么?——即将到来的、未知的死亡的气质。奥别利乌成员的声音在最高处被喊停,如人们所说的"请注意"。(在大门紧锁的、被围困的列宁格勒的一家偏僻

---

[1] 塞内加(Lucius Annaeus Seneca,约公元前4—65),古罗马时代著名斯多葛派哲学家,主张人们用内心的宁静来克服生活中的痛苦。

监狱里，奥别利乌成员最后的 Os[1] 不可能乱喊乱叫，但喊叫——肯定有！）格奥尔吉·奥博尔杜耶夫幸存下来。经历了监狱、劳改营生活和流放之后。在前线受过伤之后。忠于自己的历史嗅觉、文化，他有"（在我们千疮百孔的整体性中）选择直达主题的权利"。1932年，看到"浪潮"时期帕斯捷尔纳克的慌乱，他对这位俄罗斯他最喜爱的诗人提出了责备："帕斯捷尔纳克丧失了主题。靠治标不治本的'五年计划''革命意志力''总体规划'无法填补这个空白。"格奥尔吉·奥博尔杜耶夫反复强调的是什么样的主题？我们认为，在享有无限权威的极权主义面前，在战胜反文化、反历史面前，在已于"热情"的煤气中毒中蜕变的公众面前，在没有被自己注意之时，在一种没有血缘与氏族的市侩习气氛围中，这是保住一个人、一个公民和一个艺术家尊严的主题。格奥尔吉·奥博尔杜耶夫终其一生都在贯穿这一主题，除非处于被迫中断期（当然，没有"劳改营时期"的诗歌，战争题材的诗歌他只在战争结束之后才开始写）。在我们提及的他的晚期诗歌作品中，也有某种比绝望更可怕的东西。这好似——尚在"生前"时——那种来自阴曹地府的声音。依靠某种超人的、静悄悄的和混沌的力量，冲破时至今日仍将他包裹的沉默，现在这个声音已抵达我们面前："你是否能？我能，我能／警笛一样深夜号叫'哦－呜'！"这是俄罗斯一位最伟大诗人的声音。

1979年4月

1　Os，拉丁语，即"嘴巴"。——原注

与沙拉莫夫度过的一晚

（诗选集后记）

我第一次读沙拉莫夫的诗是在 1965 年夏。我一个人坐在我艺术家朋友空荡荡的地下室里，桌上有一沓打印机印的书稿。我读起来，这是瓦尔拉姆·沙拉莫夫的《穿绿制服的公诉人》。

我不喜欢"震惊"一词，——我们说得太过频繁。我这里的情况有所不同：有一种沉重的、强有力的步伐进入空间、我的内心与命运……我们当代俄罗斯小说中强大的、前所未有的、大小说的 步 伐。

我从来都不喜欢俄罗斯文学自安德烈·别雷（正如帕斯捷尔纳克正确指出的那样）以来、他自恋的天才小说（其独特性需要一种特殊的方式来实现，而不必考虑其后果）以来的，新时期开始的那种轻快的、碎片化的与卖弄的小说。我对米·布尔加科夫的《大师与玛格丽特》没感觉，对于我来讲，这不过是"文学"（在"其他的一切都是文学"的意义上），我不喜欢纳博科夫的小说（它最后于我只是一种"孟加拉火焰"[1]；我看《洛丽塔》，"理应如此"）。在接触到安德烈·普拉东诺夫的《基坑》（在我看来，这是可以与乔伊斯、塞利纳和卡夫卡的作品比肩齐名之作）之前，我无法知道，其风格的"效果"就是书的作者在俄罗斯文学中一条新的、辉煌的道路上痛苦探索。

我认为在《穿绿制服的公诉人》中，可以看到特别的、至今从未有过的一种小说的大形制（不是长篇，不是学术研究，不是中篇……——而是一种"反抒情"悲剧的宏大、抽象-纯粹的协调对应）。

1967年夏天，我写了一首诗歌《度：稳定度》献给瓦·吉·沙拉莫夫（稳定度，在这里，这个词来源于海洋专业术语"稳定性"）。

直到今天，我仍然衷心感谢伊·德·罗然斯基[2]和纳·弗·金德[3]，正是在他们的家中，我得以有幸与瓦尔拉姆·沙拉莫夫共同度过了一个夜晚，——那是我与他唯一的一次会面。

对我们所有人来讲，那个夜晚非常难熬。我们时常陷入沉默，仿佛"某一个人"——从-地狱-走出来的人在场……——你说不出来别的。

我不止一次发现，曾经被关押过的人在通常情况下，在相识的最初，会立即"辨认"出彼此，随即进入他们自己特殊的、别人看来有点儿禁忌语式的"交谈"。

---

[1] 现多用于指代色彩绚丽的手持烟花。

[2] 伊万·德米特里耶维奇·罗然斯基（Иван Дмитриевич Рожанский, 1913—1994），俄罗斯历史学家。

[3] 纳·弗·金德（Наталья Владимировна Кинд, 1917—1992），俄罗斯地质学家、地矿学家。

康斯坦丁·博加特廖夫[1],"总的来说"善于交际、谦逊而敏感,但还是试图以被关押者的方式与这位上了年纪的曾被关押者攀谈。沙拉莫夫立即让我知道了(用一种只可意会不可言传的方式:不是手势,不是眼神,也不是言语),这样的谈话没有可能。(在阻滞-沉默中,沉默-"言语"仿佛构筑成一句话:"我是从你们没去过的地方来的。")

伊万·德米特里耶维奇·罗然斯基建议瓦·沙拉莫夫将他的话用录音机录下来。

沙拉莫夫愉快地同意了:他要读诗。传来两三个不大的声音:"能不能请您读您的小说。"瓦尔拉姆·吉洪诺维奇读了一个小故事,我没记住名字。原因是这样的(我很抱歉,我必须说这件事情),在他朗读的过程中出现了一件加剧普遍麻木感的事:作家突然好像"抽搐般地"打起了手势,语速明显转快……——紧接着……——显然,最好不用说明我们的印象,不用判断这样有别于一般概念理解的"语言"可能有"怎样的收益率"。

瓦尔拉姆·吉洪诺维奇感受到了我们眼神的发愣:他投来短暂、深黑-坚毅的目光,很快恢复了镇定,——我们面前重新出现了一位身材匀称、动作轻盈、有演员气质的人,他的一双手不是"几乎",而简直是优雅的(在库兹涅茨村的尼古拉教堂,他的安魂祈祷仪式上,许多人第一次见他,惊奇地发现,他有一双非常标致的手)。

请允许我开诚布公地说("跟以前一样"):那个夜晚,

---

[1] 康斯坦丁·彼得罗维奇·博加特廖夫(Константин Богатырёв,1925—1976),俄罗斯诗人、翻译家。

我的心里依然存留着和我在难以忘怀的《穿绿色制服的公诉人》书中所听到的同样沉重的步伐。

关于这部作品，以及总的来说，关于瓦尔拉姆·吉洪诺维奇的小说给我留下的印象，我（记得是用两个"步骤"）告诉了他。他沉默不语，随后简要、不带任何腔调地说："我毕生都在思考小说的形式，我知道，自己那些东西的形式我已找到。"

这时，康斯坦丁·彼得罗维奇·博加特廖夫礼貌地加入到谈话中来。"您的小说当中提到：'四公里'。请告诉我们一下，现实生活当中有没有稍微有那么一点不同的时候：譬如，三或是五公里呢？"

"如果我说了'四'，那就是四公里，"沙拉莫夫回答，"我写到的所有一切，都跟所描述的一样。"

康斯坦丁问沙拉莫夫对《日瓦戈医生》一书如何评价。

又是一个简要、不带腔调的答复："《护照》《柳维尔斯的童年》《中篇小说集》——天才作品。这样的小说，两百年才出现一次。"

我之所以引证这三个情节，是因为在我看来，它们说明，尽管沙拉莫夫对自己的诗歌的态度有一点夸张，但他对于想要在自己的小说里面达到的目的，早已非常清楚。

自1965年起，从很有思想见地、非常了解文学艺术的人们那里，我常听到这样的说法，即沙拉莫夫的小说是简单"罗列事实的东西"，几乎跟"随笔"一样。我试图向他们证明，这种"罗列事实的小说"背后站着一位伟大的诗人和伟大的作家，因为他的每一部作品都渗透着一种独特的诗性视角和大师级的思考，——像有一道强烈的光柱渗透进去，没有任何囤积的烟雾。（我们将至少记得他心爱的，不是靠那些树枝而是通过他全部的创作，在悲剧的光芒照耀下发出新芽的葡萄树；记得石墨，它不仅被用来在树木上做劈砍标记，而且还被用来写死去的被关押者腿上的号码牌；并且还记得我们的心灵，我们的记忆，我们关于"美学"的业已改变的观念……）

只有经过了十七年的争论，当我的一个朋友读完全集中的全部科雷马故事之后，他才完全同意我对艺术家沙拉莫夫的评价，——当瓦尔拉姆·吉洪诺维奇悲愤地抗议其作品的零散出版之时，他是对的。

米哈伊尔·黑勒是第一个谈论这种悲情的人，俄罗斯文学应该把沙拉莫夫的精装全集的出版归功于他。迄今为止，文学研究学者对瓦尔拉姆·沙拉莫夫作品的评价中最好的，在我看来，非1981年夏天电台播出的安德烈·西尼亚夫斯基[1]那篇令人非常激动的演讲稿莫属。

思考沙拉莫夫的小说时，我想起了自己早期的一篇卡夫卡读后感。

是这样的，在我读完了他的法语版全部出版作品（包括书信、《日记》）之后，我对他最初的一些短篇故事集有所了解。一开始，我非常喜爱这些故事集，人为的、"霍夫曼[2]式的"手法在其中如此清晰可见，——早期的卡夫卡"耗尽心思雕琢"自己的作品，以传递某种"神秘的"-存在。

---

[1] 安德烈·西尼亚夫斯基（Андрей Донатович Синявский，1925—1997），俄裔法国作家、文学理论家、批评家。

[2] 疑指 E. T. A. 霍夫曼（Ernst Theodor Amadeus Hoffmann，1776—1822），德国浪漫主义作家、作曲家。他创作了中篇小说《胡桃夹子和老鼠王》，柴可夫斯基的芭蕾舞剧《胡桃夹子》即据此改编。

然而，正是作家卡夫卡的这些早期作品向我"展示"，他经历了多么巨大、痛苦的创作过程才转向新语言的单纯，转向这种创造了时代最神秘、最重要作品的，单纯的奇迹。

我想，用自己的方式达到这种单纯的人还包括瓦尔拉姆·沙拉莫夫。在任何一个人的创作当中，人民在近代历史上的悲剧还从未被用这种悲剧所对应的——像作者伟大作品《科雷马故事》所达到的——高度的语言表达出来过。

在与瓦尔拉姆·吉洪诺维奇共度的那个夜晚，我的脑海里不止一次想起关于"生命为生而死"的那句著名的格言。而我始终全神贯注地观察着艺术家-沙拉莫夫。事后表明，诗人，作为"从-地狱-走出来的人"甚至只剩下一个弱点：他的身上有一种鲜活的——与诗歌息息相关的东西。

我对瓦尔拉姆·吉洪诺维奇说，我那里有一首给他的赠诗。他对此饶有兴趣。他先是马上警告说，"我们不一定非得见面"，接着又说，为了拿到这首给他的赠诗，他的一位熟人伊·帕会来找我。瓦尔拉姆·吉洪诺维奇对承诺的赠诗的兴趣一直在持续，——我没办法立即去见伊·帕，于是她给我打了几次电话："瓦尔拉姆·吉洪诺维奇又说到了（赠诗）。"我想的是，我的那首给沙拉莫夫的赠诗最好是在其他我的那些作品当中，——这样表述，即在毕竟有别于当时被"普遍接受的"诗歌语言的，我的诗歌的具体语境当中被朗诵。

收到我用打字机打印的诗集，沙拉莫夫的回复非常迅速。他通过伊·帕将其诗选集《道路与命运》转给了我，题赠："深深致意诗人根纳季·李辛（我的旧姓——

根·艾)。我不信自由诗,但对于诗歌——我信!瓦·沙拉莫夫。莫斯科。1968年1月。"

在我与伊·帕见面的时候,题词中以作者之名没说完的话也被转告给了我:"我不信自由诗。我从来没想过,它可能是诗歌",——沙拉莫夫重复了两遍,——"但奇怪的是:瞧,这些自由诗也是真正的诗歌"。

在谈及我写给他的赠诗之时,他恳请一字不差地转告我如下的话:"人们写了许多关于我的东西,诗歌,甚至还有歌曲。它们当中没有我喜欢的。但这首诗是写我的诗中最好的一首,唯一像我又符合我的创作的一首。"

离开罗然斯基家的那个晚上,已经是半夜,我们一起乘车离开。在前厅那里,瓦尔拉姆·吉洪诺维奇"穿上"大衣费了很大的劲儿:他用"已穿好袖子的"右手尽力想要让左手伸进大衣袖子里面去。我赶步上前想要帮助他。沙拉莫夫立即用坚定的、几乎是严苛的目光制止了我。

令我非常吃惊的还有一点,当他告别时,突然弯腰鞠躬,用一种"优雅"(不会是另一个说法)姿势很快抓住我年轻女伴的手,举到嘴边("祝您一切顺利"),随后同样动作迅速地离我们而去。

我与瓦尔拉姆·吉洪诺维奇的联系通过伊·帕仍在继续。他有几次请她转交《科雷马故事》最新的——最后的——那部分作品供我阅读。

有一次,在作家的书中碰到一些无关紧要的小细节(同样的句子在两个不同的故事中重复出现;同一事物,应该用第一人称的地方结果用了第三人称),我冒昧通过伊·帕向作家指出,如果需要"毫无价值的"编辑,如果作家同意,我愿意承担这样的工作以示对作家巨大的尊重。

回复很简短(但在伊·帕转达时,不是"毫无语调的",而是充满悲伤的语调):"我对此不太关心。这是小事。有人随后会处理好的。对于我最重要的是,来得及说出世界上没人知道的真话。"

沙拉莫夫的创作对我产生的巨大影响持续了将近十五年。而在这段时期,我的一系列诗歌作品中受其作品悲剧气质影响而出现的意象与"主题"也发生了更迭变化。

1982 年 3 月 10 日

俄罗斯诗歌先锋派
（关于系列期刊出版的引言）

1

为什么这一次还有一本——《俄罗斯诗歌先锋派》杂志诗选？

现在，谈论我们的先锋派-艺术家和发表相关文章的人有很多，对于读者来说——不是这里，就在别处——他们的作品总是可以看到。而关于俄罗斯先锋派诗歌的印象仍然是模糊和碎片化的，——它们基本上还只是跟韦利米尔·赫列勃尼科夫和弗拉基米尔·马雅可夫斯基的名字联系在一起。A.克鲁乔内赫迄今为止，由于其不被允许出版而只是个"传奇"，且也只是跟叶莲娜·古罗有关；瓦西里·卡缅斯基的早期作品也未再版。

此外，俄罗斯诗歌先锋派的面貌是由几十位诗人组成的，——他们完全可以用体量很大的诗选来呈现。

在这里，我尽量只是概述这里所提及诗选的轮廓，因为我们的目的并非对"关于先锋派的话题"再进行一次广泛深入的研讨，而是为大众读者提供俄罗斯先锋派诗人的文本本身。

我尝试解释一下，为什么在我看来，将先锋派诗歌从当代俄罗斯诗歌通用的汇编中区分开来不仅是可能的，并且也理所应当。

在欧洲出版物里，俄罗斯新诗通常从象征主义，具体说——从作为象征主义潮流的先行者的弗拉基米尔·索洛维约夫开始。

象征主义让俄罗斯诗歌语言通过指代的事物与现象具有多重和内涵丰富的意义而得到改观，——象征主义者的诗歌中对词语的这种处理方法，最终成了印象主义手法。

这种"用主观主义看待"世界的方式，与"用客观主义"、古典主义一道，对于读者、观众、听众的感知来说，成为完全可以接受的和合理合法的，——印象主义作为艺术历史的新时代，囊括了所有的美学范畴。

依据这一观点，艺术中所有之后的潮流与学派（未来主义、达达主义、超现实主义）都可以被视作从"用主观主义角度"表达世界的同一范畴呈现出来的现象，意即，还是从印象主义而来。

这些流派的各自分散的道路得以在与象征主义尖锐的戏剧化的斗争中敷设完成。时至今日，似乎出现了一些创作势力，忍不住猛地既冲入"非著名的流派"，又冲入"未经考证的流派"，——先锋派这个词本身谈论的是——对诗学技法未来变化的预见、"摸索"并使之具体化，——仿佛要将它们从未来之中使劲拽出，作为其主要动机。我们不会忘记的重要和明显的一点就是：艺术家和先锋派诗人高举"旗帜"闯入未来，怀揣"爱因斯坦的"时代意识进行创作。按照韦利米尔·赫列勃尼科夫的说法，在这面旗帜上，"罗巴切夫斯基空间一闪而过"。

我已表明，我并不打算对这样或那样的先锋派诗歌团体的作用进行深入的历史-年代学的叙述。照此方法所获得的成果的数量还在增长，几乎在所有欧洲国家均数以百计。

我想根据当代诗学的具体任务，细看一下俄罗斯诗歌先锋派，——努力在先锋派作品当中看到在美学方面代表恒久价值的那些鲜活生动和被捍卫的东西。

在此种对待先锋派诗人遗产的立场上，伟大的俄罗斯思想家帕维尔·弗洛连斯基[1]对诗歌创作语言的主要定义之一，可以提供帮助。

"语言二律背反。其本质是两种相互排斥的命题，两种相互矛盾的意图。"帕维尔·弗洛连斯基在《术语》一书中指出。

他将语言中第一个"创造性的、个性化的"意图确定为"印象派的"，而将第二个称为"纪念碑式的""共同的""社会化的"。

"语言工作，"学者继续说，"自有其任务：将它的二律背反生铁淬火成钢，即让语言的两面性变得更加无可争辩，更加坚不可摧。"根据弗洛连斯基的思想，只有通过这样的淬火，才能得到"老练的语言"。

只有那些杰出者，如韦利米尔·赫列勃尼科夫、弗拉基米尔·马雅可夫斯基和叶莲娜·古罗（这同样适用于写作"始初"和"越过障碍"时期的鲍里斯·帕斯捷尔纳克），将"印象"与"社会、公共纪念"融合在其创作的

---

[1] 帕维尔·弗洛连斯基（Павел Александрович Флоренский，1882—1937），俄罗斯东正教神学家、诗人、科学家。

淬炼之中，才能得到老练的语言。

即便如此，那些在诗歌探索中更加着力于词语印象性的人，他们也同样得以对我们诗学的发展做出了自己的贡献。单方面－不耐烦的（有时还包括侵略性的）攻击将诗歌手法的那些变异表露了出来。将来，这些变异肯定会促使诗歌语言的"印象"与"社会纪念"的合成效应进行新的强化。

在这个"纯粹先锋的"河床里，最富有激情、很难调和的探寻者（在许多方面也是实验者）当数立体未来派的达维德·布尔柳克[1]、A.克鲁乔内赫和瓦西里·卡缅斯基，还有自我未来派——伊万·伊格纳季耶夫[2]（我们绝不会忘记重要的自我未来派伊戈尔·谢维里亚宁[3]，——这位天才诗人由于在真正的大胆革新中经常性地缺乏雅致最终未能走到"老练的语言"那一步）。必须提到的还有具悲剧性－忘我的伊戈尔·捷连季耶夫[4]——杰出的小说家、著名的诗人和出色的导演，他将自己归类为"深奥难解"的（以及荒诞的）克鲁乔内赫流派。

值得一提的还有几位先锋派艺术家，读者对他们的创作至今都不太熟悉。天赋异禀的博日达尔（1914年二十岁自杀身亡的波格丹·戈尔杰耶夫），正是他用先锋派之

---

[1] 达维德·布尔柳克（Давид Давидович Бурлюк，1882—1967），俄罗斯诗人、艺术家，被誉为俄罗斯未来主义之父。

[2] 伊万·伊格纳季耶夫（Иван Васильевич Игнатьев，1892—1914），俄罗斯诗人、未来主义理论家和批评家。

[3] 伊戈尔·谢维里亚宁（Игорь Северянин [Игорь Васильевич Лотарев]，1887—1941），俄罗斯诗人。

[4] 伊戈尔·捷连季耶夫（Игорь Герасимович Терентьев，1892—1937），俄罗斯诗人、艺术家，戏剧导演，先锋派代表之一。

法，为我国的诗歌曲调赋予了古斯拉夫古老的声调。独一无二的瓦西里斯克·格涅多夫——"反艺术"理论与实践创立者（"艺术的废除"让他走到了这样一种状态，他的一部创作作品——《结束之诗》——就是一张干干净净的白纸，原创作者当众"朗读"这首诗歌——表演了几个手势而已）。与 A. 克鲁乔内赫同时，早在 1913 年，瓦西里斯克·格涅多夫已经彻底做到了语言"普通元素"的物性转换（他有一首诗只是一个字母"Ю"，——而且它不是声音，不是玄妙费解之物，而是某种实实在在的现象－"客体"）。

（"我们听过不少这样恶作剧似的事。"读者可以这样讲。让我们不要急于做这样的判决。当法国艺术家马塞尔·杜尚同样是在 1913 年，在一个特制的展台上，将一个自行车车轮作为一件艺术展品展出的时候，用什么样的语言才能压得住他呢。几十年过去了，结果证实，杜尚的这个以及随之而来的"艺术作品"教会我们如何以意想不到的、"美学的"视角来观看"平常"、司空见惯之物。俄罗斯先锋派诗歌也有恶作剧——真正的，但确实属于"杜尚式的举动"，并抱着一种严肃的、诗学－语义的态度。克鲁乔内赫有一本名为《玄妙之书》的小册子，其中也包括一些"恶作剧"，杰出的语言学家罗曼·雅各布森在 20 世纪 60 年代就看到了这本小册子的新特点，——克鲁乔内赫骄傲地向我展示雅各布森发来的电报："你的聪明书收悉。"）

不过，我们还是转回"严肃的话题"，——转回我们诗人－革新者更多的特点。

立体未来主义是俄罗斯先锋派之核。我们在这里着重强调"立体"之组成部分：俄罗斯诗人，先锋派这个独特潮流的创建者们，在将意大利未来主义致力于理论－宣传趋向的构建性－表达手法的实质，与显而易见的、沙文主义的明确方针比照分析之后，用"立体"一词重点指出了词语新的、业已变异的物性。

立体未来主义的势力范围是这样的，它获得当时许多小团体的尊重，它们也或这样或那样受到立体未来主义的影响（程度上或多或少）：除了已经提到的那些自我未来主义者，还有来自"离心机派"的莫斯科诗人（鲍里斯·帕斯捷尔纳克和尼古拉·阿谢耶夫），以及艺术家米哈伊尔·拉里奥诺夫和纳塔利娅·贡恰罗娃，他们不但创作了"闪亮的"绘画作品，而且写出了"闪耀着内在光辉的"诗歌。

赫列勃尼科夫的理论研究（首先是他的"时间研究"）和世界诗歌领域第一位创建"荒诞流派"（奥莉加·罗扎诺娃[1]、伊利亚·兹达涅维奇[2]、伊戈尔·捷连季耶夫）的达达主义者克鲁乔内赫的逻辑语言实验，早在20世纪20年代末期，在很大程度上唤醒并复活了最后的、联合了丹尼尔·哈尔姆斯、亚历山大·维坚斯基、早年间的尼古拉·扎博洛茨基的奥别利乌（"现实主义艺术联合会"之缩写）先锋派诗歌流派。与此同时，在康斯坦丁·瓦吉诺夫那种奇特的、抽象的、不合逻辑到罕见的、几乎"荷尔德林式的"完美古典音韵学的抒情诗的影响之下，奥别利

---

[1] 奥莉加·罗扎诺娃（Ольга Владимировна Розанова，1886—1918），画家、艺术理论家，先锋艺术代表之一。

[2] 伊利亚·兹达涅维奇（Илья Михайлович Зданевич，1894—1975），曾用笔名伊里亚兹德（Ильязд），俄罗斯和法国诗人、剧作家、小说家和文艺批评家。

乌成员的诗歌吸收了在过去一百年中被重新定义的"颂歌"的回声。

在向立体主义者学习又与之展开斗争的同时,结构主义者阿列克谢·奇切林和伊利亚·谢里文斯基(稍晚,还有出色的诗人、以"年轻的结构主义者"开启自己创作道路的格奥尔吉·奥博尔杜耶夫)也在不断自我确立。

此外,立体未来主义的成就,在被作为比较对象之时,甚至也被后来的"沃罗涅日"的曼德尔施塔姆"注意到",更不用说再晚些的《普加乔夫》的作者——叶赛宁了。

因此,从今天的视角来看,将其置入1908—1930年区间,人们也可以谈论俄罗斯诗歌先锋派的古典主义时期了。在这里,指的是它的历史前景(直到今天还在讨论这点),而它的历史回溯也是可以谈论的。首先,对比俄罗斯先锋派和同一时期欧洲文学中与之有血缘联系的现象时,必须着重考虑其民族-具体的特点。

俄罗斯文学对弗洛伊德"综合体"的"痴迷"已经消散(而这一点——尽管如果没有陀思妥耶夫斯基,弗洛伊德本身是难以想象的),对消极的-孤芳自赏的超现实主义之迷恋也已消散。在俄罗斯先锋派的全民创造新形式之中,体现的不是个性异化和"存在"荒诞无稽的心理,而是它的物性-构建的、表达手法-创建的趋向。我曾经把这种建筑-变革的特征称为彼得特征(根据彼得大帝的名字命名):先锋派之期待(与退化的,——土里土气的相反),可以在一个伟大的文化中隐藏许多世纪,而对于这种文化而言,最具特点的就是理解费奥多尔·陀思妥耶夫斯基的对"全人类"的渴望。俄罗斯先锋派不单单只是"听听革命的音乐"。它创造了它面向未来的文化形式,创造了——带着语言、色彩和声音等材料的新理解（譬如，让我们回忆一下艺术评论家尼古拉·普宁[1]的定义："直截了当地说，绘画，——就是一堆颜料在画布表面的分布。"全新的定义！——几乎可以被触摸到的物体，不过很快——塑形的物体从画框中退出。毕加索也是如此，但对于弗拉基米尔·塔特林的反浮雕作品，普宁不无根据地认为是造型艺术史上迈出的新的一步）。值得一提的还有，它所提到的"物性"以其庄严宏伟超过了任何暂时性的实用功能主义，——弗拉基米尔·马雅可夫斯基的"罗斯塔之窗"将永远成为此种庄严宏伟的榜样。

今天，俄罗斯先锋派理所当然不应被视为古老的"无政府主义－叛乱"，而应作为根植入俄罗斯文化遥远历史的、在我们看来已成为世界文化财富的全民族的遗产。"绘画——也是语言。"帕维尔·弗洛连斯基说过。我们已将卡济米尔·马列维奇的绘画视为伟大的"老练的语言"（得益于艺术家的天才嗅觉，其前卫的"印象主义"与造型艺术的"宏大社会性的一面"才能如此紧密交织，从而我们才能谈论其创作的俄罗斯圣像艺术的威力，——当然，这是就其"别样的"，但终究——"永恒的"一面而言）。

2

我们究竟该如何跟我们的出版界打交道？先锋派的改

---

[1] 尼古拉·普宁（Николай Николаевич Пунин，1888—1953），俄罗斯艺术史学家、艺术批评家。

革到底给俄罗斯诗歌带来了什么?

首先,他们将韵律思维带进了我们的诗歌。"赫列勃尼科夫则开拓了生动口语的诗性维度。我们再不用到教科书里翻找维度了——每项潮流都为诗人孕育出新的自由节奏。"1913 年未来主义者诗选《法官之笼》再版发行中的《宣言》一文提到。1965 年,A. 克鲁乔内赫在与我的谈话中就温和地反复讲过这一大胆的思想:"大海的潮起潮落不是周期性的,而是节奏性的。"早在 1813 年,不是别人,正是大众教育的"反动部长"谢·谢·乌瓦罗夫[1]已就俄罗斯的音强音节体作诗法可能具有的危机提出过警告:"我们的诗歌最初的标志就带有基于一些非常确定的长、短音节的特殊性。此种说法尤其符合我们语言的独创性,因为迄今为止我们仍在探寻对于曲调和音乐的伟大崇拜;可惜,大家没能遵循和逐渐完善俄罗斯音律体系,一流的和最好的诗歌创作者们反而都偏离了这一规则……伟大的罗蒙诺索夫……他执迷于一种普遍的偏见,这个时代由此决定了俄罗斯诗歌的命运……每个民族,每种拥有自己文学的语言,都应具有其起源于语言与思维方式的自己独特的诗步技巧体系(引自 1929 年出版的亚历山大·克维亚特科夫斯基[2]结构主义文集《商业》中的经典作品《机智仪表》一文)。"

乌瓦罗夫针对克维亚特科夫斯基 – 罗蒙诺索夫诗歌改

---

[1] 谢·谢·乌瓦罗夫(Сергей Семёнович Уваров,1786—1855),俄罗斯古物学家、国务活动家,1833—1849 年间担任教育部部长。

[2] 亚历山大·克维亚特科夫斯基(Александр Квятковский,1852—1880),俄罗斯民意党人,诨名亚历山大一世,因参与行刺沙皇亚历山大二世被处以绞刑。

革的极端反动言论之过时显而易见。但是,部长担忧的声明中也有一点合理之处。拒绝根据音节数量确定诗律在某一"点"上造成了损失,——乌瓦罗夫警告说,废除旧的"话语",首先是会"伤及"元音的梅洛斯,"伤及"它们在诗歌多样性、音乐性上的创建作用。

我认为有必要强调,即,很显然的是,我不会在这里给我们按诗的音节数量-重音确定诗律的时代涂抹任何"污点"。我要说的只有一点,与按音节数量-按重音确定诗律的"分离"的觉悟,理所当然地导致了马雅可夫斯基的诗歌的出现(我们难道会将此种诗歌称为有重音的或某种其他根据重音定诗律的诗歌的变体吗),他诗歌中的元音的梅洛斯因其古老-原始的力量而得以恢复。

赫列勃尼科夫、马雅可夫斯基和叶莲娜·古罗的自由诗的确立,同样也不是对欧洲文学的模仿性借用,——在这些诗人的自由诗中,简而言之,我们还是听到俄罗斯-斯拉夫民族古老传说和东正教日祷的回声更多一些。

我不会在先锋派的语音学上做详细说明("我们的语言——男子汉!我们赋予它们新的骨骼——用相应的新浓缩配方。"A. 克鲁乔内赫喜欢反复地说)。

在这里,我将要针对那个令人如鲠在喉几乎一个世纪的玄诗多说上几句。人们从未原谅过 A. 克鲁乔内赫那句著名的"дыр бул щыл"[1],每当骂起这三个"词语类似物"(或"胡说八道的",或"克汀病的")的时候,就忘不掉、没法忘掉,——转眼七十五年过去。这里援引克鲁乔内赫

---

[1] 克鲁乔内赫自创、臆造的一句著名的、只有发音而无具体实际意义的未来主义诗句。

自己对此的回答比较恰当。有一次，当我和他闲聊到莫斯科胡同小巷的时候，他猛然转向我，仿佛无烟煤一般亮晶晶的眼里闪着狡黠的光芒问道：

"格纳[1]，告诉我，——'дыр бул щыл'翻译成法语怎么说？"

"？"

"是这样……法语将会是：'trou de boulette'[2]。在这些'词'中，我将俄语音色中最有特色的字母都集中在一起了！"

赫列勃尼科夫和古罗都使用过玄诗，但使用的是辅助性的和可替代的（形容词、名词、动词的相互替代）玄诗。纯粹、自主性的玄诗——是克鲁乔内赫的"发明"。

有一次，我有幸得到了克鲁乔内赫本人录在磁带上的几首"玄诗一样的东西"。对这些具有抽象声音的小东西——斗胆地说，是杰作——的音乐性组合，我惊讶至极。为什么俄罗斯的各种诗歌选本就没能保存住这种创作体裁的一些样本呢？事情都过去了，就让它过去吧。А.克鲁乔内赫大胆的"玄诗"实验验证了什么？验证了一点，即分解词语是可能的，但——毫无益处。伴随着词语-逻各斯之核的碎裂，词语不复存在了。但"魔法师"克鲁乔内赫的大胆尝试，——作为"疯狂-勇敢"的实验样本之一，还是让它留在我们的记忆里吧。

"造新词"、"词根造词"、大量"语义多面性"。关于

---

[1] 格纳，根纳季的昵称。

[2] 在法语中，"trou"和"boulette"都有"漏洞""疏忽"之意，"boulette"也有"面团"之意，"trou de boulette"的字面意思为"漏洞的漏洞"或"面团上的洞"。

这些已经说得很多，只不过在提到这些赫列勃尼科夫术语时，我将转向对先锋诗歌形式问题的探讨。

"你可以用粪便，也可以用管道画画，只要画成一幅画就行。"纪尧姆·阿波利奈尔曾经说过。在我看来，这些话，甚至在非常"正确的"当代艺术家那里都不应该再引发愤慨。

诗歌的定义可以和那些想要定义它的人一样多。诗歌是什么？——在我们的谈话当中我们可以这样问自己。关于俄罗斯先锋派诗歌，可以这样回答："那些创作它们的人认为是诗歌的作品就是诗歌。"

勒内·夏尔在其反映战争岁月的诗歌选集《修普诺斯散记》（1943—1944）中既编入了"日记体诗抄"，也编入了"军令"（夏尔，作为法国抵抗运动的一名英雄，曾担任一支队伍庞大的游击队的指挥官）。这是诗吗？是的，——对待这样的文本就应该像对待诗歌文本一样，因为诗作者本人就是这样"对待"它们的，——假如诗人对待它们如同对待通常意义上的日记和军令一样的话，它们看上去就会完全不同。

在我们的出版物当中，读者会遇到诗配画，还能遇到好像装置一样的和具有视觉效果的诗歌形式。为了给本篇引言减负，这种形式的具体作品的特点，将在它们作者的生平履历资料中披露。

以散文形式写成的诗歌，值得单独谈一谈。对先锋派而言，这不是屠格涅夫意义上的写成散文的诗歌（除短小精悍的作品《俄罗斯语言》之外，屠格涅夫的散文诗仍然属于抒情散文的变体，——还是我们熟知的散文）。这种类型是否可以被称为散文诗？显然，对此种体裁的作品最好不要妄下定义，并且应像对许多欧洲国家的文学作品那样，将其视为不加任何附加说明的诗歌作品。

1929年，"伟大转折"之年。1930年，马雅可夫斯基去世。正是从此之后，已退化成为官方功能主义的左翼和结构主义者的先锋派创作的自然元素逐渐开始式微；鲜活的先锋派冲动（还是同样的奥别利乌成员）偶尔爆发一下，但已经——处于不得不转入地下的状况了。在诗歌中占据主导地位的是不对称的"宏大－社会性"的，且没有被"个人－印象派"喂养过的词语（但尊敬和荣耀属于像亚历山大·特瓦尔多夫斯基、雅罗斯拉夫·斯梅利亚科夫和鲍里斯·斯卢茨基这些在此条件下还能保存俄语诗歌语言鲜活词语的诗人）。

与此同时，隐藏有利有弊的（现实性－急需的与难以遏制－创新的）弗拉基米尔·马雅可夫斯基的艺术不太可能，正是他搅乱了作家－职员忧郁语言"地狱游戏"里所有的"纸牌"。并且，仿佛霍夫曼阴魂不散，作为文学家签名与稀有出版物收藏家，闲不住的克鲁乔内赫仍徘徊在莫斯科街头。谁还记得他？就是尼古拉·格拉兹科夫，米哈伊尔·库利奇茨基（前线一代诗人中的最"左派"）的朋友。尚未脱下前线的呢制大衣，扬·萨图诺夫斯基[1]在"峭壁"上现身——他以胡椒一样辛辣的诗歌－"反驳的话语"著称。在莫斯科郊外的利阿诺佐夫小镇，一个古怪的老头（与马雅可夫斯基同年生人）——叶夫根尼·克罗皮

---

[1] 扬·萨图诺夫斯基（Ян Сатуновский，1913—1982），全名雅科夫·阿布拉莫维奇·萨图诺夫斯基（Яков Абрамович Сатуновский），俄罗斯诗人。

夫尼茨基[1]——正在跟几个少年讲述有关古罗、立体派诗人和卡济米尔·马列维奇的内容，——正是从他这个"利阿诺佐夫学派"，20世纪50年代中叶，被克罗皮夫尼茨基在利阿诺佐夫的工棚里"发现的"诗人亨里希·萨帕吉尔[2]、伊戈尔·霍林[3]横空出世，——批评者因此也将这个小团体称为"工棚派"。

创造词语之路艰深莫测。俄罗斯先锋主义的"印象派"词语，就是这样来的——小火苗开始燃烧起来，一会儿这里，一会儿那里，——既如此，——在我们这个时代，还有什么现象会因它而突然爆发呢？——如今，风——不是要吹灭什么的风，它在到处煽动（如我们所期）崭新、有效的语言的火焰。

"未来标志的创造者"——叶莲娜·古罗这样称谓自己的未来主义-朋友们，像母亲般对待他们："好像母亲要为儿子围系围脖，——所以我目送你们的船，目送你们这些骄傲的、春天的造物离开！"

我们倾听了这个纯净、嘹亮的声音之后，又开始了我们出版作品的新系列。

1988年

---

[1] 叶夫根尼·列昂尼多维奇·克罗皮夫尼茨基（Евгений Леонидович Кропивницкий，1893—1979），俄罗斯诗人、画家、作曲家、教育家。

[2] 亨里希·萨帕吉尔（Генрих Вениаминович Сапгир，1928—1999），犹太血统的俄罗斯诗人、小说家。

[3] 伊戈尔·霍林（Игорь Сергеевич Холин，1920—1999），俄罗斯诗人、小说家。

未公开出版文选之四诗人

瓦西里斯克·格涅多夫(1890—1978)

截至今日,对瓦西里斯克·格涅多夫轻慢的态度在许多文学家中间不知为何仍被认为是"不言而喻"的事情。赫列勃尼科夫学者尼·斯捷潘诺夫(跟瓦西里斯克·格涅多夫一样,他也是这样一位"为匹配克鲁乔内赫而创作玄诗的诗人",——我们在他1975年的《韦利米尔·赫列勃尼科夫》一书中可以读到)不太久之前就"表现了一下"这种态度。

首先,瓦西里斯克·格涅多夫没有"玄诗",有的只是造新词。其次,格涅多夫是赫列勃尼科夫非常器重的一位诗人,——在长诗《蓝色的镣铐》中赫列勃尼科夫就提到了格涅多夫的"先知者一样的"天赋。

格涅多夫也一直致力于"全斯拉夫语系"诗歌词语的使用,从他经常使用"乌克兰词语",即可见一斑,——我希望,在没有详细注解的情况下,读者也能理解这些诗歌,并且不得不本能地,我认为,屈从于诗人"词语的标新立异"。(在此,我想要说的是:对于有一种诗歌,首先要能接受、感受——此时,理解,只能作为下一步而退居其次。)

格涅多夫与伊·谢维里亚宁、康·奥利姆波夫[1]、伊·伊格纳季耶夫和帕·希罗科夫[2]一起参加了成立于1911年年末的"自我未来主义协会"。他天才般的才能得到了飞速发展,——至1913年,格涅多夫就出版了《让艺术死亡》一书,这本书绝不仅仅只是"自我未来主义的"。

在这本书中,诗人扮演了欧洲文学中一位"反艺术"的发起者角色(举个例子,法国诗人直到20世纪60年代才开始有意识地提及"反诗歌",——那已经是在格涅多夫的"反诗歌"整整半个世纪之后了)。

然而,诗歌中"艺术的死亡"也只能通过无可废除的语言之路才能实现。

格涅多夫在其《十五首长诗》中展示了"语言的废除"是如何在诗中筹划的,——最后一首"长诗"仅仅为一张没有一个字的白纸。但是,这张"普通的"白纸有它自己的含义,——即作为"具象诗歌"的某种作品。

("有意思,凯奇听说过格涅多夫吗?"我的一位朋友不久前这样问。这里说的是在格涅多夫创作《终结的长诗》的前一年出生的美国作曲家约翰·凯奇。凯奇早在我们当代就已"创作"音乐作品《沉默》[3],其内容是完全的沉

---

[1] 康·奥利姆波夫(Константин Олимпов, 1889—1940),本名康斯坦丁·康斯坦丁诺维奇·福法诺夫(Константин Константинович Фофанов),俄罗斯诗人,自我未来主义创建人之一。

[2] 帕·希罗科夫(Павел Дмитриевич Широков, 1893—1963),俄罗斯诗人,自我未来派成员之一。

[3] 此处似指凯奇的音乐作品《4分33秒》。凯奇曾出版文集《沉默》。

默,一个音符也没有。一位美国作曲家到底是从哪里,通过什么方式才知道一位"默默无闻的"俄罗斯诗人格涅多夫的呢?可瓦西里斯克是在大庭广众之下朗诵《终结的长诗》的:据伊万·伊格纳季耶夫所言,那首长诗"他朗读得很有节奏。手在空中画出弧线:左右前后,来来回回[第一个被第二个叉掉,好像加减到最后合计的结果还是负数一样]"。)

可是,所有这一切——都只是《十五首长诗》程式化的和表面的一面。它们内在的本质则类似于欧洲诗人(特别是法国诗人)所说的20世纪60年代的"语义学诗歌"实验。

杰出的语言学家 A. 波捷布尼亚[1] 曾经谈过在"个别词语的形象"中所表现出的"语言基本元素的诗歌性"。当今的语言学家检验证明,现代语言已经失去了这个形象。

只言片语、三言两语——本身都是诗,——瓦西里斯克·格涅多夫似乎就想向我们如此表达。但是,能让个别词语业已消失的形象起死回生吗?能从几个词、从一个句子构建出纯的、完整的一首诗歌作品吗?——唯有"词语创新"才能够做到这一点,——唯有借助"自我发展的词语"之可能性才能够做到这一点,——而格涅多夫,将通过此种方式改变形态的词语再结晶,并使用"婴儿模仿"和"化繁为简"的手法,他创作的正是诗歌作品:让这些词语的凝结体按照我们通常的理解进行裂变,我们注意到,展现在我们面前的全景图,确实跟某些长诗的某些

---

[1] A. 波捷布尼亚(Александр Афанасьевич Потебня,1835—1891),俄罗斯和乌克兰语言学家、文学家、哲学家,俄国首位重要的语言学理论家。

"空间"很像。

勒内·夏尔通过词语之间"思想的闪电"的相互联通,让自己的"诗歌-句子"结晶。格涅多夫的"诗歌-句子",首先是形象生动的,甚至"逼真"的,——这些句子散发着自然、尘世,甚至——日常生活的气息。我认为,前述的《十五首长诗》在俄罗斯诗歌全部历史中实属罕见。并且——独一无二。

有必要从伊万·伊格纳季耶夫为《十五首长诗》所作的序言中摘录几句。

> 瓦西里斯克·格涅多夫在这本书的最后一首长诗中,什么也没有说,除了下面这一句……
>
> **让艺术死亡!**……
>
> 作者的语调?威胁?非也,可怕?未必。也许,——快乐?对。在确认缓慢危机的结束之时,快乐创造了一首长诗。最后什么也没有,但这个最后,作为创作者的快乐,是快乐开始的前奏……

从《文学百科全书》以及韦·赫列勃尼科夫所做的对该书的注解中我们得知,瓦西里斯克(瓦西里斯克·伊万诺维奇)·格涅多夫是1917年莫斯科十一月战役[1]的参加者,且于1925年加入了布尔什维克党。1913年,除了《让艺术死亡》,他还出版了《给感伤主义者的赠礼》一书。

对此还应补充的是,1937年,格涅多夫遭到逮捕(他的妻子、俄罗斯革命运动著名活动家、稍晚也是苏联中央

---

[1] 似指"十月革命"。

执委委员的奥·弗·皮拉茨卡娅于同年即1937年被枪决)。格涅多夫战后才从劳改营回到其故乡乌克兰。

1965年,在弗·弗·马雅可夫斯基国立博物馆举行的韦利米尔·赫列勃尼科夫八十周年诞辰晚会上,我有幸与格涅多夫有一面之缘,并聆听他的发言。这些细节——只为特别的回忆……但在这里,——事过二十三年之后,我再提笔书写这位神奇的人物之时,耳边响起他洪亮的声音:"你们别用这种笑声打断我!我和马雅可夫斯基同台演出的时候,总是这样不停打断他本人的!"写到这里,我看见一位敦实、强壮、将所有农民特征"集于一脸"的小个子俄罗斯人就站在我的面前。

博日达尔(1894—1914)

在为杂志撰写稿子的时候,我再一次体悟了这位不同寻常少年——博日达尔的命运多舛(1965年,我写了一首诗纪念他)。

他身上的一切都不同寻常:创作早熟(在这方面他很像著名的法国诗人、长篇小说家,也是在二十岁就夭亡的雷蒙·拉迪盖[1]),以及兴趣广泛——曾是一位优秀的画家、严肃的语言学家,生前已经完成技艺精湛的诗歌作品《吟唱合一》(于1916年去世后第二年出版),并获韦利米

---

[1] 雷蒙·拉迪盖(Raymond Radiguet, 1903—1923),法国作家、诗人。与诗人阿波利奈尔、剧作家让·科克托、作家及诗人马克斯·雅各布等多有来往。1923年因伤寒不幸早亡。出版有诗集《燃烧的双颊》、小说《魔鬼附身》等。

尔·赫列勃尼科夫热情赞誉。

时至今日,他的自杀仍令世人吃惊,因为导致他自杀身亡的情形诡秘和无法解释。韦利米尔·赫列勃尼科夫写道:"他毁灭了,在飞行时,一头撞向了命运无形之墙;我们唯有透过了解他的人心底的反射震撼来探寻博日达尔。"

关于这个话题,我谨表达自己坚定的观点如下:诗人自戕——无论采取——什么方式,首先是其创作性自行枯竭、创作灾难的结果或表达。重读博日达尔的作品,我深信:年轻诗人所选择的道路是一条不归之路。非常熟悉(就当时而言)赫列勃尼科夫的创作并获得尼古拉·阿谢耶夫支持的博日达尔很早就确定了自己的目标,即:在俄罗斯诗歌梅洛斯中恢复古斯拉夫的声音。人们从他的诗稿可以追寻到,在这极其艰巨的创作中,他是如何针对其开创性的任务而殚精竭虑锻造这种奇异、古老的声音的。

赫列勃尼科夫的"全斯拉夫"语言经验与成就(同样还有他的"泛斯拉夫"世界观倾向)无人不知。这对于渊博的赫列勃尼科夫来说——不过是小意思。

博日达尔逃不出他自己诗歌的斯拉夫-多神教声音所创造的"魔法之界",无法走出来从而进入包罗万象的、俄罗斯的诗意空间。但是,按照福克纳的一种说法,"一场辉煌的失败总是比一场计划中的胜利要好"。博日达尔出类拔萃的语言的"俄罗斯性",在今天看来,要比那位尼古拉·阿谢耶夫的更深刻。

前面提及的《吟唱合一》在今天也被认为具有一种新型的、特别有现实意义的核心思想,——在这部作品中,博日达尔证实:任何一首诗歌作品,其完整性均不是为给定的"格律",而是为"内部的"、"隐藏的"、统一的、被他称为吟唱(这里的含义,写自由诗的诗人都明白)的第一节奏所决定。

博日达尔——波格丹·彼得罗维奇·戈尔杰耶夫的笔名。出生于哈尔科夫一个教授家庭(曾祖父——来自乌曼市[1]的哥萨克后裔;曾祖母娘家姓氏巴卡耶娃,——来自一个显赫的鞑靼家族)。

博日达尔的严肃创作始于爱伦·坡影响下的中学时代。那时候,他在 E. A. 阿加丰诺夫[2]的艺术工作室工作,喜欢德国古老传统版画,特别是丢勒的作品。中学毕业后,博日达尔打算进入大学的历史语言学系攻读比较语言学和梵语。

1914年9月7日深夜,他在哈尔科夫郊外巴博卡村附近的森林里结束了自己的生命。

博日达尔参加了发轫于1914年年初的先锋主义分支"离心机派"(除了他,比较著名的"离心机主义者"包括尼·阿谢耶夫、鲍·帕斯捷尔纳克和谢·博布罗夫[3])。生前出版了"自传体性质的"诗集《手鼓》(1914)。1916年,诗人和诗人的朋友尼·阿谢耶夫更加完整的同名诗集也得以出版发行。

需要补充的还有一点,在前面提到的诗歌文本中经常遇到的那些陌生的印刷符号表示的意思是长时间的停顿。

---

[1] 乌曼市,乌克兰中部城市。

[2] E. A. 阿加丰诺夫(Евгений Андреевич Агафонов, 1879—1955),画家,出生于乌克兰哈尔科夫,后移居美国。

[3] 谢·博布罗夫(Сергей Павлович Бобров, 1889—1971),俄罗斯先锋派诗人、翻译家、批评家。

现在——我们有请博日达尔本人致辞。以下为引自《吟唱合一》一书由他所作序言的精彩片段:

> 认知能力:将认知的单一手段转变成众多的认知工具,只是为了在其所有的细微之处认清对象,这是人的自然特征所决定的;假如任何生命无一例外都已经是认知,或者超感官经验成果的集合,那么我们周围的所有无休无止裂变的存在,就将随之导致同一认知数量庞大的范例的产生(……)事实上,这些工具中任何一件工具的雏形,我们都能实现,我们将其转变成一个样本,我们通过行为目标的统一性将其他(工具)压缩成这一个样本;不过,要实现这种铆合,反复搭建起始点的最美妙之桥就显得格外必要。
>
> 通过这种方式,我们似乎是让装备库日渐消耗致贫,但——事实表明:我们让整套装备的引擎无论在整体上还是在多样性方面都更加丰富充实了。到那时,我们就有权利说,我们不但不能单纯被作为在日常之余进行猎奇探寻的人去理解,而且也绝非鹤立于学术界的高跷之上,——像薄翼飞人一样,我们朝着认知飞翔——只为将万物变成唯一的万能[1]飞毯。

---

[1] 万能,此词在原文中所有字母均大写。

瓦西里·马祖林(1872—1939)[1]

这个奇特的故事已纠缠了我二十五年……曾生活在我们的时代、苏联时代的这一位杰出的诗人,根据我的统计,知道他姓氏的人不会超过五人。许多年里,我搜寻过的小册子不下十几本;我问遍了档案专家学者,——没人知道这位诗人,没人知道这位甚至按当代"标准"来看都属独特的一本诗集的作者,哪怕是一星半点儿。

这本诗集的信息只有:瓦·彼·马祖林,《生命王国》。诗札。个人出版物。莫斯科,1926年。

这是最后一批带着出版商-作者标签的苏联出版物中的一本(A.克鲁乔内赫主编的《活力马雅可夫斯基》三卷本的出版发行宣布了这个短暂时期的结束……——"他们30日把我喊去卢比扬卡[2],我们见面时不是大喊一声,而是诧异地尖叫:'事到如今,您为何还敢出版这样的书?'阿列克谢·叶利谢耶维奇说")。

自读到马祖林的诗歌之后又过了十二年,我在"自出版"的作品中第二次看到他的名字。1975年我得到叶夫根尼·列昂尼多维奇·克罗皮夫尼茨基编选的菲拉列特·切尔诺夫[3]的诗集的打印版。

"了不起的诗人",——叶·克罗皮夫尼茨基在这本

---

[1] 瓦西里·彼得罗维奇·马祖林(Василий Петрович Мазурин, 1872—1939),俄罗斯作家。对诗歌、宗教神秘剧、剧本创作均有涉猎,语言细腻,富于哲思。出版有诗集《生命王国》。

[2] 卢比扬卡,这里指的是莫斯科市中心的卢比扬卡广场。

[3] 菲拉列特·伊万诺维奇·切尔诺夫(Филарет Иванович Чернов, 1878—1940),俄罗斯诗人、小说家。

打印版诗集的序言里如此评价切尔诺夫。他接着还写道："菲拉列特·伊万诺维奇·切尔诺夫1877年出生于弗拉基米尔省的科夫罗夫城，1940年12月4日死于莫斯科一家疯人院。切尔诺夫数量可观的全部诗歌作品中，保存下来的大约有四百首。"

简直神了！——在菲·切尔诺夫（真正的丘特切夫-费特学派式的敏感诗人）的诗歌里，我惊讶地发现了一句，——题词"为瓦·彼·马祖林之死而作"（看起来，还有一个不实的日期：1927年1月）。从该诗的语调看，很显然，该诗是在诗人（马祖林）去世后即刻写成的。

然而，我并未利用这次邂逅马祖林名字的奇遇之机。应该马上去找我们的"新先锋派长老"叶夫根尼·列昂尼多维奇，——只有从他那里才能详细解开诗人之谜。我没能做到这一点。叶·克罗皮夫尼茨基于1979年1月19日离世。

现在，我时常咨询叶·列·克罗皮夫尼茨基的画家儿子。可去世的诗人画家复杂庞大的卷宗档案尚未分类整理好。我们殷切希望其中能有涉及马祖林的解谜资料。列夫·叶夫根尼耶维奇[1]见证了他父亲对《生活王国》作者的热爱。不过，叶夫根尼·列昂尼多维奇应该跟诗人本身并不认识。克罗皮夫尼茨基的资料卷宗里有一份马祖林亲笔题赠给亚历山大·瓦西里耶维奇·科瓦廖夫（著名歌唱家奥莉加·科瓦廖娃之弟）的诗选集手稿。看来，这些少量的资料在未来可以帮助研究学者确定瓦·彼·马祖林的履历（也许，我们这篇文章对此亦不无裨益）。

---

[1] 列夫·叶夫根尼耶维奇，即诗人叶·克罗皮夫尼茨基的画家儿子。

《生活王国》作者的某些情况还可以从其诗歌中进行了解。可以肯定的是，他出身于一个贫寒的农民家庭。少年时期进入城市后，才对"工厂的地狱"了然于心。战后年代，中学附属作坊式工厂里有"劳动"课（木工和装订书籍之类的活儿）。诗歌中出现的"年龄"特征（包括其前言部分），不免让人揣测，他应该出生于19世纪的60年代[1]。

现在——再谈谈瓦·彼·马祖林被俄罗斯先锋派诗歌接纳的资格问题。他的世界观当然与我们先锋派的意识形态格格不入，——譬如，就那些自我未来派而言。我们提示两点：马祖林——尊崇人与自然的完美融合、人与人之间纯洁的－公民平等之感；未来派——则讽刺对自然的忸怩作态，强调诗人在"普通人"和"大众"中的主导作用（这个观点不适用于叶·古罗和韦·赫列勃尼科夫）。

我们还要指出的是："典型的先锋派"的语言总是自主的、自动的——每一个词语都必须极其尖锐，仿佛最时尚的音乐与绘画中自治的声音、线条和色彩一样。

马祖林的语言——不是绷紧的，而是单纯和睿智的（此两种品质统一融合的色彩浓郁）。

但此刻，——为何一位老人（"眼看生命即将燃尽"），嗓音带着俄罗斯－东正教语调，突然改用似乎对他来说完全不同寻常的方式说话？用传统的语言，——譬如就用那位菲拉列特·切尔诺夫的语言表达自己的思想会不会更好？

---

[1] 得益于O. M. 米罗舒纳斯的来信，瓦·马祖林的生平在该篇文章发表后不久我已弄清。（根·艾基1998年注解）——原注

马祖林是一位真正的探索者。他需要一种崭新方式。沃尔特·惠特曼（诗集《生活王国》中的一首诗提到了他的名字）给了他按照新方式表达的勇气。这里必须强调，欧洲诗歌的先锋派时代，在任何地方，首先都与这位美国伟大的改革家诗人的创作密不可分。

而这位俄罗斯诗人不过是以惠特曼作为出发点（在他的诗集中，只有一两处对《草叶集》的回应），不用说，他不可能不知道马雅可夫斯基、赫列勃尼科夫、卡缅斯基那些不羁的诗作。

好了，到底要如何确定马祖林与最新的俄罗斯诗歌之间的关系呢，——其先锋性何在？

《生命王国》在构思和写作的时候，满篇散发着自由表达的气息。这就是先锋派的核心创造。它也触及了马祖林，——让他的诗歌有了生命力。

马祖林的自由诗独一无二——非常自然、非常俄罗斯（不管赫列勃尼科夫和伊戈尔·捷连季耶夫，或是古罗与克鲁乔内赫的榜样如何光彩照人，时至今日，带有这种俄罗斯-民族独特性的自由诗，仍可谓凤毛麟角）。读完马祖林的诗集，你掩卷凝神，仿佛听见了民间的那种乡谣，——没有歌词，也不是耳熟能详的"赞美颂歌"。诗人如何能做到这一点？这已成为——一个天才的秘密。

米哈伊尔·拉里奥诺夫（1881—1964）

走进米哈伊拉·拉里奥诺夫生命早年的、俄罗斯时期的沧桑，我们似乎置身于其创作天赋喷涌的红彤彤的炭火之中，——包罗万象-仙境般的和恣意奔放的，——简直就是：激情似火！——新思想与新风格无可阻挡的发电机，——在我们古典先锋派时代，谁可倚靠"俄罗斯洪荒之力"与他旗鼓相当？也许只有韦利米尔·赫列勃尼科夫于1921年，——刚好用的是"拉里奥诺夫式"之力生动描绘过的那位达维德·布尔柳克。

与拉里奥诺夫这个名字有关的左邻右舍，总能让我想起尼古拉·哈尔吉耶夫的一种口头说法："拉里奥诺夫之于俄罗斯绘画，如同赫列勃尼科夫之于诗歌。"

拉里奥诺夫"催化"了所有人，一切的一切：俄罗斯版画和招牌的"油画"被他进行的变形式的复活已在马列维奇早期的新原始主义上有所显现；他关于向"亚述和巴比伦"转变的呼吁强化了俄罗斯未来主义的"东方"定位；他的精心修饰与外省似的游手好闲稍晚都将能在马克·夏加尔[1]那里见到；拉里奥诺夫的"动力学"结构，在名为"1915年"的展览上，与塔特林的反雕塑难分伯仲。若要只是"轻描淡写"地提及他那些"光芒四射的"作品则绝无可能。1987年在苏黎世举办的专门致敬拉里奥诺夫的"镭射主义"展览首次向欧洲公众展示了绘画中的此种无主体的潮流，比之于抽象主义的瓦西里·康定斯基[2]，一点也不逊色。

明亮、绚烂、鲜亮……这些经常被用来说明拉里奥

---

1 马克·夏加尔（Марк Шагал，1887—1985），俄罗斯犹太人，后入法国籍，巴黎派著名画家之一。

2 瓦西里·康定斯基（Василий Васильевич Кандинский，1866—1944），俄罗斯画家，脱胎于抽象主义的表现主义大师，通常被认为是西方抽象艺术的先驱之一。

诺夫的色调运用。但他对色彩的态度，也一向诚实——到了"迂腐"的程度（有一种奇谈怪论认为：随着精神内容的增强，艺术作品的外表看起来会变得越来越不那么"明亮"）。若论及当代鉴赏家的视觉可能性方面，艺术家的视觉要更精准、更犀利得多。也许，在这一点上拉里奥诺夫可与塞尚和马蒂斯比肩，——在巴黎蓬皮杜中心永久展的好几个小时的观展时间里，我这样想（马蒂斯、拉里奥诺夫，——我步出博物馆时，记忆中挥之不去的就是这两位20世纪伟大绘画大师无与伦比的、细腻的用色技艺）。

拉里奥诺夫从来都倾心于诗歌。他为赫列勃尼科夫和克鲁乔内赫的诗集（"手绘诗集"）所做的装帧设计就好像是某种"造型艺术之诗"。拉里奥诺夫与伊利亚·兹达涅维奇一道，还曾尝试创立"镭射派"诗歌，——这些"实验作品"1913年被录入诗集《驴尾巴与靶子》。他们的作品与瓦西里·卡缅斯基的"字母主义"诗歌也很接近，但因为辩论有力和试验有方而显得没那么"晦涩难懂"。

拉里奥诺夫非常巧妙地将一些"诗歌手稿"与他早期的一些绘画作品的用色和人物构图融合在了一起，——这些按照版画图样完成的作品，绝不能被看作"诗绘画"（卡缅斯基和马列维奇有真正的"诗绘画"）。然而，值得注意的是，几十年之后，拉里奥诺夫以一首单独诗歌的形式手抄了一份文稿，与其天才的油画作品《秋天》同样著名。

在1915年之前，关于拉里奥诺夫的书籍文献数量巨大（就在那时他因为在前线遭受严重的震挫内伤而离俄前往巴黎)。随后,他成为"佳吉列夫[1]时代"光彩夺目的一位主角。

从20世纪30年代起,艺术家开始进入生命中最后的、长期的和苦闷的时期。

在巴黎,去年12月,有人将米哈伊尔·拉里奥诺夫和纳塔利娅·贡恰罗娃在他们俩共同生活的最后十年常常光顾的,可以用免费午餐的一家咖啡馆(承蒙咖啡馆主人的老交情)指给我看。

"拉里奥诺夫"和"默默无闻"……看似多么互不相容的见解、说法……但是,这一切都过去了,过去了——在巴黎,昨日烟云——早已烟消云散。

拉里奥诺夫这个名字似乎始终都是乐观愉快的代名词。尽管我也了解一个忧郁的拉里奥诺夫,然而,于我而言,不存在"两个拉里奥诺夫",只有一个伟大艺术家和伟人的深刻命运。

在纳塔利娅·贡恰罗娃去世的前一年,米哈伊尔·费奥多罗维奇和纳塔利娅·谢尔盖耶芙娜致函苏联文化部,提出将他们约三百幅油画作品无偿转交苏联人民。结果此函石沉大海。艺术家去世之后,拟转赠苏联的档案资料被美国一家博物馆买走。

有一次,以我的"内在观点来看",米哈伊尔·拉里奥诺夫冷静、睿智,仿佛是在"临终嘱托"。1962年,我的老友特勒尔斯·安德森,现在是丹麦锡尔克堡当代艺术

---

[1] 佳吉列夫(Сергей Павлович Дягилев,1872—1929),俄罗斯戏剧与艺术活动家。1909年在巴黎成立的佳吉列夫俄罗斯芭蕾舞团被认为是现代芭蕾之源。

馆馆长，跟我讲过他与这位孤独艺术家的一次会晤（在俄罗斯绘画"伟大的纳塔利娅"、米哈伊尔·拉里奥诺夫"不朽的纳塔利娅"刚刚去世之时）。

"少年时代，我认为，艺术中最重要的一点就是行动。我不得不操很多心，冥思苦想很多，为此我应该感恩命运，——我终于明白，艺术中最重要的事情，就是思考。"米哈伊尔·拉里奥诺夫说。

对于拉里奥诺夫那些非著名的诗歌得以在杂志上发表，我很感谢当时旅居巴黎的俄罗斯艺术家尼古拉·德罗尼科夫[1]。命运让他与女画家塔·德·洛吉诺娃－穆拉维约娃[2]走到了一起，而后者曾是拉里奥诺夫授课的学生。有一次，她在老师的桌上看见了一些手稿。她仔细读起来。是几首诗歌。"米哈伊尔·费奥多罗维奇，我能把它们抄下来吗？""真喜欢吗？请抄吧。"

"原稿可能在哪里？是不是还有别的诗稿？"尼古拉·德罗尼科夫询问洛吉诺娃－穆拉维约娃。

女画家回答："我不知道。纳塔利娅·谢尔盖耶芙娜过世后，过世以前也是一样，他的稿子总是塞满各个口袋。最后去了哪里——不知道了。都是后来才开始整理他们的书信、手稿等资料。"

德罗尼科夫出版了拉里奥诺夫的一本薄薄的诗集（其中收录了致贡恰罗娃的一首诗），"私家印制"，发行量是三百本。

---

[1] 尼古拉·德罗尼科夫（Николай Егорович Дронников, 1930—　），俄罗斯艺术家、雕塑家、出版人、作家。

[2] 塔·德·洛吉诺娃－穆拉维约娃（Татьяна Дмитриевна Логинова-Муравьёва, 1904—1993），俄罗斯画家。

"幸福的秋天……"几近"赫列勃尼科夫式的荣光"。而在其余那些没标明日期的、手写的、难免枯萎的诗中,拉里奥诺夫勾勒出柔和又忧郁的线条,这是一位巴黎艺术家与遥远的冬天和春天、与古老的道路,——与俄罗斯之路的告别。

1989 年

是的,就是克鲁乔内赫,或名人中最无名的那一位

在俄罗斯诗歌历史上,也许,再没有比时至今日曾经表现的和正在表现的针对阿列克谢·克鲁乔内赫的更大的不公平了。

我们的文学批评从未试图深入研究其创作的本质。需要克鲁乔内赫——作为"替罪羊"而已:半个多世纪以来,弗拉基米尔·马雅可夫斯基和韦利米尔·赫列勃尼科夫的"未来主义之罪"全都被归咎于他。

Круча, Крах, Кручик, Кручень, Круч.[1] "我要飞去美洲,忘记吊死自己!""纠缠不休之人、令人讨厌之人、奇痒无比,而他的诗歌——摆脱不掉的欲望强烈!"[2] "精准的……用蜂蜡塞住耳朵的大师,生怕听到灰色的小夜曲,我们用敏锐听觉难以忍受的闹钟呼喊着——

"嘿嘿噎特吱吱咿咿咿!……"

---

[1] 这组词,除首个词有含义(指峭壁)之外,其余均为克鲁乔内赫用俄语词根"Круч"(即其姓氏"Крученых"的词根)造出的"造新词",均无特别意义。

[2] 这组词(楷体部分)的使用属于未来主义一种常见的创作手法,"旧词新义"法。

马雅可夫斯基让所有"已经失去自制力的人"惊呆了;而克鲁乔内赫唤醒并激怒了他们(此时,在日常生活中,在自己的圈子里,他罕见地与世无争)。

敏捷,不可抗拒,预先设计的"越轨之举",无所不在和随处可见的"闪烁其词","每个角落"的尖锐语言,——所有这一切使他成了一个"神奇的怪物"(米·斯韦特洛夫[1]之语),这是绝大多数他的朋友和熟人(克鲁乔内赫的社交之广令人称奇)对他"正面的态度",——还有一些诗人的"排毒"也是这样,——我们,直到今天,还是如此对待韦利米尔·赫列勃尼科夫。

"三十年来,我一直在清除大脑中克鲁乔内赫的余毒,"1961 年,我们初次见面时,尼·伊·哈尔吉耶夫对我说,"也许,毕竟半打的脑袋还是被他扫清了。"

慢待一位被公众社会拒之门外的诗人轻而易举。我亲眼所见,阿列克谢·叶利谢耶维奇领到过自己的退休金,——如果我没记错,退休金共三十一个卢布。从 1930 年起(这个分水岭,具有象征意义地契合了马雅可夫斯基之死),克鲁乔内赫再未发表过作品。我没见过比诗人克鲁乔内赫更旷达乐观之人。无论身处何境,他都表现得技艺精湛、颇具贵族气派(这些特点竟然与其俄罗斯 - 大众面孔惊人地协调统一,——似乎能看到他脸部轮廓上某种透亮 - 农民的,在他的反宗教迷信之下甚至日渐遥远的 - 东正教的东西)。

---

[1] 米哈伊尔·阿尔卡季耶维奇·斯韦特洛夫(Михаил Аркадьевич Светлов,1903—1964),真实姓氏为辛克曼(Шейнкман),俄国诗人、教育家、战地记者。

"三只鲸鱼护着我!"阿列克谢·叶利谢耶维奇在生命的最后几年自豪地重复这样的话,"我才没有跌倒。"

三只鲸鱼,他指的是马列维奇、赫列勃尼科夫和马雅可夫斯基。

是啊,——他是马列维奇最最喜爱的诗人("只有克鲁乔内赫像一块对新的上帝芳心不改的宝石一样留在了我的心里,一直到现在还是。"这位伟大的至上主义者1916年在写给米哈伊尔·马秋申的一封信中这样写道)。"一位真正的、锻造语言的诗人!"——对克鲁乔内赫的这句评语,类似弗拉基米尔·马雅可夫斯基后来喊出的一句口号。

在这里,按照惯例(正如克鲁乔内赫本人所做的那样),我们还是要转向在文学上恢复诗人作为"未来派诗人"的名望这一主题。

但是,克鲁乔内赫已不再需要这个了,——可以说,在"世界的"意义上来说也是如此。欧洲文学批评的"克鲁乔内赫热"已经热了二十年,——出版的关于诗人的文章、具有重大学术价值的研究专著数不胜数。

作为著名的文学理论家和语言学家,他与赫列勃尼科夫一道,威震同时代的语言学界。1913年,两位诗人发表了一个联合宣言《语言就应该这样》,——这一诗学艺术被视为"最具自身价值"语言(在其声音、词源学和形态学结构等诸多方面)隐匿可能性的释放;而这一诗学艺术早于俄罗斯形式主义流派的"奥波亚兹协会"[1]理论。

赫列勃尼科夫和克鲁乔内赫共同的文学批评与语言

---

[1] 奥波亚兹协会(ОПОЯЗ),全称为"Общество изучения поэтического языка",即"诗歌语言研究协会",1916年成立于圣彼得堡。

学研究越来越为世人所知。但是,还有一些理论,只有克鲁乔内赫一个人研究。关于这一点,首先是语言风格学说("晦涩的、沉重的风格——飞快的、轻盈的风格";"吹毛求疵",语言材料"外表粗糙不堪")等。克鲁乔内赫对位移学也颇有研究。在《未来派语言宣言》(1921)中,在别人所表述的基础之上,他还列举了诗歌未来派的论据如下:"不假思索的(不合逻辑的、偶然的、创作冲动、词语的机械连接:补充说明、印刷错误、谬误;这里面有一部分还包括语音和语义错移、民族口音……)。"他在另外的地方还指出:"凑巧的是:错移、遗漏、错别字等等。即 S. 弗洛伊德。《日常生活的精神病理学》与《梦的解析》。"

在传统的"唯甜言蜜语"里,A. 克鲁乔内赫的听觉非常敏锐,他借此发现许多特殊的位移案例(很多人都被他气疯了,因为他在普希金的一首诗歌中找到了许多头"他听见和看得见的狮子",正因为这一点,普希金和果戈理成了最受他喜爱的作家)。戏谑地主张"苦涩倾诉"的同时,他与赫列勃尼科夫及马雅可夫斯基一起,将古典的标尺变形,通过节奏的错移,探求语调 - 重音之诗("建立声音",——"建立朗诵的诗歌")。

"把手放在胸口"(这已是鲍里斯·帕斯捷尔纳克的看法),在我看来,今天为"鼓吹"克鲁乔内赫玄学而争论显得毫无意义。

还是让我们听一听克鲁乔内赫自己怎么说:"玄妙(历来和具体到个人均如此),是诗歌最初的形式。首先——节奏上音乐似的波动、太初之音……人们诉诸玄妙的语言:其一,当艺术家所给出的人物形象还不是很确定（他和我一样）之时；其二，当人们不想命名客体，只是暗示之时……玄妙唤醒并给予具有创造性的想象力以自由，不会用任何具象之物贬损它……"

相近于卡济米尔·马列维奇的至上主义，克鲁乔内赫矢志追求从声音的物性中解脱出来的"至纯"王国。

德国研究员罗斯玛丽·齐格勒写道："声音，首先是元音，在至上主义的理解中，被克鲁乔内赫阐释为空间－宇宙现象。可是，元音的宇宙意义在未来主义诗学中并非新鲜事物，只不过其论据先前并未聚焦于无物性这一关键点之上……"

因此，克鲁乔内赫摆脱了物性之藩篱。从视觉角度来看，这种情况会以如下方式发生："我们，"卡济米尔·马列维奇在1916年给米哈伊尔·马秋申的一封信中写道，"我们将一个字母从一行诗中沿着同一个方向撕下来，就赋予了它自由移动的机会。（官员的世界和家庭通信都需要这些文字。）因此，我们抵达了第三种状态，即大量字母声音在空间中的分布，与图像至上主义类似。"

到了这里，"听觉计划"登台亮相了。"可以指出的是，"还是那位罗斯玛丽·齐格勒写道，"起主要作用的是在理解语言与诗歌时听到的那一瞬间；起主要作用的还有与历史形成的拼写文字相比，语言实际的发音……"除语音文字、口语、方言和其他表达方式之外，克鲁乔内赫还将格鲁吉亚语、亚美尼亚语、土耳其语、德语和其他语言的表达方式作为诗意装置。针对这些语言中比较有特色的某些声音组合，他将其作为摆脱之术，还将其用作玄幻的"语言"。

克鲁乔内赫学识广博……其半达达主义诗剧《战胜太

阳》(米哈伊尔·马秋申编曲),1913年与悲剧《弗拉基米尔·马雅可夫斯基》同一时间上演,它仍将被记住,它可能作为今天的戏剧开幕(要说的是,这部戏剧－歌剧已于1983年在慕尼黑国际艺术节上演)。当人们听说有声电影的诞生时,克鲁乔内赫出版了关于诗体的影评与电影剧本的一本书,——他已经看到了"电影－诗"之可能性。

克鲁乔内赫还是一位批评家。我只想提一下他的风格:那是一种尖锐、闪闪发光的散文,——在这方面,能与克鲁乔内赫棋逢对手的就只有他喜欢的学生——伊戈尔·捷连季耶夫。

克鲁乔内赫是一位出版家。在国内图书业历史上,他用"亲手写成的著作"进行了一场真正的变革:石印术、胶印术,甚至还有手稿印制术,——诗人携手卡济米尔·马列维奇、米哈伊尔·拉里奥诺夫及纳塔利娅·贡恰罗娃、弗拉基米尔·塔特林、奥莉加·罗扎诺娃等(克鲁乔内赫1916—1917年的图书标签－粘贴画,就是马列维奇造型艺术流派非常好的案例)。

1986年,受益于文艺学家谢·米·苏哈帕洛夫[1]的巨大努力,A.克鲁乔内赫百年诞辰的纪念活动得以在赫尔松一地举行。为此出版的系统推介的册子中,援引了我发给百年诞辰纪念委员会的电报内容:"正是A.克鲁乔内赫创作研究的最新成就,允许诗人、译者根纳季·艾基将克鲁乔内赫的名字列入20世纪欧洲艺术最杰出人物之列——赫

---

[1] 谢·米·苏哈帕洛夫(Сергей Михайлович Сухопаров,出生日期不详),乌克兰文学评论家、地方历史学家、出版人,A.克鲁乔内赫研究者。

列勃尼科夫和马列维奇、马雅可夫斯基和阿波利奈尔、布勒东和毕加索。"我对此确信不疑,并在此复述。

1989 年

XI

十一月花园——给马列维奇

心情

怦怦跳 - 平静的

动作

仿佛拔掉

木头里的铁钉

(花园

好像某个地方明眸的序曲

花园)

1961 年

卡济米尔·马列维奇

>……旷野向天空升起。
>
>选自赞美歌（变体）

劳动守护者那里只有父亲的形象
对世间的崇拜并未引入
简单的愁绪不见真容

从远处——好像教堂的唱诗
从今以后不认识歌唱家-教父
唱诗变得好像不认识的
时间分段的城市

那些年另一种意志也将自身
如法炮制——
城市——书页——铁——林间草地——正方形：

——简单如灰烬下温暖维捷布斯克[1]的火焰

---

[1] 维捷布斯克，位于今白俄罗斯东北部的一座城市。

——在暗示的标志下韦利米尔[1]被出卖、被俘获

——可埃尔他好像一根线,他远远地为了永别

——这就好似《圣经》的章末图画:切口——结尾——哈尔姆斯

——黑板上其他人画好了
白棺材草图

于是——升起——旷野——向着天空
每一块田——都——朝向
每一颗——星星的方向

使用铁的末端击打
在寒酸的晨曦之下
世界已终结:好像劳作从空中
一览无余,若为了从空中俯瞰。

1962 年

---

[1] 韦利米尔,疑指韦利米尔·赫列勃尼科夫。

冬日狂饮

饮酒作乐——仿佛去睡勒托[1]女神:

贴一张陌生
似乎不太自然的脸:

在一个非实体意义
危险之地

那条河流
被看不见的黑暗之火照亮

那里,我的朋友
不省人事时说过的话:

"怎么活啊?只能到集市上卖掉

---

[1] 勒托(Leto),希腊神话中的泰坦女神,宙斯的妻子,太阳神阿波罗和狩猎女神阿尔忒弥斯的母亲。

身上这件

金色的皮"

1963 年

K.[1] 在伏尔塔瓦[2] 的童年

教堂之牙在我心底拖曳前行

非那种——暴风雪中——透过书本上的

概念——白色的——还有旷野的

那里已当了妈妈的莫不是谁家的女儿

正在梦中抹泪:

眼睛越睁越大

令人怜惜之痛:

数不清的洋甘菊

在头顶摇曳:

一次又一次

招惹蝴蝶……

---

1 K.，即弗朗茨·卡夫卡。参见本书"作者注释"部分。

2 伏尔塔瓦，位于捷克境内，拉贝（又名"易北"）河的一条支流，全长约430千米，发源于波希米亚森林。有捷克第二国歌之称的《伏尔塔瓦河》（斯美塔纳作曲），即以这条河的名字命名。

我‐貌美如花的‐女人……像洁白的头巾般飞舞
再飞一会儿——远去的
让双腿释放——渐渐消失
愈发明亮的旷野绰约可见——

可拍溅声还在继续……眼珠子瞪圆
我朝上看着那茎秆的四周

再往上——花瓣已散落

1964 年

致弗拉基米尔·雅科夫列夫画的
一幅肖像画

梦有时如目之所及

忘却似雁过留声——

有时:记忆——是谵妄无意识之语!——

当你作为物存在——光-从冰窟窿-那里:

脸没划破!……——

(被火焰-在-血里-当成标记)

1965 年 8 月 31 日

关于博日达尔

树枝上的一个假面具——薄如面孔:
生命——矛之痛!——

矛之魂:

(森林 - 仅剩一只鸟的世界:

还有心灵 - 呐喊)

1965 年 8 月 26 日

画中间的尼·哈

（致马雅可夫斯基国立博物馆[1]米·拉里奥诺夫和纳·贡恰罗娃展览）

再次被照得发烫

半 – 辐射

半 – 神灵：

森林由收集者汇集而成……——

在此蜃境中：

四月的天空——人常说——百变：

找寻某个人

如浅浅的过火林般寻找！……——

于是——好似大眼睛

（那一次）

碰到伤口：

---

[1] 即弗·弗·马雅可夫斯基国立博物馆。

无力弥漫,从空寥的花园那边:

到半－棵树那么高
到一半－光线——那里

在光影轻晃的大厅

1965 年

面容 – 风

（肖像题词）

你的边缘——好像从表面渗出的尸 – 液
你会撕掉并抖落腐肉吗？
你——只有半个 – 灵魂！你不会自由
你——是风：唯有死亡使你净化

1967 年

度：稳定度

致瓦尔拉姆·沙拉莫夫

你们本身有点像霞光值得一观：

并且样子可能
亦经由所有人确认：

但又不取决于所有人：

这是看不见的赤贫之火吗
在无声无息：

显露短暂真容的风中？——

或者危险存 在的可能性：

在被照亮的脸上——

仿佛
等待者遮蔽的可能性：

像保存了什么一样？——

或——非 - 明显的灼热（仿佛慢性病的
　　　　　　　　某种凝视）：

到处——看不见——万物的光芒：

它 是 终结者
词语 - 火焰：

甚至我们的预感
与思想之地亦早已被包抄？——

是否它到处都似乎在无声无息的风中：

杳无音信、行尸走肉：

自燃？

　　　　　　　　　　　　　1967 年

"燕子":捆扎方式

(选自组诗《雅各布的刻度盘》)

致约·布[1]

有一种供展现的

M-C型燕子

在出现-国度的

充气的-霞光时:

她燃烧的标志!——

四面八方

仿佛用它的火焰

捆绑在地窖的是:

霞光-故国!——

趁着依稀可见

例行的标志

燃烧的轮廓:

---

[1] 指约瑟夫·布罗茨基。参见本书"作者注释"部分。

大脑里——仿佛
在某张嘴里：

出乎自己意料之外！——

隐隐绰绰
远处的天地略图：

烧得红彤彤：

正在发生的事

1969 年

朝霞:盛开的野蔷薇

致康·爱[1]

在愈发频繁地-受苦中
我一惊:

我听到一声拉长音
"le dieu *a été*"[2]:

克尔凯郭尔的箴言:

似回声!——

噢,真下功夫!……还有:

甚至非鲜红:
它鲜红——的心:

---

[1] "康·爱"原文为"К.Э.",似指康斯坦丁·爱德华多维奇·齐奥尔科夫斯基。
[2] "le dieu *a été*"(法语:上帝曾在)出自丹麦诗人索伦·克尔凯郭尔《哲学片段》一书。参见本书"作者注释"部分。

似乎在所有的——构成里痛苦
仿佛世界
可能想到的堆场:

无色彩地,可是鲜艳如新切般涂色:

在变形——未知 – 成倍地!——

甚至非鲜红的
它的心:

净化!——

非 – 人的:
"le dieu *a* été":

(十):

安静……——仿佛
在愈发频繁地 – 受苦中:

一次又一次:

——:[1]

---

1 原文如此。

(唉！最后两个音节：

要是长笛能吹出来该多好：

作为你的朋友！）

1969 年

黑色一小时[1]：拜谒 K. 之墓

致奥·玛申科娃[2]

噢无名的光

沉默寡言之人的：

关于它们所处的状态已然不同——仿佛

    是关于新的惊吓！——并非世界的证人：

贫穷——所到之处无孔不入！——

闪着光泽

好像神的白石灰：

墓碑上碑身的表面！——

我 是 它——好像内在

贫穷的物性

---

1 黑色一小时，原文为捷克语"ČERNÁ HODINKA"（黄昏时分的对话）。

2 奥·玛申科娃，捷克翻译家。参见本书"作者注释"部分。

(我们像了解疼痛一样

且知道得足够多):

(我们更了解疼痛):

是的:贫穷的 东 西

在你们中间 被 其 照亮

在现象‐布拉格的黄昏‐世界里

备忘录——标记——和——纪念碑:

世界此刻感受到的——只有疼痛!——

世界‐这个‐疼痛的语言

饱含光:

贫穷的——新的——物性:

是它——无效!

似乎理解:

祭祀品:

祭祀的

1970 年

旷野:隆冬时节

致勒内·夏尔

神之-篝火!——这是干净的旷野
　　世界一闪而过(不管是标注里程的路碑抑或风抑或
　　磨坊遥远的圆点:越来越——似乎从这个
　　世界——仿佛在梦中——渐渐远去:噢,这一
　　切——星火
　　——非世界篝火的非熊熊燃烧的火焰)
是的——无论如何都找不到踪迹
非全世界光彩夺目的
神之篝火

1970 年

诗 人

（致扬·萨图诺夫斯基六十寿辰）

从骨头粉碎机之时

到氯丙嗪[1]化的现当代

脑髓与骨头转移了诗人

用不可撤销

非同凡响的诗歌之轴：

替代歌唱——如此忍耐

以至于在贮气罐-所在地燃烧的天空下

经受住特殊-处理

另一个天空凭借无声的闪烁

听得见已丢弃身体假面具

一切-俱已忍受的语言砾石之声

1973年2月21日

---

[1] 氯丙嗪（英文名：Chlorpromazine），一种治疗精神病的药品。

今夏的玫瑰花

> 今夏的炙热里我寻觅
> 　你的容颜至今。
> 在不言退却的火焰中。
> 　没有他——很显然。
> 有关 K. 的笔记，1972 年

疼 痛 的 级 别
是——夏日之火……——那么久
我在那里看你：

并——把你赞美……——

如今在闪耀的深处——只有干枯：

还有——一片死寂……——

噢，眼前：现在的火焰已然迥异
这个地方的悲剧：

他的阶层——贫穷而深重
处理妥当并被抛弃：

一丝希望都燃尽……——

现在他的脑髓烤焦
自己的心：

甚至——没有痛……——

可 - 曾经 - 患上 - 此病
同 - 您的花朵
曾几何时类似：

哦，玫瑰花！……——

但是 所 有 这 些
（我祈求）——您！……——

请熔合——最后的痛！……——夏日之火！……——
您和心在一起，在阴雨连绵 - 国度——
火 - 绝望！……

1973 年

录音(带着"经常被叫的外号")
——与"处里"来人谈话之后

> 旋即响起了敲门声,于是房间里
> 走进了某个人。
>
> F. K.

脸色苍白

(脑子里在想:"好像被绞死的穿破衣人流出的液体")

睫毛细长

仿佛下达"准予 - 注射 - 指令"的声音

眼睛很蓝

身上穿的 - "制服"是尸毒泛着光

四周,石头压在皮肤下

悬案:谋杀 - 案件

(日子变了样:对面的房子和天空

被暴雪般的白桦林闯入

昏暗 - 明亮:沁入心——如入骨髓!——

那位造访此幅"肖像画"的人)

1973 年

舞台：人若－花开
（致安托万·维泰）

在危险的－城市
为了目光之脆——

穿过致盲的－恐惧
（仿佛已失明）
城市－建造者

吹拂－战战兢兢－但－吹拂
火－白色的——直抵舞台：

在表情－和－手势的耀眼－折磨中：

——人 若－花 开！……——

（仿佛——抵达现实——茉莉闪现——
　　　　　　光－轻轻推）……——

在圆形－闪耀里的同情

还有赞誉 - 沉默——

(一个意外的角色:

自由的
目光 - 人)

       1977 年 5 月 3 日

形象——节日逢时

(写在卡·谢·马列维奇百年诞辰之日)

一种熟悉的白色

远处的那个人

在白雪里

仿佛一面看不见的旗帜

1978 年 2 月 26 日

还有：最后的囚室

致瓦·沙拉莫夫

……塑成大理石雕像。

齐·诺尔维德

现在——这是核心
残疾人疗养院的小房间
带着一个没用的床头小柜（里面并未放
您的科雷马专著）
您歌颂的——业已凝固
大理石之上葡萄树——永远-带着血-和-冻得僵硬
（其间已经——塑成大理石雕像）
斗室里的嘶吼声
仿佛思想（雪地里爬行者的影子时隐时现）
这——最后的囚室

1979年

读诺尔维德

（冬日笔记）

致 V. V.

1

欢乐之光中的我（请原谅诺尔维德的兄弟）
因词语的阴影暗淡："雅诺夫斯基街"
它变成自己心中的 死 亡 旅
仿佛我移动，愈来愈黑

2

活人当中有您，这让我高兴得像个死人

3

死 亡 旅——上风上水 - 地方之上的天空
现在少女的笑声——你的手还好吗
涂满亡者之毒

婴儿的咿呀儿语——白日的折射光
额头和眼睛周围——仿佛碎片状
深 沟 里——谎言世界——人间的
你是其中一员：苟延残喘
用半腐烂的气息涂抹他者

4

若愁绪-很久以前-就-在-死人身上-存在
正是外地-活着的人们-该-离开之时

5

您，二 十 次 的 序 曲 兄 弟
穿过世界的梦
最后的一滴理智中
您的头顶是您的锚
闪着光——这已成为：白天-最后的-肉身
（愈来愈——肉身-我！）
其他我全都想不起来！离开之时
别的词语没能发出光亮
交易——被劫掠一空——已无立足之地

6

哦,此种拒绝-旋风——是的,无核心又无内容——
这是坠入洞中-或-坠入-关于上帝的波翁兹基——噢,
四周早已暗淡的世界——可失去力量的速度,哦,已经再
无自己,越来越无,还包括:本来已无那架钢琴,暴风雪
和波翁兹基和声音——没有弗里切克[1],没有另一个天空的
天空下的声音——当这个世界没有波翁兹基人民,将不会
有别的人民

7

天空只有一个——在它的下面无-思想-成为亡者
社会-联邦的洋甘菊在摇曳:
问卜依旧:"踏入-还是-不-踏入"

8

我们——还要更多的肖邦!——要什么约翰
用什么魔力
和什么火焰
将那些声音变成——什么?——为了世界-如-羞愧
烈焰燃烧(可这里——任何一个超级-动词!)

---

[1] 弗里切克(捷克语:Fritzek,或 Fricek),似捷克人名。

给 我 们 ——一些肖邦! ——是真的——下贱坯

此种（脱口的）超级 – 体

9

若气孔 – 在 – 死尸之间 – 成为 – 气孔

正是外地 – 活着的人们 – 该 – 离开之时

10

兄弟即光明，当你们是快乐兄弟

真相是：不分享光芒

却一同照亮（在某处："总得活下去"

趁着其他人已死去的"什么时候"

只是"什么时候"窃窃私语的一具尸骸)

11

开幕仅为了：他们

原来会发出刺耳的尖叫

当人们踩到团体的 – 鸡眼之时

（此开幕是否能成为———一种工具)

....

（作为流转，往返的 – 回声

如同 开 端 的 识别

酝酿中的即此种——唯物主义)

……………………………………………………

……………………………………………………

12

若思念－在－死者中－成为－思念

天空中咔嚓－咔嚓的只有"哦，缪斯"

13

我们还搞明白了 优 先 原 则

监狱，这样：越多越好

（过去——已经证明：与我们无关）

对我们而言，现在又是什么——像－兄弟般－离弃之人

靠自己的 离 开？

监狱越少越糟

14

它定义的层递

您好像没－读过－没！——而在沉默的死亡里

我嘟囔不清（很可能无语地发抖）

我将重复他们,用自身 - 幽暗的 - 碎片:
国家 - 充气——国家 - 阴雨天气
国家——窒息,且:一切——已终结——国家

15

若思念 - 在 - 死者中 - 成为 - 思念
正是外地 - 活着的人们 - 该 - 离开之时

1980 年

关于此

致 Ya. P.

这个
非争辩。
假如要我命名,
则它不过是——普通的指示说明:
"这里——完美"。
(暗语之地。
彼为存在之理由。
我低头不语。)
"上帝"?
这是引文:来自上帝。

1980 年

昔日的和乌托邦的
（与克鲁乔内赫有关……）：
1913—1980

为马尔齐奥·马尔扎杜里[1]而作

1980 年 12 月

1

第一个和唯一的
语言劈裂。

1913 年。

结果——唯一的一首诗
"嘚尔－卟尔－吸尔"[2]。

毁灭的事实。

光芒

1　马尔齐奥·马尔扎杜里（Marzio Marzaduri, 1930—1990），意大利文艺学家。

2　原文为"дыр бул щыл"，克鲁乔内赫自创的一句非常著名、音节嘹亮、无具体含义的未来主义诗句。参见本书《俄罗斯诗歌先锋派》一文。

丰功伟绩的。

2

事情的另一种解释。

劈开——眼可见。

本质的光辉——为了无言。

外表的虚幻。

3

语言——圣约翰骑士团的。

举止——效仿榜样:

所到之处 - 圆点 - 祈祷(凭借走路 - 站立),

言说——融雪:

(用创造和平的力量——

在众多 - 唯一里),

停顿——感激盈满,

(长久的——无长久之质),——

光 芒。
·　·

1980 年

对事件保持沉默

1

它的那些岛屿

2

再次——天色暗下来:
即——人的 - 寂静
/ 多么奇怪 / 不危险

3

于是——/ 一个人都没有 / ——光

4

再一次——移动
它的那些岛屿

> 德国,波鸿
> 1992 年

XII

诗歌－如同－沉默
（关于主题的零星笔记）

1

听－替代说。甚至－比眼见，比任何东西（甚至－想象的）都更重要。

还有：沙沙声－和－簌簌声。沙沙声——那么遥远的——已是——开始。"我的"，"我自己"。

那里"一切"——沉默。一切——早已——辞别。构建的空。冷。久远的风，——它已死去。储物间——空空如也。风，——死去的散装物——如放久了的面粉。

别害思乡病了。我——可是——也没有……——地方可去。太多——被禁止的空间，被早已废止的——"体力"。

所有一切——皆鸦雀无声。但是——那里。以万物之名的——那里。

没有风吹——"沐浴"。没有——约会。

回归－梦。可已经——无人能觅。浑身发冷。无名。不在。

2

停顿——景仰之地：对——歌而言。

3

每一行诗句的孤独树叶，——好像真的——飘在风中。
"诗歌中的真相——发光度"，——这是悬停——在空之中的——诗行。

4

沉默——好像"上帝之地"（至高无上的创作力量之地）。
"上帝"？——这是引文："来自上帝"。（这——出自我的一首未发表的诗歌。）
这——曾经有过，只要曾经——发光。

5

湿漉漉一片——傍晚道路向左。那里的气氛有点像——圆圈舞之死。仿佛某种东西被无声撕咬——森林的沉默。逶迤而行。直到——被溶解。

6

现代的附言。事物成倍增长，——它们的目录愈编愈长。"现代史诗"。

另外：假如——那里没有被计算在内（"在人民中"）的那枚"小铜币"，——"在灵魂后面"。

7

奇怪的是，俄罗斯诗歌中最多的缄默来自普希金，特别是他生命中的最后两到三年。越来越普遍地使用带有许多虚点、截断诗句的省略号。意思是说："这里还有话要说"，以及——"无话可说"。

8

是的，没必要怀旧。但哀悼死者——必须。

9

唉，还需要提到一点点的是，——某种"崇高"。真不该说："该死"。（出于一个观点，即很多词语——已死。特别是——"最重要的"。）

这不，有些东西——"属于此类"。

10

空比强大更大:因为弱小比强大更犀利:这是奇迹。

11

我的诗行——来自省略号之中。不是"空",不是"什么都没有",——这些省略号——沙沙而响(皆因"世界——是它自己")。

12

剑刃时代——莎士比亚悲剧的宏大叙事。

大刀、斧头,——很大——可塑性。甚至——宏大。

现代野蛮的军用飞机……——它们小而精细,像蝗虫一样。(我说的是,貌似,它们的数学-精细的内部构造将只证明智力高超。)

13

我还有一些诗行只是冒号。

这——"非-我的"沉默。

"世界本身的寂静"(尽可能,"绝对的")。

14

寒舍、茅草屋——比摩天大楼更巍峨耸立。

这里——一种警告:"文明与文化的对立"。

我——只不过陈述一下。

(唉……还有"报复性的抨击":文明——这只是共同文化的某些阶段……——是的,"发轫自世界的创立"。)

15

于是——奈瓦尔(的观点)持续发酵。词语——步伐,身影隐现,——影子,衣衫褴褛的词语——在旋风里。

最后的"诗"——来自诗"本身"。

16

细小的物愈来愈多。愈来愈多的还有——细小的词。

物若嚼舌根。诗若嚼舌根。

17

无路可走。

18

一位远近闻名的长者登门拜访另一位与之名气相当的老丈。

见面——头一回。交谈开始。院子里一只大公鸡突然鸣叫。

——怎么,神甫,您养了公鸡吗?——客人不无兴趣地问。

——是啊。这件事跟你有关系吗?——主人回了一句就终止了谈话。

19

与谁的言说困难?——与无人等待之人。(众人与诗人。)

20

不太称职的修道士。一切"预-激情"(最终亦未停息——在开始沉默之前)——"在世界眼皮之下",这即为——"创作"。未能抵达——所期待之"净化",则一切——均无知无觉。

21

移动之镜。诗创作之贝德克尔[1]。

22

这是——瓦格纳所言。"的确,诗人的伟大之处首先表现在诗人的沉默之处,因为沉默之言在沉默中已自我表达。"

23

这个地方位于村子的左边,首先看到的是一条路——稍稍有点上坡,两俄里[2]之后——已经是非"居民区","无人的",——区域:"自生自灭之地"。车辙、土墩、衰草。但……——我无法——在这里——触碰它们("以一种单调乏味的无所谓态度",我只会让自己"弄脏"这个地方,且已不能捕捉住它——到"诗创作"中去),我只能空留……………………(沙沙响的它的自洽。)

---

[1] 卡尔·贝德克尔(Karl Baedeker, 1801—1859),德国出版商、著名旅游指南出版家;此处暗指"诗创作之指南"。

[2] 1俄里约等于1.07公里。

24

强大的沉默——贝多芬。

25

我们预先声明:出色的附言(要知道还有类似……——譬如有伟大作品之"神奇的能言善辩")这里我们并未涉及。这——完全是另外的艺术(非专门研究性的,——以示区别于巧言令色)。

26

人-旷野与旷野-人。

27

只有一个出色的"附言"的例子。陀思妥耶夫斯基的长篇小说,当我们"摘要性地"回忆起它们的时候,它们是能被听到的,好像痛苦的无声音乐(而且,每个人——根据各自情况——非常"明确")。

可能,这里存在着的——还有沉默的音乐。

不想详细谈论的一件事情就是:还存在着大作家的那些"听不见的"作品(非-音乐性的……似乎跟——非-

诗性的，情况差不多）。

28

还有一种"纯精神的"特邀、诱惑——运用推理。于是出现了：沉默之现实存在性。

29

可
能
跟传道士一样——不可信
你——即空？你仿佛已洗干净
好比——一件器皿……我相信等待
至今谦卑：就这样
好像神赐予祷告者
（长久无言）
悄悄地闯进来
一首诗
——……阿门

30

作曲家们，据说，都用手在空中绘画（人们看见——

通过听)。在"群体中"音乐家们要比诗人们风趣(后者不会讲笑话,好像是从某种口头的无定形中浮游出来)。夸夸其谈 – 艺术家很危险(不单是诗人,还包括——"爱胡扯之徒")。

31

荷尔德林最后的诗歌中:"本来我还可以说很多"。可最好——就这样。沉默之地(好像——古希腊、罗马的悲剧)。

32

不可思议,我们年轻时更简练。仿佛我们最先 – 显露的、新鲜 – 沉重的痛苦在自说——自话,靠着"解剖学的"全副装备(除"关于"的论断之外)。

33

这些城墙与拱顶——在歌唱,而心灵之歌(同时刺破"数学")——将它们——向着高空——展翅放飞,——我们游荡在"现代性之中"——发出这种奇怪的"声音",一边好像还遮蔽着它——用斗篷(一大群——这样的人),像我们一样——"非普通人";忧伤、黄昏;城市。

34

教堂唱诗班一名学员唱得亢奋不已。T 神甫揪住他的额发开始摇晃:"真有你的,喊够了!闭嘴吧,——你不在——事情(照样成)!"

也许,我们——有时候——也"太过投入地咏唱"那些很"我们的"教堂颂歌了。

35

野外的——道路的——指示牌。上面即——"整个世界"。大地 - 和 - 天空,冬天、秋天、春天。所有的哭泣和絮语——风。"诗歌"——那里,在深夜,——在旷野中。

36

艺术中的任何"post"——附言。

37

诗人瓦·吉[1]的劳改营系列诗歌。其中——有对亲人的(进而,更广泛地,——对遥远的少数人的)关心——没有

---

[1] 指瓦尔拉姆·吉洪诺维奇·沙拉莫夫。

对施暴者的"审判"。可能，真的，最好是这样？"照乡下人的做法"。面对不幸的反应：不是只会"哭丧似的"，最好——生炉子做饭，把孩子喂饱。

38

与其诅咒这个世界和人们，不如——沉默。

39

我的妈妈亦沉默不语（我——差不多四岁）：处罚——我。已——有权（和不知不觉地）——建设——自己的未来：缺席？——不是这样吗？……——（我——害怕，草丛里，没有她。已很久了）。

40

还是——沙沙声-和-簌簌声。这是——我的兄弟。

（梦里还是那个人走过来说，他就是我的兄弟，没死。）

他的皮袄上——沾满磨坊的灰土。好像——窗外的霜，在树上涂满。

一张制作粗糙的桌子。面包，啤酒。可是——说过的话我不记得了。

唯有——无上幸福的温暖,——像"光晕"一样。
恨不得——只写一句:"记忆——在脸上闪烁"。

41

"我亏欠于您,巴格达的天空"(是的,——马雅可夫斯基的诗)。随即接踵而至——一阵排射。于是这些天空呈现——勾勒的轮廓:一幅巨大的——沉默全景。

42

可——毕竟……大幕开启——旋即从门外射进来院子里:暴风雪肆虐-直指-苍穹,太阳-成为-走进-世界的-整个-中心。

43

你?……——一条悄悄-走开的狗。(这可曾是——你说过的一个笑话:"诗人——就是会说话的,除此之外与其他狗完全无异的狗。")

44

　　而在此之前——更远的地方——落入茫茫白雪。陷入赤贫。必需的物品多么匮乏。稍微多的——只有两只手。诗歌……——所有这一切都可怜兮兮，一切愈发——无我们——世界。

45

　　"词语的吟唱"开始令我难堪。我时常会想起君特·艾希[1]的一句诗："这颗红钉子熬不过冬天"。上帝保佑，——我对自己说，——嘎吱作响吧，像一根生锈的铁钉，——像"残酷"衰老的——精准的——最必不可少词语的一根铁钉。

46

整张
脸——全是痛苦。
痛苦——那里——脸的"深处"——
缠绕着旷野。山峦、道路渐渐消失。
只剩下小斑点

---

[1] 君特·艾希（Günter Eich，1907—1972），出生在德国，诗人、剧作家，1972年病逝于奥地利。

风吹雨淋的篱笆。居民点。

仿佛雾中的光在闪烁。

脸

(这"天堂般的"——"我的"——亚美尼亚)

布满

苦难。

沉默。

47

言不尽——比沉默更可怕。"那个人是你吗？"约翰问。代替直接回答的——只有提示。

48

于是——重建联结：与旷野和太阳（噢，晨曦——潮湿得犹如大汗淋漓！），与野草和树木（噢，雨滴——在粗糙的树皮上！——后背一阵微微颤抖）。怎样说，无关紧要。（重要的是）要有——精准性——好像口述的——话。

49

但终究，你……——对我们所有人——沉默不语。投向——我们自己——我们的话语，——好像"自主性"。

50

寂静和沉默（诗歌中）——并非同一个概念。

沉默——有我们的——"内容"的，寂静。

难道还有"别的"沉默吗？

"空——并不存在，上帝才不会干这种傻事呢。"俄罗斯神学家弗拉基米尔·洛斯基[1]说。

这是——关于"非-我们的"沉默。"其中"，还包括关于——亡者沉默的——寂静。一切——自在。

而——至于什么"完全不同的事情"——我们将不予假设。

51

于是——眼见

这种复苏

一棵无比可怜、难看的小树

在柏林的街心花园

突然

心开始搏动

---

[1] 弗拉基米尔·洛斯基（Владимир Николаевич Лосский，1903—1958），俄罗斯东正教神学家、教会历史学家，杰出的俄侨活动家。

仿佛消失

去了俄罗斯

52

突然觉得，这八月的凉意更适合——与你离别。（它，这份清凉，好像徐徐吹来 - 诉说着——心已平息的 - 你。）

53

还有——人们会问：关于这些——仅靠语言即可？

是的，——还有沉默，还有寂静都可以创造出来：只需——词语。

于是一个概念诞生了："技艺——即沉默"。

54

以及——仿佛沉默本身，走进故纸堆之时，其本身画掉了有关自我的推理，力求——与我合熔一起之后——成为：统一体，以及愈来愈——绝对。

柏林

1992 年 7 月—9 月

XIII

和仙女在一起的夏天

作者按语:

1992年夏,我戒烟之后,很长一段时间无法进行任何一项脑力工作。唯一例外的是我得以做了一件事情,这就是用小曲式的单行诗写满了一本不大的笔记本。这本笔记本是妻子送我的,还题了一句词:"告别披蓝色纱巾的白娘子 留念"(即,戒烟,——与这位"娘子"分手令人非常痛苦,尤其是这发生在我抽烟四十年的"罗曼史"之后,——那段时间,我每天抽三包烟不止)。

在那些"不真实的"(快要产生幻觉)的日子里,德国艺术家安德烈娅·朔姆堡为了安慰"戒烟的病人",为我们带来了一盆白色的仙客来,——很快,在提及的小曲单行诗作中,它们变成了"仙女",《和仙女在一起的夏天》——顺理成章地变成了书名(尽管事情发生在秋天,但是柏林给人的感觉就像一个过不完的"夏天"),故我在这里仍然保留了这个标题,并组编了这一组体例不长的作品。

柏林
1993年1月

1. "仙女"小曲的引子
风：上帝遗失了一本写仙客来的诗集

2. 仙客来的出现
仙女打的牌自然也是仙女牌

3. 秋天：雾
鸟落树叶南飞

4. 仙客来还在开花
上帝之鹅来槽口饮水

5. 仙客来右侧的其他花（圣诞之星）
人们称之为"妈妈出嫁"

6. 愉悦视觉（或：仙-18号）
仙女们上学啦——一年级

7. 左侧——孤独的杜鹃
风：伤风感冒的上帝落下的一块手帕

8. 再次——一小簇仙客来
仙女的装置——圣母之花

9. 还是那杜鹃花
雾起之时，独眼的上帝也会哭

10. 紧接着：仙-21号（意即关于仙客来的第21条笔记）
赛马场上的仙女们

11. 再一次当然还是关于－不－可－思－议的它们
天堂设计局的仙女们带着圆规和尺

12. 难以忘怀的景象
仙女们送一名圣道明会士参军

13. 再次转向它们（仙客来）
绘画课上仙女们之间的一阵惊慌

14. 例行公事
仙女参加"绿叶"代表大会

15. 还是关于"圣诞之星"
织布机后面一脸绯红的妈妈

16. 就是仙-24号
仙女们聆听一位仙女读一首新诗

17. 花园落叶
童年时光逝去，老年人骨质疏松

18. 还是它们（仙客来）——仿佛仙女弦乐团
羽翼、弓弦、羽翼

19. 还有仙-25号
仙女、人民的陪审员

20. 仙-27号（或：在一个空中工作室里）
仙女刨花

21. 还是——"圣诞之星"
一轮红日下，妈妈在割黑麦

22. 仙客来的新花样
转瞬之间纷纷戴好了白帽

23. 纯粹：仙客来-34号
坐上飞机的仙女们

24. 仙客来还有新花样
一眨眼戴上白手套径直往前冲

25. 仙-37号：仙女们到底出了什么事
奇怪：为何有羽又有绒在飞

26. 再次——难忘之景
仙女之宴

27. 接着还有——仙-41号
仙女辞别——丝带飘飘

28. 至此：长久的结尾

仙女们的大车越走越远，渐渐消失

柏林

1992 年 10 月—11 月

残笛何鸣

致田中昭光[1]

1

无风……——旷野——突然——静止,仿佛一头白发。

2

万物因"心灵"而生——"在这里"的含义。

3

一个人尽可能简单地与公众交谈;与另外一个人,面对面的时候,就会谈得较为困难;而特别困难的交谈——是跟他自己。

---

[1] 田中昭光(1948—),日本诗人、翻译家、摄影师。

4

诗人身处陋室，——方得宁静。

5

非为"本性"，而是寂静……——以及绝望，如致盲的"隐形世界"一样。

6

望一望松林……——心——愈发缓慢地——越过天空。

7

仿佛伏尔加河——发源地……源头干涸——因此，梅洛斯快要死去——诗歌里（同时，没有类似"心脏"一样的东西，将出现——人民）。

8

几根稻草——风中摇曳，已足够——抚慰‐和‐幸福——来自世界。

9

地球上,他到处走,——N.,一个杀手。

10

耐心地成为"一名被了结者",——继续干活,接受这个"品质"。

11

吾心诊疗所,——森林。

12

再一次,落日的余晖愈发猩红——在磕头的头顶上。

特维尔州,德尼索瓦·戈尔卡村
1995 年 6 月—7 月

与普兰特在一起的夏天

(关于普兰特的石头)

他不做石像。

每块石头,经过他的手变成了独一无二的、大自然的创作,完美之作,——作品本身,同时也是艺术家的杰作。而创造它的就是雕塑家亲手创作的线条、凹陷、"沟槽"。

我和妻子必须参加卡尔·普兰特在瑞士城市圣加伦的展览,我允诺主办方去的时候会带类似一首"诗歌"的东西贺赠普兰特。

这首"诗"的一些句子我是在特维尔州乡下开始写的,我们在那里度过了出发前的几周。渐渐地,旷野和森林里的圆滑巨石开始变成"普兰特",——我们相互跟对方说:"就在那里,泉水后面就有四个普兰特。"

于是,自那时起,特维尔的旷野里的那些石头,那些圆滑巨石于我们而言就成了"普兰特"。

奥地利著名雕塑家卡尔·普兰特(生于1923年)也许明白世界上所有国家的石头。在其中很多国家,他还曾生活和工作过,并且还举办过自己的作品展。

2000年4月3日

与普兰特在一起的夏天

1

旷野和石头。

2

旷野,——填充歌曲,——颤抖。

3

再一次——勾起某些回忆的云。

4

梦:普兰特的礼堂 - 旷野。

5

概念的主体:"走了","将要留下来","永远"。

6

雾中的石头。

7

稠李——"不以人为转移"(世纪——在某地——逝去)。

8

圆滑巨石和牧羊人(很久前)。

9
旷野:布谷鸟的叫声——从远处传来:遥远之意——在这里。

10
再一次——普兰特的礼堂‐旷野。

11
"他","很快就要","走进来"。

12
一棵松树上,忙碌又歌唱——一只啄木鸟。

13
松树。

14
旷野,——一首歌——好像新切下来。

15
猎人和巨石(好像——一本书)。

16
第十六页:地平线上的太阳。

17
其他一些东西再次出现——在像人的东西之间。

18
而他穿过一首歌看着。

19
贫穷，——镌刻工。

20
梦中松树的落日闪亮。

21
旷野：孤苦伶仃的哨声。

22
然后——伸过来横梁般手臂拥抱的兄弟-树干。

23
还有——沉默的揉搓。

24
我的朋友，曾有个村子，菜园子仿佛长诗，落日下闪耀着光。

25
空气的雕刻家——夜莺。

26
一首歌，——"一棵盛开的稠李树透过树林都看得见"。

27
天使们的护身符。

28
正望着儿童头部的那一位。

29
这一页:白桦树顶的晚霞。

30
还有——石头上骑士的标志。

31
夜莺,——构筑音乐(而非"吟唱")。

32
森林里,树枝沙沙响。

33
再一次——布谷鸟的声音,——仿佛一幅画面轮廓呈现——"大地的忧伤"。

34
只有——光:贫穷与纯净。

35
旷野和石头。

36
沉默。

37
石头。

> 德尼索瓦·戈尔卡村
> 1997年5月26日—31日

XIV

作者的几句话：

很长一段时间，我对西尔维娅和路易丝的情况（如同对这本书[1]一样）一无所知。我甚至要麻烦我的法国朋友哪怕能打听到她们一点消息也好（更何况，路易丝的家里稍有点凌乱、寒酸，对她们的回忆令人不安）。我的一位巴黎女友甚至专程循着她们的地址找过她们，并十分惊讶地告诉我："你知不知道，这一切跟神话故事一样。银行家街没有这栋房子。其他的房子都在，而这个地址那里——一片空地……"（要说的是，银行家街位于巴黎的市中心。）

1　指艾基所作《西尔维娅的世界》（第一部）。关于该书的说明附录如下：

1991年2月，艾基旅居巴黎时，有一段时间曾住在带着自己小女儿一起生活的路易丝家里。

艾基与这家人分别的时候，路易丝递给诗人一本崭新的、封面上画有草本植物图画（乌里扬娜·莫丽萨作品）的笔记本，请他为西尔维娅写几句话留作纪念。

为表达对她们好客（正是西尔维娅将自己的房间腾出来给了他）的感谢，艾基叔叔将三十二页的笔记本变成了一本诗集。他用了三十二分钟（那正好是叫醒西尔维娅之前剩下的时间）写满笔记本，在每一页都写了一句话。这件事情就发生在巴黎的银行家街上。

F. M. 于雷恩，1992年12月

突然，简直意料不到，今年三月，当我再次前往巴黎，我竟收到装了两本用三种语言（俄语、法语、布列塔尼语）精美出版的该书的一个邮包。原来，我的一位朋友，著名翻译家安德烈·马尔科维奇早在1992年就在雷恩市"La Riviere Echappee"出版社[1]将该书出版。法语是安德烈自己译的，而布列塔尼语的译者为阿兰·博特雷尔。

终于，书找到了。假以时日，我还想找到西尔维娅和路易丝。

根·艾基

莫斯科

2000年4月3日

---

[1] "La Riviere Echappee"（法语：逃逸河流）应为极点出版社（Éditions Apogée）出版的丛书，而非出版社。

诗人的使命

（与嘉琳娜·戈尔杰耶娃一席谈）

嘉琳娜·戈尔杰耶娃[1]：根纳季·尼古拉耶维奇，让我们从您的出生开始介绍吧。麻烦您告诉我，您的笔名是什么意思？

根纳季·艾基[2]：这不是笔名，这是——出生的真名。楚瓦什人从来都没有过姓氏，我的身份证姓名——李辛——是我父亲偶得的。男性想要给自己取一个姓氏，起初都很简单——随父亲的名即可：你父亲叫瓦西里——你的姓就是瓦西里耶夫；彼得——就是彼得罗夫；后来弄烦了——就开始效仿名人的姓氏。如您所知，这就是为何楚瓦什既有普希金，也有罗蒙诺索夫……

嘉·戈：……还有莱蒙托夫……

根·艾：……还有涅克拉索夫……我上学时曾经取和亚历山大·谢尔盖耶维奇·普希金——世界上曾经最不幸福的那个人——一模一样的名字……至于说到我的父称，这些爷们顽皮得更离谱了，直接写成了李辛——据说，它

---

1 以下简称嘉·戈。

2 以下简称根·艾。

的原意即狡猾如一只狐狸。但我真实的族姓是——艾基。我的爷爷安德烈就是这个姓氏。1919年一本杂志上还写到了安德烈爷爷:在一个贫瘠、被人废弃的山坡,他开垦了我们地区的第一座花园。这个山坡直到如今仍被称为:艾基山坡。当我在切博克萨雷出版我的首本诗集的时候,我的文学教父别捷尔·胡赞盖说:"你的真名是——艾基?那其实是你诗性的名字。"于是,我改了证件名字——借此也恢复了族姓……

嘉·戈:那它究竟是什么意思呢?

根·艾:楚瓦什有一个词——"哈基",意为"正是那个"。我的一个先祖固执地将它说成"艾基",不带首个发音字母,就是这样。

嘉·戈:诗人的神奇姓氏——"正是那个"……

根·艾:开开玩笑倒蛮好……

嘉·戈:……我认为,不仅仅是……

根·艾:……是的,还有其他的含义……

"人们开始靠诗歌活着"

嘉·戈:根纳季·尼古拉耶维奇,您考入文学院……

根·艾:……在1953年……斯大林春天去世,夏天我已身在莫斯科,并且考上了。

嘉·戈:但是,在如此偏僻荒凉的一个楚瓦什乡村,在那样的时代——20世纪50年代初期——冒出这样的一个想法,一种追求——一种,你必须赞同,对于一个农村男孩来说极不普通的追求!

根·艾：您知道吗……我认为，这是一个非常有趣的问题——谁是家族中的第一个知识分子，谁就首先成为他。我所感兴趣的是这样一个人的独特性、迥异性，也许还有不正常性。从这个意义上说，我的父亲就是一个这样的人——一位乡村教师，母亲也跟我谈起过这一点，还有他的学生也记得这一点。首先，他翻译了普希金，自己也写诗，虽然出版得不多。其次呢，究其精神气质的严肃性来讲，他的身上有某种东西非常出色：易冲动、尖刻，时有任性和意料不到的行为举止。还有我的祖父……人们说他，譬如写歌、编歌谣都会，——我们的村庄至今还有人在传唱；还说他有一个习惯——当畜群回到村里的时候，他总会迎上前去，在最前面的公牛前站定并做祷告。乡亲们还记得，他变成个老头，在我奶奶过世后，显然出于寂寞无聊，他会去参加村里女孩子们的聚会——佩戴一副很大的耳环！这简直是太奇怪了！同一时期，他特意将我的父亲送去一所教堂的教区学校学习，这样父亲就能读福音书和圣诗给他听。

嘉·戈：他善于融合两种不同的世界观……

根·艾：嗯，这一点也非比寻常……我父亲当的是语文和文学教师，在楚瓦什语、鞑靼语、摩尔多瓦语，甚至俄罗斯语的乡村中学授课——童年起我就熟悉这些语言、民族，国际主义于我而言自然而然，不言而喻。父亲还有一个非常好的、相对当时一个楚瓦什中学教师来讲简直是藏书量很大的藏书室，我最初的印象都跟这个藏书室有关。我还记得，令人难以理解的、分不清到底是男性还是女性的模糊的果戈理肖像画如何让我感到害怕，——我甚至吓得钻进被窝里躲了起来……普希金的诗歌成了我的摇篮曲，父亲把它们用曲调唱出来给我听，唱的也可能是他自己的诗歌——后来我再也没能听到类似的作品。偶尔他唱"孤独的船帆闪着光"……四岁我就能认字了，也会楚瓦什语的读和写，从我的这个年龄段开始，父亲就热忱地教我俄语。他是一位严厉的老师，因为上学前我已能够用俄语很好地阅读，读完了许多俄语书籍——当然是古典名著……

嘉·戈：您的第一本严肃书是什么？

根·艾：俄罗斯文学的书吗？……那就是译成楚瓦什语的《当代英雄》。这部作品令我震惊，我的内心发生了某种可怕的精神上的急剧转变——仿佛灵魂眼看就要裂开……《上尉的女儿》，我也记得非常清楚，但当你感知到它们，感知到哪些才是能将你磨碎的、可怕的、巨大的、人的问题，——这种认知来自《当代英雄》。毕竟，楚瓦什文学中，完全没有类似于什么应某种存在主义、灵魂问题而表现的东西。而类似这样的问题是什么，以及存在哪些特点——那时我已了然于胸。

嘉·戈：那时您多大？

根·艾：我记得我在读二年级。我甚至那个时候已读完了《堂吉诃德》，但我能理解和记得住的，当然还是女扮男装、戏剧的部分……之后——第二个冲击：译成楚瓦什语的《哈姆雷特》的小说版。所有的独白我都能背下来，走在户外，我大声地朗诵这些独白！……

嘉·戈：谁的译本，您还记得吗？

根·艾：楚瓦什戏剧奠基人、伟大的演员马克西莫夫－科什金斯基的译本。他对楚瓦什文学贡献巨大。

嘉·戈：马克西莫夫－科什金斯基，我亦偶遇过，当然那时他已不再工作,但他仍然是那个样子,一直在……

根·艾:他是一个高尚的人……保留我们楚瓦什知识分子的、革命前的、被毁灭殆尽的最好品质在自己身上的人,他是最后一个:兴趣爱好广泛,民主,有信仰。他身上具有某种贞洁……他与康斯坦丁·伊万诺夫关系很好,知道他很多事情,也讲过很多……直到19世纪中叶才开始出现楚瓦什知识分子阶层,他们只是一小部分人而已:最初一批教师、神职人员、医生、诗人。他们无一不多才多艺、才华横溢——这与文艺复兴时期的特点如出一辙。康斯坦丁·伊万诺夫就是这样——他既是诗人,还是艺术家、雕塑家、建筑师,还是民俗学家、历史学家……他们之间几乎没有明显的相互不协调的痕迹。他们是一群真正忘我奋斗之人,他们真正感觉到他们对于全体人民所承担的责任,他们努力引领楚瓦什文化、楚瓦什语言进入一个基督教化的、精神发达的世界。那是一种纯粹的火焰,一种独特知识界令人惊叹的满园春色。伊万诺夫、舒博星尼……他们精神为之一振,突然,一切都已清楚了,万事皆休,一切都结束了。现在人们对此保持沉默,但杀死伊万诺夫的不止一个结核病。须知,1908年在长诗《纳尔斯比》出版之后,对第一次俄国革命的反响扼杀了全部的希望,任何一种运动都被齐根斩断。那时,甚至他们的老师、第一位楚瓦什启蒙家伊万·雅科夫列夫建议他们这些热情似火的年轻人放下自己的创作转而翻译《圣经》。于是,在那之后,伊万诺夫开始酗酒(约·斯·马克西莫夫-科什金斯基1952年曾痛苦地跟我讲述此事)。这当然无异于自我毁灭……

嘉·戈:就是说,在楚瓦什文学初期,它的起源就是悲剧，还有其创造者的悲剧命运？

根·艾：是的，但不仅仅是楚瓦什文学。其他民族的文学也是如此。这可是文学循环往复的局面与模式——跟古典文学开始时一样。大多数民族——俄罗斯，还譬如日耳曼——它们稍微复杂一些；但对于一些少数民族，看起来，许多东西的开端和发展都很类似——因而最初的灾难的出现就不可避免……但我好像有点儿忘乎所以和跑题了，是吧？……

嘉·戈：跑题跑得更深更贴切……而这里，您知道吗，自有其意义。但我们还是切实回到您的文学生涯之初吧。

根·艾：好吧，您看到了吧……诗歌方面我的起步有多糟……也许，比我刚考入文学院的时候写的那些诗歌还要糟糕。这里有一个严重的症结……那个时期，所有的人都只用同一个声音强调——包括我的老师，甚至还有胡赞盖，——即：文学必须是民族的。这种理解过于简单，甚至片面，赝品猖獗，伪民歌盛行，可我竟相信，事情本该如此。于是我强迫自己，试图将自己的创作伪装成民间口头创作——真诚、勤奋！但我一事无成。之后，1948年，我偶然得到一卷马雅可夫斯基——在乡下，完全在意料之外。我很震惊，完全被带到了另一个方向。从此我又开始长久地、坚持不懈地、可怕地模仿"马雅可夫斯基"。其结果简直糟透了。最终我开始思考，我根本不是一个诗人，不过是童年起酷爱读书、喜欢书籍——于是忍不住自己也想写书……又过了很长一段时间，对自己的生活际遇、自己的行为进行深思熟虑，我才明白，我的身上的确有某种只有诗人才会拥有的东西。但此种发现自身是过了相当长一段时间才到来的……尽管如此，我从未有过任何犹豫——我始终明晰，我将会从事文学事业。

嘉·戈：是什么帮助了您？或者——是谁？

根·艾：是父亲……他是一位全身心投入文学兴趣的人。他牺牲在前线，可他真做到了，在我才上一年级的时候……多么奇怪，我开始写出来的不是诗歌，而是某种散文片段式的东西，那时我刚六岁。父亲非常严肃地跟我谈了一次话——像成年人跟成年人谈话一样。他说："你要写作，但这是一条非常艰难的路，在这条路上必须探索真理，热爱真理，相信真理。并且还必须拥有渊博的知识与文化。"他非常严厉……而这就是他留给我的最难忘的印象，像一句真正的临别赠言。因此，七年制义务教育和在师范学院学习期间，我一直学啊，写啊，不曾懈怠……1949 年的时候开始出版诗歌集，虽说那些诗很差——没什么实质内容可言。鲜活的内容很难呈现出来——一切放到诗歌中已彻底死亡。我由此有了写诗方法方面的拓展，其他方面的发展收效甚微；值得一提的是，与胡赞盖成为密友，并与之有书信往来……紧接着又获得文学院的推荐，我们有三人一起获得推荐，只有我一人被录取，这是命运馈赠予我的又一份厚礼……

嘉·戈：您直接就师从斯韦特洛夫了，对吗？

根·艾：是的，他刚好就是那时候开始在那里工作——从我们这个年级起。

嘉·戈：可要知道，作为一位诗人的斯韦特洛夫，您也许跟他不是很熟吧？……

根·艾：好吧，请上帝原谅我，有时候我甚至怀疑他算不算是一位诗人……他对诗歌的看法让我感到很难接受：他喜欢诗中有故事情节、弦外之音，喜欢意想不到的效果。我不喜欢这些。但是,他是一位真诚的诗人——本质、天性上,他钟爱诗歌,熟悉马雅可夫斯基和经典诗歌……

嘉·戈:他并不封闭?对所有真正的诗意,他均秉持开放态度,是吧?

根·艾:对,是的,是的……

嘉·戈:珍贵的品质,尤其是在教育界。

根·艾:他是一位天生的、独一无二的、罕见的教育家。还有——他还是一位极为睿智之人。的确,这样的民间智者,这样来自上帝身边的教师,也许只能出自犹太人的小城、乡镇:温和、聪慧、宽厚。有主见。他不单仅仅是解析诗歌,他还在教书育人。"诗人必须心地纯洁。"有一次他因我的某个小过错而伤心,这样对我说。他有权这样做,因为他自己就是一个特别纯洁的人。他并没有教我们如何写诗,——他教会我们如何区分好诗坏诗,如何根除陈腐、粗俗的趣味。他并不解释哪些是好诗,——他只指出不好、荒诞、低级的诗。但是,他做这些的时候,不会令写这些东西的作者感到受辱、遭受贬损;他会带着一种温和的幽默,让所有人,首先是所指之人都会付之一笑。斯韦特洛夫说过:"我的教学法——用诙谐消灭缺点。我不会硬要将一位非诗人培养成一位诗人;但我会告诉他,诗歌中哪些是不好的、无趣的。如果他是一位诗人,他自己就会找出好的诗歌在哪里。"这就是他完成的一项事业——一个巨大的工程。而我也学会了……

"我崇拜之人的步伐"

嘉·戈：根纳季·尼古拉耶维奇，可不可以请您谈谈，您是怎样与鲍里斯·列昂尼多维奇·帕斯捷尔纳克相识的？

根·艾：您对我们相识这件事情感兴趣吗？

嘉·戈：是的。您看，一个人在文学院上学，是师从斯韦特洛夫老师的众多学生当中的一个，突然间——帕斯捷尔纳克从哪里出现的呢？

根·艾：那个时期，我对帕斯捷尔纳克的诗歌已非常熟悉，无比喜欢。米哈伊尔·阿尔卡季耶维奇[1]了解这件事，——且深藏不露地——多少有点儿嫉妒。帕斯捷尔纳克的诗歌，斯韦特洛夫盛赞其精湛技艺，正如他自己的承认那样，却不能够理解。而在我这里，他对我的态度无可挑剔，甚至为我是他的学生而感到自豪，他感到——作为一个非凡的睿智之人！——在我这里有某种不一样的东西：关于诗歌的起源、关于前景、关于发展方向……

嘉·戈：发现了一只小布谷鸟……

根·艾：是的，如果这么说合适的话。当时，我们这些大学生都住在别列捷尔金诺。我当然很清楚，那个时候，帕斯捷尔纳克就在附近散步、居住，而他的诗歌，可以这样说，与我如影随形。但是——我并未因此激动不已，因为这几乎是不现实的。我将他视为普希金一样的诗人，或者，那个时期我特别喜欢的另一位诗人勃洛克。于我而言，他们就是古典文学，而其中我最看重的就是——

---

[1] 斯韦特洛夫的名字和父称，是对斯韦特洛夫的一种尊称。

古典诗歌。于是，那时候同学们说过，散步时邂逅了鲍里斯·帕斯捷尔纳克，那感觉太奇怪了，就像邂逅了莱蒙托夫一样。但这些都没有促使我跑过去和要去一睹为快……

这时，我的一首地下长诗《卵巢》出了一个很复杂的状况，这首诗因为斯韦特洛夫的无心介入（我给他看过逐行译注的楚瓦什读本）在文学院引起了某种争论，最后落到了《青年近卫军》杂志编辑部（那个时期在那里工作的人完全不像现在这样，都是热爱诗歌的一些人，——譬如维诺库罗夫）。他们非常想发表这首长诗，但是因为它是用楚瓦什语写的，必须要找一位翻译。大家跑去找马丁诺夫（他给我留下了非常独特的印象）——他拒绝了；我译不了这个——他说。斯韦特洛夫也说：我翻译不了。突然——很怪、很荒诞的事情发生了：要不要找（维诺库罗夫提议的）帕斯捷尔纳克试试？我大惊失色，但对这一提议，大家的态度非常严肃，经过一番讨论，想出了将长诗的逐行译注的读本通过奥·弗·伊温斯卡娅的女儿——与我同窗学习过的伊琳娜·叶梅利亚诺娃转交给鲍里斯·列昂尼多维奇的方法。这件事就这样成了。不久，我从她那里得知，帕斯捷尔纳克读了《卵巢》这首诗之后，非常兴奋，想要见我。然而——我困惑不解，对此没有丝毫准备，想要推诿不见。过了一段时间，前面那个伊琳娜带来一份完整版《日瓦戈医生》书稿，让我读完——翌日清晨之前。我和朋友花一整个晚上读完，其中有几页我甚至抄了下来。这是心灵的转折——理解整个世界只耗费了一个夜晚……清晨，我们把手稿交还给了伊琳娜，但是，激动又震惊的我俩没去上课就返回了别列捷尔金诺。来不及在宿舍歇一歇，我们径直往帕斯捷尔纳克的别墅方向走去，根本就没好好想明白，我们为何要去那里以及到底想要干什么。当我们已经拐到有一个电话亭的十字路口的时候，——他突然朝我们俩迎面走来。不可能不认识他的，我们只互致了问候，就要各顾各分开，可我们俩——包括他自己也是——不知所措，几乎愣住了。鲍里斯·列昂尼多维奇打破了尴尬，问道："你们是大学生吧？你们要去哪里？我往这边走……"我们说："我们也是。"

嘉·戈：谁还会拒绝跟帕斯捷尔纳克同行……

根·艾：他沉默不语，我们也——一句话没说……他问了我们几句无关紧要的话……冷不防我们中有个人脱口说出："鲍里斯·列昂尼多维奇，我们读完了您的长篇小说！"他颇为吃惊——从哪里弄到的？我解释说是通过伊琳娜，还说我们跟她是好朋友。他马上接着问——小说怎么样？我们断断续续开始跟他说起各自的震撼与兴奋。我谈得高兴起来，谈到了有关长篇小说的"双重"结构。总而言之，直到我们告别——可能我们说了太多的话，我们就围着他的别墅绕圈走。翌日，伊琳娜在文学院朝我走过来。怎么回事？原来，鲍·列告诉她遇到了两位大学生，其中一个名叫根纳，是不是就是那个艾基？伊琳娜确认就是。"关于长篇小说，他说得很好，我想要明天见见他。"第二天，我自然去了帕斯捷尔纳克家里。我的室友等了我一晚上，我回得很晚，后半夜，而且——浑身湿透了……我的朋友很吃惊：你这是干什么了，路上你哭了吗？是哭过，我说，最主要的是——鲍·列不知亲吻了我多少回，亲得我整个脸都湿漉漉……就这样开始了。自那以后，我每周都去见他一次，有时是两次，他都让伊琳娜提前通知我，因为他非常严格地遵循作息时间，——我每次都应邀前去。我们的会面多得数不清……

嘉·戈：您的长诗最终结局如何？

根·艾：他读完非常严肃地对我说，当然，他还没着手翻译，因为他手里的工作非常多……我陷入了窘境，说，连想我都没敢想过。他安慰我，让我别难为情——您并未强求于我，不过因为我现在太忙了。至于那首长诗要说的是，其中有一半我非常喜欢，另一半很不喜欢。而最奇妙的是，这已足够，我很快就明白了他的意思："马雅可夫斯基主义的"遗留物、尼采的某些观点，还有与马雅可夫斯基撇不开的生理解剖学意象。这一切后来我都剔除了……还有一次他跟我说——也很简短——您写的东西都不错，都很好，好东西也分各种等级，而您一旦自己明白有了好的东西，就全都保留。而只有当您为了最好的而舍弃一些好东西的时候，才是成为真正大师的时候。您会走到这一步的。于我而言，这一见解不亚于一个流派学说。偶尔，他说得很多，还会激动起来——不，不是说出那种心里头为之一振的话语，而是他沉浸在一种独特的精神状态之中……而有时候却又格外简练和精准。

嘉·戈：根纳季·尼古拉耶维奇，下一个问题有点忧伤……不管它想起来多么沉痛和可怕，但是——请您讲一下，后来又出了什么事。因为众所周知，与一位伟大诗人的会晤，让您付出了非常宝贵的东西作为代价……

根·艾：自己生活当中的一些日子我很容易记错，但是我与他的初次会晤——就发生在1956年5月，长篇小说刚刚写完。之后的1957年——于他而言是很好的、非常平安的一个年头。接着是麻烦混乱的1958年、1959年……帕斯捷尔纳克对于我是一个神一样的人物。用他自己的一句诗说就是："噢，我哪里跑得过我的上帝的脚步"——我对他的感觉也是如此，并且不单只是我一个——纳齐姆·希克梅特这样说他：他是欧洲最伟大的当代诗人，世界诗歌的经典诗人！而我在那个年代就已明白了这一点。

他浑身散发着……光彩，快七十岁的人走起路来像一位少年，颇别致。我直到如今还会梦见他……对一个人的这种热爱，我的一生中再不曾有过。我想过，所有人都应该喜欢他——突然才发现，人们多么痛恨他。与此同时，我也才发现，他是一个犹太人；即便是在人们充满仇恨的那些岁月里——我也从未想过他属于哪个民族。他是一位伟大的俄罗斯诗人。

当我看到此种仇恨在大学生中间出现的时候，当乌合之众……组织去别列捷尔金诺的抗议活动，就差要将他家窗户玻璃砸烂的时候，当我目睹这些示威游行，听到"滚出我们的国家！""卖国贼！"等等怒吼的时候，——这些真是难以想象，这是少年时代的终结，是一切信仰的终结、所有一切的终结！

1958年里，我时常与鲍里斯·列昂尼多维奇见面，他的境遇非常可怕……而在此之前，相对还算好一点的时期，他在见面时会跟我说：你知道吗，我收到了勒内·夏尔的来信，您知道这位诗人吗？还有，加缪每周都给我写来令人称奇的信函——您听说过加缪吧？我回答他，听说过加缪的名字，但尚未读过他的作品……"嗯，我也未读过，"鲍·列接过话头，"但我觉得他是一位与我心灵相通的兄弟。"这些书信往来让他非常舒心，精神受到鼓舞，身心得到放松——当这一切还未开始的时候……

嘉·戈：……龌龊的祸害……

根·艾：还有一回我应邀去他家里，他坐着，双手抱头，抬头与我的目光迎面相撞……因为痛苦、耻辱，一位曾经那么明亮的人变得黯淡无光！我问他："又出什么事儿了吗，鲍·列？""是啊，我的头顶再次乌云笼罩……"他只能呼唤普希金，还有他的那些大无畏的诗句来帮忙……这个不明白为何被人讨厌的大男孩，对于出卖灵魂的某个记者那些肆无忌惮骂大街的话觉得简直太可怕了。不仅是因为他自己，而更主要是因为，在他看来——人们、人民还相信这一切，相信报纸上的东西。他绝望了。

可怕的日子……而更早的时候，即1958年春，这件事情始于我被开除出共青团。

嘉·戈：什么理由？请您别给我讲官方决议，就讲讲——本质。

根·艾：首先，这与帕斯捷尔纳克有关。早在1956年，我周围的人就不止一次被叫到克格勃，无一例外都要被问帕斯捷尔纳克的以及他的朋友往来情况。其次，纳齐姆·希克梅特，一个传奇、纯粹的人，将我的诗歌（逐行译注的读本）带去波兰参加一个研讨会，并在会上朗读了我的诗——借此证明，苏联的诗歌还在。带去的我的诗歌受人喜欢，但苏联诗歌在那里得不到认可。当然，原因大家都懂。相对于其他人，我的论文答辩被要求提前半年进行，这里面也很不简单……数落了我六个小时，极尽可能地羞辱：包括我、斯韦特洛夫、帕斯捷尔纳克。有个叫谢尔戈万采夫的还喊起来："谁出卖自己伟大的人民和自己少数民族的人民，谁就罪该万死！"我回答说，我从来就没有划分什么——伟大的人民、少数民族的人民、伟大的国家、少数民族国家。对于我而言，他们是一回事……仅仅过了一天,就召开了一个创作教研室会议,没有团委参加,他们就把事情办了。领头干好事的是亚历山大·扎罗夫——专门组建的作协委员会,即所谓的艾基案件委员会主席。那里,对帕斯捷尔纳克的侮辱行为到了无以复加的程度。扎罗夫喊叫道:"他投靠了西方,要是德国人拿下了莫斯科,在第一棵山杨树上吊死的第一个犹太人,就该是他!"我回答说:"他是俄罗斯伟大的诗人,你们没资格提他的名字……"后来在全苏联作协的成立大会上,扎罗夫再次发表了演讲,彻底反对帕斯捷尔纳克。捎带着还反对了我……

嘉·戈:巨大的荣幸……

根·艾:是的,我就是这样看待的——作为一项崇高的荣誉。就在彼时。

"诗人如此活着"

嘉·戈:您只好离开莫斯科了?

根·艾:我去了伊尔库茨克,投奔我那里的朋友。试图找工作找了三个月,一无所获。又去了切博克萨雷——同样毫无结果,还徒然添加了莫须有的间谍行为:因为所谓的抗警行为他们甚至将我投入监狱关押了一周。当然,在那里他们找不到可以起诉我的东西……

嘉·戈:是的,这还真的是便宜了您!

根·艾:绝对便宜……总体讲,留在那里非常危险。于是我又回到了莫斯科。

嘉·戈:又……?要知道,总得找个地方生活、工作、有饭吃，对吗？……

根·艾：我睡在火车站，还有格拉芙波奇塔姆特[1]地铁站——走哪睡哪……直到结识了"地下"文学家圈子。简直太神奇了，而这拯救了我——不但在生活方面，还包括创作方面。他们把我当自己人看待，把我的诗歌（那时我刚开始用俄语写作）——也看作俄语诗歌，我的"非俄罗斯"对于他们来说并没有任何其他的意义。不仅如此，已有地方过夜、吃饭和跟人打交道了……

嘉·戈：请跟我再详细谈谈这群人。

根·艾：这是从中走出了像弗拉基米尔·雅科夫列夫这样杰出艺术家的圈子。我不止一次自称为"雅科夫列夫分子"（尽管我们本应该被称为"瓦西里耶夫分子"）。我们这里还出了阿纳托利·兹韦列夫，一个永远有主见、独立、与人格格不入的人……伊戈尔·弗洛赫也是如此，他最终——依照我的观点——可被视为我国最伟大的画家。理论家和将我们这群人紧紧团结在一起的组织者——幸运的是他还健在——就是亚历山大·瓦西里耶夫，《恰帕耶夫》[2]总导演之一的儿子。他非常年轻，只有十九岁，但文学、艺术修养很高，是非常聪明、早慧的一个人。他竭尽所能地帮助艺术家，购买他们的画作——当然是不贵的价格，谁都没有什么钱，但这一点很重要。后来，我们还结交了叶夫根尼·列昂尼多维奇·克罗皮夫尼茨基小组，克罗皮夫尼茨基是一位优秀的艺术家、左翼运动长老级人物；结交了另一个以诗人克拉索维茨基为核心人物的文学

---

[1] 格拉芙波奇塔姆特，即邮电总局。

[2] 《恰帕耶夫》，又译《夏伯阳》。

圈。我与克拉索维茨基的关系非常好。

嘉·戈：他健在吗？

根·艾：健在，不过1961年便停止了写作。在所有这些文学艺术圈当中，天才型（我对此深信不疑！）音乐家和作曲家安德烈·沃尔孔斯基发挥了催化剂和黏合剂之功效。其深厚的学养、高级的欧洲品位、高尚的教育启蒙、分寸感、开放包容——他渊博的学识、张扬的个性，感染、鼓舞着我们，启发了我们，让阳光照耀我们……他向我们展示国外出版的画册、最新绘画指南；他翻译法国现当代诗人——一页一页、在旅途中，他翻译贝克特、尤内斯库……我们将他的翻译录下来，方便以后听。

嘉·戈：完整的艺术学校？……

根·艾：正是学校。甚至是大学……沃尔孔斯基完全没有想过培养什么、教学什么——要是这样对他讲的话，他会难为情的。我们举办现代绘画家庭展览——后来，十五年之后，家庭展览才开始流行。安德烈策划了克罗皮夫尼茨基的个展。艺术家们发现，还可以这样走到那些热爱并理解艺术的人跟前；而这样的人非常多。

嘉·戈：您只有莫斯科方面的人际交往吗？……

根·艾：不是，莫斯科和列宁格勒先锋派艺术家相互之间不可分开。他们中在二者间穿针引线的就有一位艺术理论家、悲情人物伊利亚·齐尔林。他曾是一位非常重量级的收藏家、当代绘画研究学者，身边汇聚了一些年轻的艺术家。大家都了解和喜欢他……他饱受讽刺小文、各种例外、审议、咒骂、各式各样"责罚"的侵扰，最后因心脏破裂而死。他身后似乎什么也未能留下——作品、藏品都没有，只留下了回忆。

这样一些人——他们自身——靠自己的个性——协调各方关系。能够从他们那里得到帮助、支持，还有尊重。

嘉·戈：一种神经枢纽……

根·艾：是的，完全正确——新艺术体系的神经枢纽……且不仅仅是艺术的。

嘉·戈：您又是怎么去的马雅可夫斯基国立博物馆？

根·艾：神奇！我曾经受聘在一家化工厂当工人，那是一种怎样的绝望……安德烈·沃尔孔斯基知道后吓坏了，跑来帮忙。他将我的情况向斯维亚托斯拉夫·里赫特的妻子，歌手尼娜·多尔利阿克讲了，她想起来他们在这家博物馆有熟人，就给博物馆打了电话。博物馆就留下了我。

嘉·戈：这真是神奇……

根·艾：是啊。我因此进入了亲人的大家庭。一个人，特别是年轻的时候，需要的不仅仅是志同道合的人，还有甚至只是与普通人的日常的交流——了解他们的喜怒哀乐，体会到人们需要你和你也需要他们。而那里的人非常棒，酷爱诗歌，能适应任何新鲜事物。他们就靠此生活。

嘉·戈：您能不能说出几个他们的名字……

根·艾：非常高兴和荣幸之至！那时在那里的同事有：尤利娅·伊万诺夫娜·什韦多娃（"我的上司"，我总是这样叫她）、弗拉基米尔·拉济舍夫斯基（现在是《立陶宛报》的编辑），以及像济纳·戈多维奇、格列塔·米哈伊洛夫娜·基舍等"普通的工作人员"。怎么会落下图书编目专家、A.克鲁乔内赫和尼·阿谢耶夫的创作研究专家维拉·费奥多罗夫娜·苏利莫娃！那是一个非常完美的集体。我感到很幸福，因为马雅可夫斯基在我的一生当中永远都是最最重要的诗人，我作为一个诗人的形成与确立都与他有关。于我而言，那种对帕斯捷尔纳克及其诗歌的不同寻常的热爱，更多是一种哲学、精神层面的东西，还有我对于俄罗斯哲学以及基督教的兴趣。而存在主义的一面，像这样的宇宙感觉，当一颗心灵，像脊柱一样裂开、疼痛，这是悲剧的感觉，为此需要找到语言，——这当然与马雅可夫斯基分不开。这里我就更不必提到，帕斯捷尔纳克自己也无比热爱马雅可夫斯基。

嘉·戈：我们要不回到您的履历？我们知道，马雅可夫斯基国立博物馆后来被毁。那您后来又做了什么？不，我知道，您写诗。但是——您怎样生活呢？

根·艾：我是第一个离开的——在新馆长任命后过了一周。这位新馆长让我筹办"马雅可夫斯基与民族主义"晚会。我跟他解释爱国主义与民族主义之间的区别之后转身离开。我不知道，这个人明白我说的话没有。我想没明白。但是，关于民族问题，我认为必须简单说一说。

嘉·戈：请讲——这个非常重要。

根·艾：我不是俄罗斯族人，但平生从未经历过针对自己的民族主义。这是我生命和命运的幸运。我在俄罗斯知识分子当中从未觉得自己是个陌生人。在我们"地下"先锋团体中，这个根本就不存在。这正是先锋派作为古典的世界先锋派的一个特征——所有人都平等，所有人在创作探索中都是真正的兄弟。这是非常棒的一种特征……

嘉·戈：西班牙人毕加索、意大利人莫迪利亚尼[1]、

---

[1] 阿梅代奥·莫迪利亚尼（Amedeo Clemente Modigliani，1884—1920），意大利画家、雕塑家，主要在法国工作。他的作品以现代风格的肖像和裸体而闻名，其特点是超现实地拉长了面部、脖子和人体轮廓。

波兰人阿波利奈尔[1]、犹太人夏加尔……而俄罗斯人有几个……

根·艾：是的，任何一种名目的民族主义在那里都无法立足！我认为，这就是沙文主义与民族主义之间的区别。我非理论家，但我切身思考了很多。沙文主义——显而易见，是赤裸裸的蛮横、粗鲁无礼，就像不无名望的普里什克维奇一样，当他在杜马发表演讲时，当那里所有人——社会革命党人、资产阶级立宪民主党人——很认真地讨论伏尔加河地区各族人民的问题时，他突然说道：我们在这里这是在做什么？我们这是为谁费口舌？这都不过是当牛做马，仅此而已！

嘉·戈：这是多么令人悲伤又熟悉的言语……

根·艾：是啊……这就是以一个民族的名义针对另一个民族的赤裸裸的蛮横无理，——在我看来，这就是沙文主义。民族主义，是另一种东西。它似乎来自内部——自我感动、自我赞美。它也许并不冒犯他人，这是一种自恋的状态。至于爱国主义——这是当一个人为自己的文化自豪，在它所有的、巨大的容量之中为它感到高兴，并且在人类的整个历史中看得见自己的历史的时刻。此时，马雅可夫斯基——是一位典型的俄罗斯诗人；马列维奇——则是俄罗斯的民族骄傲。此时，俄罗斯人就可以完全以像为安德烈·鲁布廖夫同样骄傲的方式，为马列维奇，仿佛为同样强大的一种力量、为民族团结精神的出现而骄傲……

嘉·戈：那时他很富有……

根·艾：……因为这些，还因为如果他将这个财富

---

[1] 阿波利奈尔是法国诗人，此处称其为波兰人，或因其母为波兰贵族。

贡献给了世界文化，他将变得更为富有。因为：民族主义——这是一种对自己乡土文化的渴望。譬如，叶赛宁，我认为就是一位天才诗人。依我看，他的天才表现在，作为《普加乔夫》《黑人》《无赖国度》的作者，叶赛宁推倒了那堵墙，像马雅可夫斯基一样，如此有力和富有深意地走上了欧洲舞台。而所有这些作品均在一年之内完成！……但是，他的身上有很大程度的（区别于先锋派的）后卫派、乡土化的倾向。

当把俄罗斯文化缩小到非常细小的东西，不让它越雷池半步和走进欧洲，自闭于自我感动时——这是一条歧路，一条灾难性的路。而当《记忆》或者《青年近卫军》那里的活动家们试图引领文化沿着这条道路前行之时，则是对自己民族的羞辱、对其博大的削减……

嘉·戈：自愿的减弱……

根·艾：自觉自愿的、陶醉其中的，是这样……他们自卑，却在从不怀疑之中，贬低自己人民的伟大、自己的成就、自己的文化。

嘉·戈：就因为这不是他们的文化，不是他们的成就，他们坐享其成，无法理解它。于是感觉被冒犯了……您知道吗，契诃夫在小说《孩子》里描写了一个情节：一群孩子在玩罗托布袋游戏，赌注是戈比零钱；这时来了一位高中生兄弟，想要跟他们一起赌，但他没有戈比——只有一个卢布。孩子们嚷他：不行，不行，要拿戈比！

根·艾：结果他没法加入游戏……

嘉·戈：是。

根·艾：完全正确。用戈比零钱玩游戏——这是我们，再往多一点说——这已不是我们，我们不需要。我们就这样活着并继续活下去：马列维奇不需要，古罗不需要，克鲁乔内赫、格涅多夫、伊戈尔·捷连季耶夫、奥别利乌成员、塔特林不需要……而俄罗斯先锋派、俄罗斯立体未来主义（在《俄罗斯诗歌先锋派》引言一文中我有详述，该诗选刚起步——立即就被现在名为《书的世界》的杂志宣布停刊）——这是一个巨大、出类拔萃、具有重要精神支柱的俄罗斯现象。其本质，有别于类似西欧那些精英的自恋的特征，是一种构造–建设性的现象。它以一种新的、审美的而非狭隘功利的建设走入世界之林。

嘉·戈：根纳季·尼古拉耶维奇，我知道相对于您的生活本身，您更有兴趣讲自己的工作，讲诗歌。何况要想几句话就说清楚几十年，几乎不可能。但无论如何——是否可以允许我向您提几个……嗯……庸俗的问题？

根·艾：还能怎样……你提吧。

嘉·戈：离开博物馆之后您靠什么生活？要知道那些您在西方的出版物并未支付您什么，对吗？

根·艾：没有……我在西方出版了十四本书。收到稿费的只有两本：德语版和荷兰语版。还有匈牙利的几份杂志发表作品的稿费。发表是在二十五年前——稿费两千。卢布。

嘉·戈：切博克萨雷时期，您翻译出版了三卷本欧洲诗选，楚瓦什语。但这可是您年复一年的劳动……

根·艾：是呵，这里面的数学级数……我不知道，是否可以成为算术……让我们这样来讲：苏联出版的数学级数。争取五年才列入（出版）计划——我没算自己的工作时间——法国诗选，七年——匈牙利诗选，嗯，波兰诗选，正如预估的一样，超越了所有——我折腾了十三年！

我写给各级审查组织的信和说明，假如收集整理起来，它们要比我编的诗选还要厚。

怎样生活呢？我的一位朋友、法国演员、诗人安托万·维泰，有一次，与我和我的家庭在莫斯科郊区新搬的租赁小屋不期而遇时（要知道时常要带着三个孩子要么租房，要么借住搬迁于各个朋友之间）也这样问过我……只能有一个解释：友谊。真正的友谊在于，可以分享最后一块面包、最后一件衣服，还有头顶的天空……我能够花上一天时间只为赚三个卢布，但我必须要这样去努力赚到。我的朋友们，谁都明白，都不是富人，可那种现在我们讲得很多的东西——怜悯、仁慈，他们不是只在嘴上讲，而是——各尽所能。接济帮助我的，有欧洲国家的朋友，但帮助我最多的、经常性地帮我的——还是咱们的同胞，这很好理解。值得说明的是，帮助我的不仅有艺术家、诗人、音乐家——而且有各种各样的普通人。上帝派来了谁——那就是朋友。我生命中最珍贵、最可贵的就是朋友们。他们救了我——真的。

嘉·戈： 您想没想过另一种出路——离开？要知道，您的朋友中，非常多的人都离开了……

根·艾： 我有两本记录本写满了朋友们的地址电话，几乎都被勾掉了。有些城市——譬如列宁格勒，——没意义再去了，那里什么人都没有了。莫斯科同样损失巨大——首先是安德烈·沃尔孔斯基的离开。无论怎样活过、在一起，最终……我有一些没写完的诗，有这样的句子：监狱越多越好，监狱越少越坏，因为在一所大监狱里，人越多，在一起越快活……

这可曾是一个非常聪明的策略，我不知道，是否深思熟虑，但无论如何，当开始可以离开的时候，我们首先崩塌。我为自己定义过我们的这些岁月，它们真耗费了我不少时间（这种定义后来在捷克斯洛伐克的某地刊发出来）：精神抵抗。这种抵抗有过，而且还是完整统一的，而这里每个人都发挥了自己的、不可替代的作用。当然，完全可以一夜之间将我们全都逮捕，悉数歼灭，我们人数不多，但终归——不是一个小数字。最先我们遭受沉重打击的时候，就是移民潮刚开始之时。我们完了——作为一个统一体，一个整体。而作为一个统一体的精神抵抗变成了个体的局部抵抗。我们陷入了新的境遇——我指的是勃列日涅夫时代末期、契尔年科年代，——当人们感觉并认识到，持不同政见作为普遍现象已然结束。也许，往更好一点说，因为现在每个人，无论身处何地，他都要为所有人、为他自己负责。也许，这是一个历史时代的结束，也是另一个——新时代的开始。

嘉·戈：那您到底怎样为自己解决离开的问题？

根·艾：总体来讲，答案很简单。就此问题，我们伟大的艺术学家、我斗胆称其为我老师的尼古拉·伊万诺维奇·哈尔吉耶夫也问过我这个问题。在最为艰难的赫鲁晓夫-勃列日涅夫时期，我和他一起在十年之内举办了马列维奇、塔特林、拉里奥诺夫、菲洛诺夫、贡恰罗娃、切克雷金、叶莲娜·古罗等人的画展……现在这些已无人记起，在展览手册上没有哈尔吉耶夫的名字，可这些都是规模很大的事情，它们既有泛欧洲的共振共鸣，而对于莫斯科文化生活来说，在当时也是没有类似活动可比的现象。我代表博物馆方面负责这些展览……这是一种幸福。

尼古拉·伊万诺维奇是这样问我的：根·尼，您没想过离开吗？我答道，没有。您知道吗，我的诗歌、我的工作（我不在乎是什么样的工作）就在俄罗斯诗歌的怀抱里，这是命运的支配力使然；俄罗斯诗歌是世界和人类最伟大的诗歌之一。作为一个非俄罗斯族人，这赋予了我完全特殊的职责。您知道，犹太诗人在俄罗斯诗歌中通常有多难，他们似乎担负着双倍的负担，这样算的话我有三倍。因为犹太诗人好歹母语是俄语，而我的母语却是楚瓦什语。在俄罗斯诗歌面前，我背负着个体的、不涉及其他人的责任，但没有什么可以改变这一点，它无可撤销。我的职责就是待在俄罗斯。这是我作为一个诗人的个人责任所在。

关于诗歌定义

嘉·戈： 从1975年在慕尼黑由V.卡扎克出版的您的诗歌、随笔中，我发现了标注时间为1969年的一个非常奇妙的表述："我越来越感觉到，我们的现代艺术（我想把曼德尔施塔姆、哈尔姆斯、法尔克——还有帕斯捷尔纳克——作为同代人包括在这里，他们跟我、我的朋友在世界观上最为接近）仍然只是一种抵抗的艺术（地下，从数量上讲，真理很少。真理几乎被全说完了，这导致了——我们的绝望、我们的不孕不育）；而非文化建设——某种新事物的架构。"我认为，恰好是现在，在我们的文化氛围中，这种思想格外重要。您到现在也还是这么认为吗？

根·艾： 当然。因为维护自己作为一个人的尊严，维护自己的信仰，维护自己的精神追求，以所有这些维护之名进行的沉默精神抵抗——都是合法与正常的，但它所产生的艺术也为自己带来了自我毁灭的开始。抵抗在损害，它令人们悲观失望地抵抗着什么，而这场生存之战——无论你怎么说，都是一个有内部破坏性的因素。在"地下"艺术和"地下"文学中，要知道，不仅仅有对精神财富、人的完整性与圆满性的捍卫，还有对其精神独立的捍卫。是的，这种捍卫经常引向胜利——按照大账来算。但是……很多事情还是——依然不可避免！——在与当权者的轻微对抗中，扯皮顶嘴、抱怨委屈、清算，一般来说，很多东西都覆灭了。通常来讲，与某个政权做斗争并非历史性的，而是具有现实意义的——与勃列日涅夫或者还跟什么人——为了文学艺术做斗争毫无成效：他们退化。在此情形之下，说"斗争"一词——这已经就是承认自己失败了……

嘉·戈：失败可能有双重意思——如时常所见，染病？你失败了，被腐化了……

根·艾：正是——已失败了。在美国，有库兹明诗选集，十卷本出版发行。我看过几卷，就正好看到这个：仿佛苏联体系一样，我们正在腐败的体系已进入了这些家伙的血肉之躯，在这之前他们就已宣布：我们不同意！——已败。他们接受了这场战争的语言与规则——原则的碎屑。需要维护的不是这些，也无须创造这些……假如你将要和房屋管理员、警察或者那里穿制服的什么干部斗，那么你必然要……

嘉·戈：……用他们的语言讲话……

根·艾：……并且讲他们问询你的内容。同时，我们现在从很厚和很薄的杂志上所看到的诗歌正是这个水平。它们有趣一时，但随后……我们感觉它们并非完全灰蒙蒙一片，因为我们丧失了辨识度——这说的就是我们，这是我们的痛点、我们的污点、我们的眼泪。但是在艺术当中，疼痛、悲剧——这是非常抽象化的现象。这是肯定的，好像普拉东诺夫的《基坑》一样。只在非常抽象化的情况下，以及将要表达本质、实质、内核而非这些悲剧的外观与细节之时，悲剧艺术的语言才会产生。这才是重点。因此，尽管如今这种集市-小诗很多，能留下印象的却越来越少。这是扯皮的艺术。精神抵抗，当然，完全是另一码事，但它依然是——非正常、非自由的一种现象。

我坚信，必将出现开创性的、建设性的、创造新文化的艺术。直到现在我还是认为，这是未来的事业，我们甚至尚未探索出，这个事业将要如何进行以及去往哪里。现代诗歌——似乎是战斗从未停止过的那种。诗人写作，在多数情况下——我们国内此种情况也很多——是为了证明自己如何如何，而非为了通过自己表达世界、自然、宇宙，借此证明人与自然的和谐统一、他的自由和在世上的责任。这是非常崇高的、精神-宗教的问题。我们这里的"精神"一词——不过是接近于"有思想""敏感""心灵"，甚至"感性"等词的代用品……幸亏，现在我们这里正在恢复宗教生活，也许，我们可以回归到"精神""神性"这两个词的真正含义。

神性——就是陀思妥耶夫斯基写《罪与罚》，只为了仔细研讨一个问题，即可不可以杀死一个人。或者——《哈姆雷特》……我相信，我们的文学提升到这样高度的那个时代一定会到来。但我认为，目前还尚未到来。

目前我们这里，显然，进行的是处方式的文学。出炉和生产真理("生活的真理")的文学,怎么快就怎么来。而艺术的真理与生活的真理——并不总是一样的东西,有时艺术的真理超过生活的真理。譬如,卡夫卡,在小说《审判》里描写的那样。因此,只有在真正用自由的语言讨论宗教和存在主义问题之时,才有可能谈论未来自由的、和谐的、建设性的艺术。

嘉·戈:在我们当前的期刊杂志文学中,或多或少令您感到不安的东西是什么?请说说,最让您欣慰的是什么期刊,其发表的什么作品?

根·艾:关于这个问题,我倒可以谈一谈。诗歌的定义之一可以是这样的:诗歌创作——即自身表现力手段的诗性觉悟。没有语言的发展,散文、诗歌,进而扩展到艺术,它们的存在就都毫无意义。当每一个领域中都有表达手段的持续不断的发展时,艺术才能进行和存在。从这一观点出发,可以讲,俄罗斯语言的重大事件——就是普拉东诺夫,就是《基坑》。倘若我们能仔细地观察,到底有什么新鲜事物进入了俄罗斯的诗歌语言里——因为普拉东诺夫的语言,究其本质就是诗,——我们就会发现,除此之外,也许什么也未发生。没什么东西可以让我将此现象与之比较。

可以为此找到一种解释。在我们这里,杂志上不会刊登艺术语言的问题,也不会有严肃的讨论。当人们谈论文学、诗歌时,谈论的不是这些,而是社会学、政治——任何其他什么材料。但是任何地方也不会谈论,艺术——首先究其最深层的本质,是语言领域的精神创作,一种特殊的语言,而非功能性的语言。我们对待语言还是老掉牙的态度——跟对待语言-仆人一样……

嘉·戈：我们这是聘请语言服务了其他需要……

根·艾：是的，所有区别，仅此而已……当诗歌成为自我肯定的演技场或者生活、日常、社会和人们交往的流水账，且并非象征性的，而是咄咄逼人－具体化的，那它总体来讲就是对人们的抢夺。这样的诗歌会让人们失去只有诗歌才能给予人们的东西。因为大部分的人都没有此种可能性，既没有力量，也没有能力……不，谁也不低于一个诗人，也不比一个诗人拥有更少，但——人们甚至都没有时间留意到，例如，自然界，没有时间将宇宙当成某个共同体来体验，没有时间感知一个人在宇宙中真正的生活、它的不朽、人类精神的不朽……每个人似乎都想得到这样的东西，感受一下，但人们不具备这样的能力，没有时间，他们无力……

嘉·戈：……可语言被赋予了诗人，给了他天赋……

根·艾：所以——非常重要的一点——他必须觉得自己是负有责任的。他之所以必须做这件事是为了其他人。对人们自己无法理解的事物、无法为己达成的目标，诗人必须聚精会神，做一个对一切都认真细致的人：对世界、对历史、对宇宙。在我们所处的"太空"时代，我们的生活很苦、一贫如洗，仿佛我们的生活彻彻底底被置于整个世界之外。莱蒙托夫的《我独自一个人上路》一诗中就有这一切：宇宙、人、死亡、不朽、自然，以及永恒的秘密……诗人需要找到——不管遇到何种阻碍——时间、力量，还有始终都能将一切留住的方式，不会失去，能够达成目标和实现理想。以所有其他人的名义，仿佛馈赠他们的礼物。那个时候，人们才能通过其他的方式——通过诗歌，取得难以企及和难以实现的成就。这就是——诗歌的职责与使命。

1990 年

先锋派之现实主义

(与谢尔盖·比留科夫[1]的对谈)

这是一个系列访谈,从任何一个地方都可以加入进来的那种。每一次新的访谈——都是一场未结束谈话的继续。并不仅仅限于这些谈话人之间。有这样一些基本上算是没能谈透彻的话题。这些话题涉及俄罗斯先锋派的历史与理论。根纳季·艾基的创作常常被定义为先锋派。似乎是在确认其对这一现象的参与性,在1989年上半年的《书的世界》杂志上,他刊发了俄罗斯先锋诗歌选编。另一方面……可在这里,他亲自加入了对谈。

根纳季·艾基[2]:我完全确信,我有多先锋,就有多非先锋,甚至反先锋。俗话说得好,棍有两头,桶有两底,老太婆讲话模棱两可。此种情况下,克尔凯郭尔常说:这是一个悖论,这是一个辩证法。

---

[1] 谢尔盖·比留科夫(Сергей Евгеньевич Бирюков, 1950—),俄罗斯诗人、文艺理论家、教育家,俄罗斯及国外先锋派研究学者。
[2] 以下简称根·艾。

谢尔盖·比留科夫[1]：但是先锋派——整体都是悖论。它力挺自己，也自我否定。

根·艾：在最大的现象里。而在次一级的现象中先锋派时常是这样的……因为实验而分心。

谢·比：嗯，这也许是必要的。不但如此，那些现在看来似乎是"被撕掉的"、边缘的，随后可变为重要的、理所当然的等等。从我这方面来讲肯定荒唐无比，比方说，为了克鲁乔内赫去说服艾基……

根·艾：我跟阿列克谢·叶利谢耶维奇·克鲁乔内赫关系很好。近些年他跟我以"你"相称。他偏爱读我的诗歌，近十年还为我的诗歌录音，我非常珍视。顺便提一下，未来主义者的舞台朗读：马雅可夫斯基、卡缅斯基、克鲁乔内赫——一种特殊的艺术形式。瞧，电影出现了——新艺术，以前没有。我认为，朗读——就是这样一种新艺术。并非简单地读一读了事。这是面向观众的高超艺术。

谢·比：20世纪初选择有声语言艺术绝非偶然……

根·艾：是的。这是艺术在本世纪初首次出现的一种形式。现在，它需要发展。因此，我抄写克鲁乔内赫的作品，我们谈论了许多，但问题是，在我们的友谊开始建立之前，我已是一位成熟的诗人了。我可能有所考虑，也明白一些东西，可尽管如此我仍宣称，克鲁乔内赫对我没有影响……

谢·比：完全没有任何影响？虽然我知道，你用直觉对待某些事物，例如，对语言的重置……

---

[1] 以下简称谢·比。

根·艾：毫无疑问，他对我有影响，但不是作为诗人那样的影响，而是作为一位杰出的批评家、卓越的语言学家那样的影响。他对老的体系、过去诗歌的批评，对我产生的巨大影响与雅各布森的著作比肩。似乎透过他的批评我亦猜透了未来。我不寻求，他的诗歌在我的身上显现。也许，除了一小部分我使用了游戏元素的那些小东西。

谢·比：这时候应该谈一谈在我们这里作为一件老旧家什、完美藏匿于箱底的赫列勃尼科夫了。我知道，对您而言，他不曾离开。

根·艾：谈到赫列勃尼科夫，在我来说，主要有两个重点。我想这样表达。值得一提的是，楚瓦什橡树是整个列宁格勒的基座、房柱，以及圣彼得堡的基础。楚瓦什橡树，与鞑靼橡树一样，被认为是全苏联最好的木料。人们称之为百分之九十的木材，即橡树去皮、砍杈、削枝、加工后，百分之九十的木头都能留下。在我看来，赫列勃尼科夫就是这样百分之九十的纯度。他的许多作品给我留下的印象就是，它们写得非常俄罗斯，如同这样铮铮作响和有如此纯度的原木。于我而言，赫列勃尼科夫最主要的就是，无论在谁那里我都不曾见过、至今也不曾见过，——我觉得他一定是民族的。我们将不会遇到比之更先锋的诗人，找不到更富有创新精神的诗人了。并且他诗歌中的实验很多。但是，还有谁能让人感受到俄罗斯整个国家如此广袤，如此地貌丰富，如此多姿多彩？给人们不同凡响之感的——正是这片土地。

在去掉语言的精致感方面，他比所有的人（所有的先锋派都在做这件事）都更早。一般来讲，俄罗斯诗歌总体来说从来都是精致的。涅克拉索夫[1]是这样的，陀思妥耶夫斯基也明白这一点。有迸发的时刻，有民主原则的侵入。但是原则上，俄罗斯诗歌的精致仍占尽优势。这一点，我们在阿赫玛托娃、早期的曼德尔施塔姆那里都能感受得到。赫列勃尼科夫最先将它去掉。语言变得大众化，繁文缛节被破除。作为统一的大众语言，语言成了一片广阔的海洋。

但还有这么一件事情。实际上令我跟罗曼·雅各布森谈论很久的一位诗人正是赫列勃尼科夫，那也是我与雅各布森最美好的会面。有一次，我跟他坦承："您知道吗，罗曼·奥西波维奇，对我影响最大的不是赫列勃尼科夫，而是您1921年的关于赫列勃尼科夫的那本书。"他问道："为什么？"我回答："那是因为，赫列勃尼科夫所有的创新、所有伟大的创新发明都浓缩在了这本书里至臻完美的与最深刻的分析当中。"这是真的，这本书对于我（可以跟马列维奇相提并论）是朝着那个崭新方向的最有力的一推，我们称它为先锋派道路。

谢·比：这本书，需要在这里特别谈一下。书名《俄罗斯新诗。素描：接近赫列勃尼科夫》，俄语版于1921年在布拉格首次出版；不久前，收入罗曼·雅各布森《诗歌研究》一书再版。顺便提一下有关您讲到的非先锋派问题。早在1975年，雅各布森在一本法语杂志上发表了一封关于马列维奇的信函，他在信中将您称为"俄罗斯当代先锋派一位杰出的诗人"……

根·艾：是的。直到1988年，第一次出国的时候，我才知道这件事……罗曼·雅各布森的话于我而言非常珍贵。

---

[1] 指尼古拉·涅克拉索夫。

但我认为，罗曼·雅各布森只是将狭窄的意义赋予了当时语境下的"先锋派"这个词。我自己很清楚，俄罗斯的先锋派不接受两个东西：这就是社会主义乌托邦和宗教折中主义。按我的观点，我，说小点儿声，是一个克尔凯郭尔者和帕斯卡分子。对于我而言，俄罗斯宗教哲学同样重要，那里面对于我来讲，最核心的意义就是其中有我最喜爱的俄罗斯思想家——康斯坦丁·列昂季耶夫……

但是，归功于俄罗斯先锋派，最主要的是赫列勃尼科夫、马列维奇和马雅可夫斯基，我有责任在我的俄语诗歌中努力最大限度地打磨诗歌语言。这一点，与我们所说的俄罗斯先锋派密不可分。

为了让我的立场绝对清晰，我想说的是，俄罗斯先锋派，以及于我而言的任何一种先锋派，均不是时代和文化的某种过渡，或因为某种规则突然爆发的；有些人还有时会想，完全没有规则，无序。我认为，先锋性的本质为文化本身、文学的本身。

谢·比：时不时地就会有某种历史的、文学的废止，而文学家们将会预感到此种废止，按理说……

根·艾：是的。我们别跑远了。还是罗曼·雅各布森，在他的一本写赫列勃尼科夫的书中指出，普希金刚出现的时候，也不是我们今天印象当中的样子。在普希金时代前夕，旧的诗歌体系已完全破败不堪，他正好趁机扮演了一个先锋派角色。文学与社会神经使然，他不得已要做得比 20 世纪更加克制。不过，他正处于先锋派氛围之中。

谢·比：当然，普希金的诗学处于古典诗学的对立面。他的诗歌语言更加欧洲化，但与新俄罗斯语言并不违和。

根·艾：在这里我们稍微有点跑题了，但这些观点只是为了表明，先锋性——这是任何一种文化本身都具有的特质。

谢·比：就是说，先锋性永续不断。

根·艾：是的，永恒的。例如，特尼亚诺夫很好地展示了，普希金完全不理解丘特切夫。这是因为，丘特切夫这刻薄、有棱有角、声音还有点刺耳的诗歌，对于普希金而言简直格格不入，可以说，以他的观点来论甚至文法不通。普希金关注的是内涵、思想，但除此无他了。丘特切夫的这个例子也是先锋派的一种情形。

谢·比：但是，它有时似乎临时自动刹车，还需要一些时间，以便这种情形能让人理解、一眼认出。

根·艾：还有，莱蒙托夫也并非能让人一眼认出，而他绝非普希金那一派的人。这里要说的是，他更像马雅可夫斯基和其他先锋派。今天听起来他像自己人。他的恍惚、尖锐、粗蛮、不和谐——所有这些都打破了人们习以为常的步调，丰富了诗歌。

我对涅克拉索夫从未特别有兴趣过，他对我而言是陌生的。顺便说一下，楚瓦什古典诗人康斯坦丁·伊万诺夫更接近莱蒙托夫，而非涅克拉索夫，这很有意思。这很好解释：太熟悉、太容易理解——就不太有意思。站远一点——反而感觉更加需要。然而，在涅克拉索夫身上，我发现了俄罗斯诗歌一位意料不到的和伟大的革新者。普希金路线如此强势，看起来如果继续这样下去，继续往下走就没什么意义了，死胡同一个。当然，我们的研究学者非常正确，证明了，没有涅克拉索夫就没有马雅可夫斯基、茨维塔耶娃，甚至勃洛克。从诗学的角度来看，这是一个能量巨大和惊人的改革家。

谢·比：总体来讲，假如可以将"破除"普希金的事例评价为在时代变迁中发挥主导作用的个别实例的话，那么，莱蒙托夫、丘特切夫和涅克拉索夫的事例——似乎可被视为整个19世纪过程中出现的前奏。最终，20世纪初，再次发生巨大的"破除"，但这一次，此种情形被打上了先锋派烙印。

根·艾：这种情形带有非常严肃和宽泛的特征。毫无疑问，这点与罗巴切夫斯基、爱因斯坦及其发明创造密切相关。赫列勃尼科夫对罗巴切夫斯基、尼古拉·费奥多罗夫产生兴趣绝非偶然，他预见到了宇宙世纪。前所未有的、剧烈的转折在这个世界上已然发生。俄罗斯先锋派，当然与此有着非常直接的关系……

俄罗斯先锋派有两个阶段。第一阶段——古典主义阶段，始于1908年。这一年，赫列勃尼科夫、卡缅斯基和叶莲娜·古罗的第一批作品出现了。还有，这里我想说一下，我国并非只有两位伟大的女性诗人，阿赫玛托娃和茨维塔耶娃，而是有三位。我认为，叶莲娜·古罗也是一位伟大的俄罗斯诗人……

谢·比：这一定得讲出来，因为叶莲娜·古罗的情况绝对令人费解，简直是太神秘了……

根·艾：她本人就是神秘的，但在随后的"神秘"之中，她是无辜的……

谢·比：不管怎样，找不到一个有说服力的解释，叶莲娜·古罗那些最精湛的抒情诗歌作品自1913年她去世后就没有再版发行，从此再没进入广大读者的视线，这种情况直到叶夫图申科主编《星火》《俄罗斯缪斯》时才改变。而您组稿《书的世界》杂志时，开篇的标题就是叶莲娜·古罗。

根·艾：除了这一切，她还是散文诗的创立者，并且散文诗在20世纪获得了广泛的传播（譬如，米肖[1]、勒内·夏尔）。她所谓的物之诗是对诗歌本质最纯粹理解之了不起的诗歌。从人文主义、人性的角度出发，我认为，今天不同年龄段的人都特别需要她。这是一种与大自然的融合，对世界的感恩。这些都是当今人们所需要的。在我们今天的时代，很可能她一半的作品都尚未出版。

谢·比：我记得我十八岁的时候，第一次读到古罗的那首《天空的小骆驼》，我连着几个小时抄写那些美妙的诗句……

根·艾：她纯粹，她漠视在文学中的知名度，她仿佛是世界上与造物主、与白桦树、与鸟儿谈心的一个人。这一切，在我看来，与艾米莉·狄金森很相似，狄金森也是一位无比纯粹和虔诚的诗人。到此为止吧，说回到古典的先锋派。我们已经谈了赫列勃尼科夫，谈了克鲁乔内赫。这里还有很多东西——绘画、诗歌、戏剧的结合。

谢·比：回归陈旧古老的形式不单是语言的回归，还有各种艺术、对民间口头创作的关注之回归，在其整栋大厦里，还包括在民间口头文学中得到很好体现的玄诗，感到音节-重音被耗尽并探寻音节上的新途……

根·艾：他们（我指的是未来主义者）汲取了俄罗斯东正教日祷的艺术构筑。我完全确信，语调的丰富多样性、日祷诗的非同一般的富有节奏的编排——所有这些都

---

[1] 亨利·米肖（Henri Michaux，1899—1984），比利时出生的法国诗人、作家、画家。

对马雅可夫斯基产生了影响。我们举例来说,《穿裤子的云》——通常来讲就是一个由四分部构成的大型东正教日祷。无论在形式上,还是在其反对神祇的内在主题方面都是……

谢·比:反向意味的日祷吗?

根·艾:当然不是无神论,而是反对神祇,带着他对神的恳求。马雅可夫斯基是一位反神祇斗士,而非无神论者。这同样也是陀思妥耶夫斯基的主人公的特点。

同样的形式,我们在马雅可夫斯基的其他长诗里也发现了。在赫列勃尼科夫的诗歌里也发现了。

我们没有忘记,马列维奇曾强调,俄罗斯全部的生活对于他而言都集中在俄罗斯圣像里(我用自己的语言来说的,但还可以在他的展览上读出此意)。这些都是联系在一起的。

此外,还有另一种诗歌正被我们这里遗忘。这就是大量的民间流浪者歌曲。当年,曾经有个四卷本出版过。这就是谢尔盖·马克西莫夫[1]的书,现在开始再版。书里面有流浪者歌曲、对他们的日常生活及生活方式的描写。逝去的世界。只能在列斯科夫那里才能得到。这是特殊文化的一个巨大宝库。我觉得,赫列勃尼科夫应该喜欢。他了解这个。

还有,民间口头那些朴素简单形式的影响。这个我们在因诺肯季·安年斯基那里可以找到。大约二十年前,扬·萨图诺夫斯基撰写了一篇不长的文章,应该遗失在了

---

[1] 谢尔盖·马克西莫夫(Сергей Васильевич Максимов, 1831—1901),俄罗斯作家。

《儿童文学》中的某个地方。他效仿马雅可夫斯基的长诗《好!》,也用了童谣的形式。

所有这一切都成为古典先锋派——民间创作中最重要的、某种难以捉摸的、神秘的光芒。

谢·比:这个来自深处的光芒,毫无疑问成了只在地下从事创作的奥别利乌成员一道救命的光芒。还有,您曾说过,古典先锋派在1930年,以马雅可夫斯基之死为终结。真是这样,转折很明显。并且,总的来讲,这个转折来得更早。奥别利乌成员在20世纪20年代工作得非常努力,但只能发表儿童诗歌,哈尔姆斯和维坚斯基的创作只有一个小圈子的听众才知道,而他们中最传统的扎博洛茨基直至1929年才发表自己的《史册》,旋即直接被叫停。但无论如何,这些诗人的创作一直持续到了20世纪40年代。

根·艾:是的,他们也许应该被划分到先锋派的第二阶段。在此还要指出的是,他们都跟马列维奇相处得很好,创作上他们也是相互影响的。

谢·比:他们都敬仰赫列勃尼科夫。但同时他们对于后来居上的马雅可夫斯基抱着反对立场。

根·艾:理所当然。因为马雅可夫斯基对于他们而言,志不同、道不合。一直如此。

谢·比:总体而言,这可以理解。帕斯捷尔纳克、阿赫玛托娃都是……

根·艾:对于他自身来说,也是同样的道理。悲剧不可避免……

谢·比:决裂了……

根·艾:真的是。这是一个诗人的真正死亡,而非某人将他杀死。这是无稽之谈，是现在人们的胡说八道。

谢·比：这是先锋派的一种进化。从浪漫主义向现实主义的准确认知的转变。先锋派也有自己的潮流。马雅可夫斯基在20世纪30年代已经明白，浪漫主义时代结束了。奥别利乌成员定义了它，因此在他们团体命名的时候第一次出现了"现实主义的"一词——"现实主义艺术联合会"。

根·艾：我认为，苏联时期，还是有文学被创造出来的。这种文学，很可能将会幸存，真的活下来。我感觉，存在主义的现实主义是存在的。根本不是什么社会主义的，而是现实主义。尽管不了解克尔凯郭尔，甚至不了解"存在主义"一词，然而正是普拉东诺夫、佐先科和奥别利乌成员创造了伟大的存在主义文学。这种奇谈怪论比存在主义得以在西方得到强化来得更早并不奇怪。没有信仰的信仰问题出现了。

普拉东诺夫、佐先科、哈尔姆斯、维坚斯基承担了绝望的痛苦、生存的荒诞无稽、作为一个人的不可思议的屈辱，即人的终结。

谢·比：这种感觉出现在格奥尔吉·奥博尔杜耶夫读诗的时候，而那些诗歌才刚刚为读者所熟悉。

根·艾：还有一个神奇的现象！奥博尔杜耶夫一开始被当作"年轻的结构主义者"，但接着开启了自己变得完全默默无闻之路。他将默默无闻看成对抗与艺术生存的唯一可能性。事实的本质就是，所有人命中注定地要走上这条道路，如果每个人的审美与伦理观无法与存在过的那个文学状态相适应。这里有扬·萨图诺夫斯基、弗谢沃洛德·涅克拉索夫、叶夫根尼·克罗皮夫尼茨基，克罗皮夫尼茨基的"利阿诺佐夫学派"还造就了这样一些诗人，如亨里希·萨帕吉尔、伊戈尔·霍林。

谢·比：这已经是新时代了。在这个时代，我指的是"解冻期"，先锋派几乎是从地下走出来的，无论如何，它的复兴进行得相当激烈。在绘画、音乐方面（说真的，不是所有方面！），这一点非常明显。但很快看得很清楚，所有这些艺术家再一次岂止不合时宜，简直就是不受欢迎！现在，是阿纳托利·兹韦列夫在他去世后被人们发现……

根·艾：艺术家和音乐家都曾经是我的救星。除了悲剧性的兹韦列夫，那就是弗拉基米尔·雅科夫列夫和伊戈尔·弗洛赫。他们生活在这里，但如今在自己的国家知道他们的人依然不太多。关于他们，就好像作曲家索菲娅·古拜杜林娜、安德烈·沃尔孔斯基、瓦连京·西尔韦斯特罗夫一样，需要专门介绍很多才行。我现在不过是指出一个事实，艺术甚至在无法忍受的条件下生存着。所有这些人在我的命运之中珍贵得无法估量。

谢·比：我觉得，影响不仅是单方面的。要知道，您除写了不少诗之外，还在您20世纪60年代曾工作过的马雅可夫斯基国立博物馆策划了不少展览。马列维奇、菲洛诺夫、塔特林、马秋申、叶莲娜·古罗、拉里奥诺夫及贡恰罗娃、夏加尔。这些展览当然也发挥了自己的作用，尽管要去看展亦实属不易，有些展览根本没可能。不用说，当时几乎没有任何交通工具抵达外省，为了使它从浑浑噩噩中苏醒过来，为了"先锋派"一词还能在那里普遍发出声音，足足耗费了二十多年。它被打下了烙印：先锋前卫——意味着陌生的，深深地敌视人类、具有破坏性的。

根·艾：还有——不堪入目的、粗糙原始的……

谢·比：在法语中"先锋派"这个词总体来说一点儿不好的意思都没有。正如1987年版的《外国语词典》（我专门抄录下来）中的释义，指的是陆军与海军联合起来的行军组织——冲在前面的军事力量及装备的一部分，防止敌方发起对我方主要部队的突袭。但是，词典里还有"先锋主义"一词，解释如下："先锋主义时常走向贬低人类文化 - 历史遗产的意义"，对"永恒价值"采取虚无主义的态度。此时，多么可笑，"永恒"一词还打上了引号！这里的一切，如人们所说，全是黑白颠倒的。因为先锋派恰好激发了对永恒（不带引号）价值的兴趣。以马列维奇或者先锋派的另一极——康定斯基为例，不论是在自己的理论著作中，抑或还是通过自己的艺术，他们表达的正是一种被激发出来的、人类的永恒情感。马列维奇的"十字架"是什么，如何不是永恒在其主要元素和终极元素中的最高表现？或者是康定斯基永恒运动着的两条线。在这个意义上，我认为，先锋派，作为一个概念、一个专门术语，回应了其字面的意义——防卫、警告之力量。

根·艾：当然，有先锋派，就有伪先锋派。有赝品，但是先锋派，众人周知，不会成为赝品。你是对的，大众总是习惯性地被"先锋派""先锋（前卫）主义"这两个词激怒。但有什么办法，既然某一些人在艺术的发展中就要往前走的话。他的行为出于必须。对别人也需要。你提到了马列维奇的"十字架"。但是，什么是"黑方块"？我经常思考这个。为什么他不从圆圈开始？要知道，世界是由圆形组成的——星星、太阳、月亮。上帝将它们都造成圆形。而人在世界上的活动就是为了活着吗？他制砖坯，他还要刷房子。这是人类创作的最初的元素，马列维奇，看得出来，曾详细地思考过这些。他似乎在说：从这开始。他返回到最、最基础的东西。

而康定斯基还有他著名的书《论艺术中的精神》。这本书真应该在《真理报》上连载，他健在时它至少应刊登在《文学报》《苏联文学》上。

关于艺术中的精神，马列维奇也呼吁关注。他有一次讲（我从尼古拉·伊万诺维奇·哈尔吉耶夫那里了解到），未来艺术应该静止不动。世界，按他的观点，太过躁动，太过忙碌，太过张扬……

艺术应该由一个非常能忍受、成熟缓慢、非常努力打磨自己的语言的人来完成。就像普拉东诺夫。

语言不应该匆匆忙忙。先锋派——它有活力，它是行动派。但此时，语言并不匆忙慌张。先锋性是艺术的特征。但还有其他的特点也是它的特征。非保守性，我要说，而是保守主义。艺术在行动的同时，也保留住所有过去的价值。马列维奇——岁月将逝去——他不会与我们的圣像画家有多么不同。请神职人员在这里把我原谅吧。当然，他比任何人都更接近圣像画家。因为他在继续证明相同的价值。历史使其成为先锋派一员。你不可能突然莫名其妙地就成为一名先锋主义者。不会这样的。假货常有，但很快他们就消失不见。

俄罗斯古典先锋派所做的一切，一切好的东西都应该进入俄罗斯文化的古典全集。作为合理的赓续，作为真正民族的、不断被发扬光大的财富。需要看到的还有：形式的先锋性的锐化，还影响到了像曼德尔施塔姆这样的精英诗人。我指的是他的《沃罗涅日笔记本》："……观众席上，不超过三支铅笔，指挥家稍微卖点儿力，则变成人群中的魔鬼。"这几乎就是哈尔姆斯或者维坚斯基了，他们无论如何都无法影响到他了。

谢·比：相反，是他影响到了他们……

根·艾：非常准确。原来跟他们是亲戚，跟他们说同样的语言。当生活欺骗他之时。

谢·比：我还想揪住关于"生活欺骗"这个想法。我在思考，当"生活欺骗"发生时，先锋艺术诞生于此种必须。"工作"在此期间完全没有可能。假如你在没有灵感时采用描述性的手法还能做些事情的话，那么在先锋派这里完全就无所事事了。

根·艾：在曼德尔施塔姆的身上就发生了这样的事情。这是一个特殊的问题，有待研究。但是，首先应该出版……赫列勃尼科夫的作品现在才开始真正意义上地印制。我们说的是什么？克鲁乔内赫——真正的诗人，不是小诗人，而是大诗人。但时至今日，他仍只是个传奇（没有出版）。

谢·比：楚科夫斯基写他："……哪怕其他人笑话他，于我而言，预言、启示录、谶语——集于他一身。他对于我来说如此宏大、令人生畏，以至于我要将我们革命前的时代称为克鲁乔内赫时代！"

根·艾：我们都知道，但又有何用。首先，这一切都应该纳入文学出版的主要大纲。然后我们拭目以待。

谢·比：所以，谈论先锋派的主导地位——是一种明显的夸大。特别是在诗歌里：您未完成的诗选集，在《星火》《青春》上的一些诗歌作品……

根·艾：当然。重要的是，还未考虑，先锋派，也许还是真正的现实主义。现在身处法国的任何一个人都会感到惊奇，印象主义者都成了怎样的真正的现实主义者。这个国家看上去跟他们所描写的一样。观点也改变了。瞧，我看你也不是我眼里看的你那样。我认识你很久，所以看你看得很深。我认为，世界上的一切都是现实主义。但不是喷涂固定剂的那种现实主义。他们是另一种——实际上的或者本质上的现实主义。从这个意义上说，万物皆现实。印象主义者亦为现实主义者。

谢·比：与巴比松派[1]画家相比更现实。尽管巴比松画派在当时也是先锋画派。

根·艾：这一切的产生均在情理之中。俄罗斯未来派最了解的是哪一位？最了解的是果戈理。马雅可夫斯基第一个写出了契诃夫笔下的世界新幻象。他们非常熟悉陀思妥耶夫斯基。他们以一种纯粹辩证的方式彼此区分开。

谢·比：许多先锋派也源于印象派。马列维奇也是。这个还在重演。我在您的诗歌当中注意到了这一点。印象主义手法存在于早期的诗歌里，随后还在继续往前。在新诗人的某些作品中，也存在此种过程。

根·艾：在杂志《书的世界》中，我表述了自己的观点。存在着一种自文艺复兴时代以来形成的客观化的语言。个体现象在这里也是可能的。但是，它们在新时代作为一种破坏而闯入。印象主义提供了主观化的语言。我认为，这是文艺复兴时代之后人类文化历史上的第二个伟大的时代。

---

[1] 巴比松派，诞生于法国村庄巴比松的画派，该村庄位于枫丹白露森林附近。巴比松派活跃于19世纪30—70年代，主张描绘具有民族特色的法国农村风景，代表画家包括泰奥多尔·卢梭、让–弗朗索瓦·米勒等。

谢·比：我们希望，不是最后的时代。因此，我们的访谈不会就此结束，而是打上省略号。或者，您也许想打上冒号，您在连接"此前"与"此后"之时最中意的符号？

根·艾：兴许，冒号更合适些。它能保持平衡。

1990 年

大地与天空——非意识形态

（与维塔利·阿穆尔斯基[1]对谈）

在现代俄罗斯诗歌中发生那些诗意探索的背景之下，您的诗歌用一种特别的力量表现出一种语言内在潜能的张力。相对来讲，如何才能解释这样的文化？

据说，"我们是按照他的模子以及参照物造出来的"。我这样来理解：人通过想象力而拥有想象力，他成为造物者（同样也成为破坏者）。而他唯一的武器，本质上，只有——语言-逻各斯。在这种意义上可以说：人与语言甚至完全相同。

必须思考，世界观还在延续（"完整的世界"——为我们的陈规旧俗之一）。艺术家的语言是创造世界的力量之一。在此语境下来理解，使得我们回到让世界建立秩序的语言之首要功能（抱着在各种力量——"最高的"和"人类的"——的相互关系中达成某种和谐之希望）。当然，语言的这种可能性的其他东西还需要在"语言本身"中去寻找。

---

[1] 维塔利·阿穆尔斯基（Виталий Ильич Амурский, 1944— ），俄罗斯诗人、文学家、职业记者。

所有这一切均离不开您的情感观念以及对这个术语在精神方面的理解。但是，至于说到作为艺术家的建筑材料的语言，在这方面，如果我没理解错的话，您没有只局限在对《圣经》的思考。除此之外，您强调了卡济米尔·马列维奇对您的创作产生的特别影响……

直到 1961 年，我才系统地接触了解了马列维奇的理论著作（也包括他的艺术创作）。在这一点上，赫列勃尼科夫引领了我，引领我的还有那时候我从俄罗斯先锋派历史中获得的一些认识，甚至包括欧洲新文艺指南当中关于马列维奇本人的某些报道。

1961 年整整一年，我都在《伟大的至上主义者》一书的陪伴中度过。"上帝不会被抛弃"让我的许多理念，其中也包括"诗歌的理念"，产生了急剧转变。对此我是这样理解的：事情不在于"表达情感"和"反映世界"，而在于通过"作为一个人 - 诗人"将世界的各种现象抽象"绝对化"，——通过能量"质量"运动的形式将其绝对化：文字的呼之欲出，是为着合规地创造这些无形 - 却可感知的电荷，可以这么说，为了"世界"（指的是它们的"超凡脱俗的博大"、"非人力可为的"建造规模，——指的是这些，而非作为老式诗歌标准尺的"诗节 - 度量单位"）。

顺便说一句，——对待声音质量的这种方式，令我感受最深的是贝多芬（最近十年我坚持不懈地在做这件事，——我指的是，不单是听，还包括阅读大量有关他的文学书籍）。

提到的马列维奇，我要再补充一下。于我而言，检验诗歌素材的计量单位——并非多少行、多少节，而是语言之数量或多或少的、各式各样不同规格都有的"整块石料",是带节奏"结构"的"各种尺寸不同的砌块"。

无论是马列维奇,还是前述的赫列勃尼科夫,尽管您都非常珍视,但他们均不属于所谓的"莫斯科"或"彼得堡"学派。他们更像是,如果允许这样表达,俄罗斯文学"第三极"的代表人物。您怎么看待这种三角的构想:莫斯科-彼得堡-"俄罗斯其他"?您认为自己处于其中的哪一角?

"俄罗斯其他",这就是集成的俄罗斯。果戈理、陀思妥耶夫斯基(特别是在《卡拉马佐夫兄弟》当中),还有托尔斯泰,都在其中。

马列维奇一直在非常努力地跟那个莫斯科郊区涅姆奇诺夫卡的"俄罗斯人的"自我感觉生活在一起。在彼得格勒-列宁格勒,他的生活处在俄罗斯圣像威严的情感之中。("我理解了,圣像里——一般来说,就是俄罗斯生活的全部",——这些话,被成千上万观众在莫斯科马列维奇展览上读到)。

现在,依我看,"莫斯科-彼得堡"文化的二律背反已经越来越消失不见了。

看起来,事情在于,俄罗斯的文学与绘画大都市主义早已根本不存在了。在其迟缓的发展过程中,俄罗斯文学极其艰难而又紧张痛苦地熬过了大都市主义(它的辉煌时期与立体未来主义一起,与革命洪流一起灰飞烟灭了)。"精神关系"中的现代文明-赶时髦之趋势——毫无前途。"另一个俄罗斯"新的、"全面的"合成可以(或——希望)等得到;其推动的力量包括——历史的、国家(假如这一点通常情况下可能的话)的自我意识(更准确地讲,自我－认知),对大自然的"一视同仁"的关照(本就应该是——如孝顺的儿子一样!),还有将俄罗斯世纪之初的哲学遗产引入整体文化之中。

如果讲到某一种"一般性运动"的话,上面所说观点中的乌托邦性不辩自明。但是,一些个体在这方面的努力坚持不会白费。

我始终感觉自己处于"其他的、集成的俄罗斯"之中(作为一位非俄罗斯族人,感到了自己在这方面的特殊责任)。

您曾经谈过,为了激发语言,您需要特别安静。在俄罗斯文学史上,我们遇到了很多完全相反的例子。譬如,我们记得,曼德尔施塔姆经常被《时代的喧嚣》激发灵感;与您相处得非常融洽的帕斯捷尔纳克也在历史的喧嚣中探求创作的脉动。感觉,您在自己的创作过程中,无一例外地永远属于某一特别类型的单干者,是吗?

任何"时代的喧嚣"我都不喜欢,我对帕斯捷尔纳克的历史观也持谨慎态度(在我看来,稍有点狂热),曼德尔施塔姆的历史哲学观我觉得有某种"远距离的－意大利"之冷。在提到的"喧嚣"里,于我而言,有着某种夸张的东西——而"时代"我更能想象得到,更像是——好像愈来愈多"更新的"、人类屠宰场的那种烂泥巴。

至于"寂静"……工作时,诗人仿佛跟某种绝对的东西(语言仿佛"抚摸"他)在打交道,于是,我现在说的"寂静",——不是"宁静",而是——从来都没有危险的、绝对之"未触碰"（我不会再用其他的词来替换这个词了）。

对于"创作自由"这个词组，您怎样理解？

自由——赋予人的天赋，我只有用陈词老调重复地说。在创作中，任何东西都无碍这种自由。对自由的责任情感也同样——与祈祷类似，属于"纯洁的"现象。

在这种意义上讲，创作——即自由。

诗人——处在有信仰的状态中（不是很确信，他是否相信创作力量通常在"最高的目标达成时"会与全部的创作力耦合；有的人可能会意识到赋予他们这些创作力的到底是谁，有的人可能意识不到）。显而易见，我讲的是理想的创作状态，否则——"软弱之人"，如果没有自身的"创造能力"，无法表达出任何东西。

大家知道，除了少数一些俄罗斯大师，还有一些法国诗人——波德莱尔、兰波、米肖、勒内·夏尔也对您的创作产生了影响。您就此已谈了一些。但是，很少有人知道，卡夫卡对您的影响是何种程度。而他的作用，据我了解，对您也绝非是次要的。

卡夫卡对于我是至高无上的，作为一个人－一个艺术家的宗教良心。对于我而言，他身上最重要的一点——就是此种"品质"的光辉。

而今我可以说的是，在近三十年里——古斯塔夫·雅诺施的《与卡夫卡的几次对谈》一书成了我的创作福音书，我反复阅读它。对于我所有的问题，在其中我都能找到"所有的答案"。

任何"社会病变"的自我摆脱,总是成为我"像一名艺术家一样"生存本身的前置条件。"单纯从人的角度""从公民的角度",我曾经参与,并将继续参与任何未完及重建的全部劳动-锻炼。

真正的孤独(我永远无法做到这一点)——于其他人是一座灯塔。在说过的话里——已有我的立场表达;同时,我认为卡夫卡并非一位孤独的辩护者,而是一位罕见的、引领人们走向真理灯塔的心灵体验师(一个人,跟伪真理在一起,那该多么孤独)。

关于思想体系的作用和创作思想,能否也请您谈一谈?

若要谈,"思想"和"思想体系"……那里,我的窗外,一棵白桦树耐心地苟且偷生。我也想学会这样的苟且偷生。我说的话里,有些"思想"的类似物。而思想体系——完全是另外一码事。"这个世界强人的"某种构建性就是——无论以他们所自由裁量的"繁荣"社会的名义,还是以打倒什么的名义——为了自身的权力"不-被整合"。

"思想体系"吧——天空与大地?可我只想要用它们——供养一生。这里有什么"宗教的东西"吗?那么,"宗教"概念上的"真理",——亦非思想体系。

对提及的"思想",我还想补充如下。在巴黎,在各种"消极的状态下"(这样说吧,好像在"嘈杂的马路边"拉家常),我总在想,现在的欧洲,基本上,——应该,——都在写什么样的诗歌,总在想,是否写——战争诗歌,——人与人的战争。我在一些地方曾说过,诗歌中,

"亘古以来的"浪漫主义早已退化成了"个人主义"(这一点在俄罗斯发生得最早,在茨维塔耶娃那里,我相信,是无意识地;而从这层意义上讲,是"无辜地")。

可以说,正在进行的不是对"一般意义上的生活"或者"人间烟火"的确认;而是诗人的自我肯定。俄罗斯,正是在这层关系上讲,也将"赶上欧洲",因为,在此访谈中所遇到的许许多多我的"美好愿望"将明摆着可以"垒砌成——地狱"。

巴黎—斯德哥尔摩—巴黎

1989年1月、3月—1990年7月

为隔空对谈而作

致尼古拉·武伊契奇[1]

1

不是那个连语言都算不上的人在说
是那位走路姿势
仿佛世界上思想‐面包有所逗留的人
这种思想纯之又纯
以至于我们说得越多——四周沉默在旋转
思想耗尽还能补足
因人类天空的散落，命运之中
礼赠‐仿佛‐面包——劳动的语言
在你们身上金光闪闪，渗透
（燃烧——无意识地统一）

---

[1] 尼古拉·武伊契奇（Nikola Vujčić, 1956—　），塞尔维亚作家和诗人。

2

笃信虔诚我将变得像面包一样
跟食物一样——全部敞开任取无碍
为这个天空连同它的智慧
那么强大唯有暴力才能改变
当毫无建树一直无法改变之时
(暴力之中我是暴力我知我所知
我像最高礼赠一样牺牲自我——自由
不过——自由而已)

1985 年

作者注释

我们有过自己不成文的"宣言"

曾译成波兰语刊登在《环球周刊》报（1974年10月27日）；俄语原稿题为《诗人与时代》，首次发表于《俄罗斯》丛刊（Турин, Einaudi, 1975, No.2）。

友谊诗篇

首次在俄罗斯公开发表。

无　题

首次在俄罗斯公开发表。

关于诗《无题》的诵读

首次在俄罗斯公开发表。

又:过了一年

这里谈的是1976年诗人、翻译家康斯坦丁·博加特廖夫因不明原因去世。

"哈-斯",与黑话、行话有关。

首次在俄罗斯公开发表。

长久:白桦树

10月8日(新历)——纪念谢尔盖·拉多涅日斯基神甫教堂节。

祭司和土豆

首次公开发表。

饥饿——1947

应匈牙利驻莫斯科文化参赞恰巴·塔巴伊吉之约,为匈牙利古典文学家日格蒙特·莫里兹（1879—1942）百年诞辰而作。

梦 – 与 – 诗歌

专为法语杂志《变革》(Change)而作，给其中以"世界文学中的梦"为主题的一期，但此期未能刊出。首次公开发表于巴黎杂志《诺亚方舟》(1979, No.4)。

宁静：向日葵火焰

瓦列里·拉玛赫（1925—1978），乌克兰杰出哲学家、雕塑家。

雪：我看见——为你们

致波兰作家维克托·沃罗希尔斯基、安杰伊·德拉维奇。

存　在

首次公开发表。

庆祝会 – 卡尔瓦里亚

卡尔瓦里亚：立陶宛一地，以几千朝觐者聚集在一起、宗教庆祝会名目繁多而著名。

为了呼吸

首次在俄罗斯公开发表。

风中的小纸片

首次公开发表。

诗页——飘向节日的风中

为南斯拉夫报纸《文学语言报》而作（1985 年 11 月 10 日翻译作品发表）。原作首次刊载于《民族友谊》（1994, No.8）。

关于弗拉基米尔·马雅可夫斯基

《文学报》，1993 年 7 月 14 日。

奇迹的寻常

为瑞典大学杂志《艺术》(*Artes*) 撰写（1990, No.4, сокращенный перевод Б. Янгфельдта）。原作首次刊载于《民族友谊》(1993, No. 12)。

十首诗

《艺术家》《哀歌的预感》《致哀歌的预感》《以及：散落之云》《冬季前的挽歌》，首次在俄罗斯发表。

锦旗猎猎

最初，以《致弗拉基米尔·雅科夫列夫画的一幅肖像画》为题，首发丹麦语版本（Vladimir Jakovlev. Tekster af Gennadij Aigi og Jindrich Chalupecky. Borgen, 1976）。

"在书 – 生活之旷野上"

《冬日狂饮》一书，由莱昂·罗贝尔译成法语，格里戈里·加夫里连科绘制插图，巴黎的法国联合出版社（Editeurs Français Réunis）于1978年出版。该诗集中只有部分诗歌在俄罗斯刊载。诗集的序言在俄罗斯为首次发表。

诗歌札记

专为匈牙利国际诗歌选集《阿里翁》(Будапешт, Корвина, 1980, No.17) 而作。首次在俄罗斯发表。

颂歌：卡夫卡之光

为庆祝弗朗茨·卡夫卡百年诞辰，丹麦杂志《克拉斯》(Cras) 出版了一期俄语版卡夫卡专刊，并配有伊戈尔·玛卡列维奇的铜版画系列以及根·艾基献给卡夫卡的组诗（"Cras", 1984, No. XXXIX, Силькеборг）。这篇随笔即为此而作。原作首次发表。

"一位已经去世的俄罗斯神甫"，即谢尔盖·热卢德科夫。

"我的一位朋友、杰出的音乐家"，即作曲家、音乐理论家菲·莫·格尔什科维奇。

> 我不但失去一位像他这样伟大的诗人，
> 更失去一位朋友和导师……

原作首次发表。

为弗谢沃洛德·涅克拉索夫的诗歌而作

弗·涅克拉索夫组诗之序，《民族友谊》杂志（1989,

No.8)。

致英语读者

《维罗妮卡笔记》一书,由彼得·弗朗斯译成英语,伊戈尔·弗洛赫绘制插图,多边形(Polygon)出版社于1989年在爱丁堡出版。

原作首次发表:《维罗妮卡笔记》(M.: "Гилея", 1997)。

碎语——致当今的"成了"

在齐普里安·诺尔维德的诗歌理论中,三位一体占据重要地位:"字母",是"未完成的"作品,在他这里是第一级,命题;"精神",即"补充"——第二级,反命题;"成了"是第三级,合成,完整的、理想的创造。在这里,诺尔维德形成了一整套"沉默""停顿""讳莫如深"的诗学理论。

原作首次发表:作为作者波兰语诗选集《旷野—孪生子》(Варшава, 1995)的后记。

颂歌:雅各布的微笑

献给马克斯·雅各布的组诗的序言。为法国喀耳刻出版社而作（这本书未能出版）。

原作首次发表：《文学观察》（1998, No.5-6）。

关于托马斯·特朗斯特罗姆的诗歌

托·特朗斯特罗姆（生于1931年），杰出的瑞典当代诗人。

部分文本作为他的两个诗歌选本的序言：《今日》报（1994.5.7.），《外国文学》杂志（1995, No.9）。

朋友之诗——如今——他不在了

安托万·维泰（1931—1990），卓越的法国导演、戏剧理论家、艺术家和诗人。

原作首次发表。

隔空对谈

最初，首次译成塞尔维亚语，发表在1986年9月25日的《文学报》。见文前"预先说明"。

致敬大师——几个片段

为卡济米尔·马列维奇诗集《沿着认知的阶梯》（M.：

"Гилея",1991）所作的序言。

选自"柏林发光的题铭"

首次发表。

致慕尼黑，弗朗切斯科·彼特拉克大奖委员会

首次在俄罗斯发表。

许久：周围－静悄悄－又－沙沙响

"那个诗人"，指波兰诗人亚历山大·瓦特（1900—1967）。

"而这一标志，来自匈牙利"，指诗人米克洛什·劳德诺蒂（1909—1944）。

在维克斯顿的人物形象之间

汉斯·维克斯顿（1926—1987），杰出的瑞典风景画家、格拉费卡（素描、水彩、版画等）艺术家。

首次：《外国文学》（1995，No.9）。

幻象：画布

首次发表。

评友人之书

对 A. 马卡罗夫-克罗特科夫的诗集《逃兵》(M.: Academia, 1995) 的评论。

选自《确定之书》

首次发表。

关于"诗的客体"

对在德国东威斯特法伦-利珀地区（下萨克森区域）完成的"诗学景观"设计的评论。各国的诗人，参观了该地区之后，需要写一首与他们自己选择的一个地方有关的诗。与他们合作的是一位著名的瑞士建筑师彼得·卒姆托，正是这位建筑师负责前面提及的"景观"的"建筑"竣工。
原作首次发表。

格奥尔吉·奥博尔杜耶夫地下诗歌之命运

为格奥尔吉·奥博尔杜耶夫《稳固的不平等》所作的序言（Мюнхен: Otto Sagner in Kommission, 1979. Составление и подготовка текста А. Н. Терезина [псевдоним Г. Айги]）。

"一位去跟他见过面的作家"，指亚·普·萨图诺夫斯基。

首次在俄罗斯发表。

与沙拉莫夫度过的一晚

首次发表：《俄罗斯基督教运动消息报》（Париж, 1982, No.137）。

伊·帕，即文学家伊·帕·西罗京斯卡娅。

首次在俄罗斯发表。

俄罗斯诗歌先锋派

一篇为系列作品得以在 1989 年《书的世界》杂志上公开发表（四期后被中断）撰写的引言。

刊登在：《书的世界》（1989, No.1）。

未公开出版文选之四诗人

关于瓦·格涅多夫和博日达尔的内容发表在《书的世界》杂志（1989, No.2）；关于瓦·马祖林——发表在《书的世界》杂志（1989, No.3）。瓦·彼·马祖林的生卒日期在文章发表后收到读者来信方得以确定。

关于米·拉里奥诺夫的文章，发表在《暮色》杂志（1990, No.10+1）；还可参见《文学家》报（1991, No.43）。

是的，就是克鲁乔内赫，或名人中最无名的那一位

刊载于《书的世界》（1989, No.4）。

K. 在伏尔塔瓦的童年

K. 指弗朗茨·卡夫卡。后面几首诗《黑色一小时：拜谒 K. 之墓》《今夏的玫瑰花》《录音（带着"经常被叫的外号"）——与"处里"来人谈话之后》中的"K."亦同。

致弗拉基米尔·雅科夫列夫画的一幅肖像画

首次在俄罗斯发表。

关于博日达尔

首次在俄罗斯发表。

画中间的尼·哈

尼·哈,指杰出的文学研究学者、艺术学家尼·伊·哈尔吉耶夫。

"燕子":捆扎方式

首次在俄罗斯发表。献给约·布罗茨基。

朝霞:盛开的野蔷薇

克尔凯郭尔之语"le dieu *a* été"("上帝曾在"),出自他的《哲学片段》一书。

黑色一小时:拜谒 K. 之墓

奥·玛申科娃,捷克翻译家,以名著翻译(歌德《浮士德》、普希金《叶夫根尼·奥涅金》)而著称;1967年她译的捷克语版根·艾基欧洲首本诗选《在这里》出版发行。根·艾基1967—1972年有一系列的诗作是赠予她的。

舞台：人若 – 花开

为在莫斯科剧院上演、由安托万·维泰编剧的、莫里哀的讽刺剧《伪君子》而作。

昔日的和乌托邦的
（与克鲁乔内赫有关……）：1913—1980

首次刊载于《俄罗斯文学中理性的未来主义和达达主义》选集（Bern–Berlin–Paris–Wien: Peter Lang, 1991）。

马尔齐奥·马尔扎杜里（1930—1990），意大利裔俄罗斯人，俄罗斯文学先锋派历史系列著作的作者。

诗歌 – 如同 – 沉默

曾出版过单独的小册子，内有作者的两幅画作：（М.: "Гилея", 1994）。

和仙女在一起的夏天

分别用两种不同的语言出版发行（原版和费·菲·英

戈尔德译德语版),题为:《花园里的雪》(Берлин: Rainer, 1993)。在俄罗斯首次发表。

残笛何鸣

作者日语版诗选(田中昭光译)的后记(东京:山田出版社,1997)。

与普兰特在一起的夏天

卡尔·普兰特(1923年生人),杰出的奥地利雕塑家。他全部的雕塑作品都是石雕。

为瑞士埃尔克(Erker)出版社而作。原稿首次发表。

诗人的使命

嘉琳娜·戈尔杰耶娃访谈。《文学评论》(1990, No.4)。这里有删减。

康斯坦丁·伊万诺夫(1890—1915),诗人、剧作家、新楚瓦什文学奠基人。

约阿基姆·马克西莫夫-科什金斯基(1893—1975),演员、剧作家,楚瓦什专业剧院创始人。

先锋派之现实主义

谢尔盖·比留科夫访谈,《文学问题》(1991, No.6)。此处有删减。

大地与天空——非意识形态

维塔利·阿穆尔斯基访谈。删减版发表在国际杂志《国际书信》(*Lettre Internationale*, 1991, No.4)。以书面形式回答维·阿穆尔斯基的提问。1990年补充谈话部分为首次公开发表。